KB252573

한국 현대소설의 인지론적 모멘텀

김원희

머리말
한국 현대소설의 인지론적 모멘텀

한국 전후 소설 다시 읽기는 지구상의 유일한 민족 분단 국가의 전쟁 트라우마를 직시함으로써, 그것을 극복하고 치유하는 길을 모색하는 차원에서 한국 현대소설의 본격적이며 심층적 연구의 의미 뿐만 아니라, 세계와 소통하는 미래지향적 한국문학 교육의 중요한 의미를 제공할 수 있다. 또한, 전쟁의 고통과 상실의 부정적인 현실의 경험에서도 굴하지 않은 생의 희망으로 그 어느 때보다 고양된 휴머니즘의 긍정적 가치를 추구하였던 작가정신을 통하여 21세기 지금-여기 인류 평화와 공존의 번영을 선도하는 세계적 소통으로 한국 문화의 역동적 창조성을 새롭게 발휘할 수도 있을 것이다.

이와 같은 관점으로 필자는 학회지에 발표하였던 전후소설 다시읽기와 연동된 논문 8편을 근간으로 삼아 한국 현대 소설의 인지론적 모멘텀을 조명하였다. 전후 역사적 질곡에도 자유와 평화 그리고 공존과 상생의 가치로 어둠 속 희망의 빛을 보여주었던 작가들의 소설에 함축된 은유미학이야말로 한국 현대소설 정립이라는 문학사적 의의로 설명될 수 있다는 생각에서 본 저서의 표제가 결정되었다.

이 책에서 전후 소설 작품에 함축된 은유미학으로 전후 근대성찰의 모멘텀, 젠더 정치성 모멘텀, 민중문화의 모멘텀 등의 인지구성의 의미를 분석하는 방법은 전후 소설 작품이 어떻게 쓰여져 독자에게 어떠한 가치를 환기하는가를 소설 작품에 나타난 타자성의 경험을 통하여 역추적하는 과정이었다. 김동리, 이주홍, 황순원, 강신재, 박경리, 한말숙, 서기원, 장용학 작가들의 전후 소설 작품에 발현된 작중 인물들의 갈등과 화해의 서사에는 작가들의 각기 다른 전후 현실의 경험과 더불어 젠더의식, 존재의식의 닮음과 다름의 유사성과 차이점이 반영되어 있음을 간과하지 않고 전후소설의 문학사적 의의를 세대와 젠더를 아우르며 밝힐 수 있었다.

이에 따라 본 저서의 구성은 다음과 같이 전개되었다. 제1부에서는 당대 중견작가였던 김동리, 이주홍, 황순원의 근대성찰적 은유미학의 구성원리로 인지론적 모멘텀을 조명하였다. 제2부에서는 전후 여성소설에 집중함으로써 한말숙, 강신재, 박경리의 여성 성장과 양성의 행복을 꾀한 젠더 정치적 은유미학의 구성원리로 인지론적 모멘텀을 전망하였다. 제3부에서는 당대 신예작가였던 장용학, 서기원의 민중문화 지향적 은유미학의 구성원리로 인지론적 모멘텀을 밝혔다.

다섯 번째 학술서를 출간하면서 감회와 감사가 새롭다. 존경하는 은사

님들, 연구자님들께 감사한 마음이다. 사랑하는 가족과 다정한 존재들에게 감사한다. 그리고 논문 집필에 힘을 주었던 한국연구재단과 이 책이 출판되기까지 수고를 아끼지 않은 지식과교양에도 감사를 전한다. 이 모든 고마움에 힘입어 또 하나의 결실을 아쉬움보다 더욱 큰 아름다움으로 갈무리하면서, 한 겨울 속 움트는 새 봄을 본다.

김 원 희

제1부

전후 근대성찰의 모멘텀

김동리 전후소설로 본
근대성찰의 은유

1950년대 공간인식으로 본 근대성찰의 인지구성

1. 머리말

한국 전쟁 후 한반도는 미증유 폐허와 분단의 공간이었다. 세계사적 유래가 없는 동족상잔의 비극으로 인하여 온 민족이 죽음과 상실의 공포뿐만 아니라 생존의 위기와 불안을 감당해야 했던 것이다. 김동리 전후 단편소설[1]에는 전후 폐허와 분단을 작중인물의 구체적 경험으로 역사적 비극적 상황을 생생하게 고발할 뿐만 아니라 재건과 화합을 위한 현실의 성찰을 통한 역사적 비전이 포착된다. 이러한 관점으로 이 논문은 1950년대 김동리 전후 단편소설에 구체화된 전후 장소 경험을 토대로 본격문학의 전망에 뿌리를 둔 근대 성찰적 의미를 조명하는 데 목적을 둔다.

에드워드 렐프에 따르면, 일반적으로 공간이 장소에 맥락을 주는 것처

---

1) 김동리(1913-1995) 작가는 본격문학(本格文學)이란 말을 처음으로 사용하며 한국 문학과 문화예술의 중흥에 기여하였다. 본 논문은 김동리 탄생 100주년 기념으로 출간된 『김동리 문학전집12: 밀다원 시대』를 텍스트로 삼되 1950년대 창작된 단편소설 다시읽기에 집중한다. 본문 인용은 괄호 안 쪽수로 표기한다. 김동리기념사업회, 『김동리 문학전집12: 밀다원 시대』, 계간문예, 2013 참조.

럼 보이지만, 공간은 그 의미를 특정한 장소들로부터 얻는다. 그의 이론
은 인간이 살아가면서 경험하게 되는 직접적이고도 구체적인 다양한 장
소와 장소경험들을 어떤 범주로 묶어 유형화 또는 개념화한 것을 공간
으로 본 현상학적 의미가 있다. 일종의 사실과 개념과 같은 관계, 즉 개념
(공간)은 사실(장소)을 통해 자신의 맥락적 의미를 확보하게 되는 관계
인 것이다.[2] 이러한 공간과 장소의 맥락적 의미는 김동리 전후소설에 반
영된 공간 인식을 다층적으로 바라볼 수 있는 객관적 준거로 작용한다.

김동리 소설작품 세계[3]를 통찰한 대표적 선행 연구를 대략 검토하면,
김동리 소설세계에서 드러난 현실 경험의 궁극적 의미를 영원회귀의 운
명론으로 결정짓거나 죽음과 관련지어 초월주의로 작품구조를 해명한

---

2) 소설에서 공간은 지리학과 현상학의 범주뿐만 아니라 인간의 직간접적 경험에 따른
　물질적 상상력의 불확정한 의식까지 포괄한 점에서 우주론적 의미로 확장될 수 있다.
　이러한 공간 인식을 바탕으로 본 논의는 이-푸 투안의 공간이론을 현상학적으로 발전
　시킨 에드워드 렐프의 이론뿐만 아니라 가스통 바슐라르와 G 레이코프 & 존슨 등의
　공간이론을 폭넓게 참고할 것이다. 에드워드 렐프, 김덕현 · 김현주 · 심승희 옮김, 『장
　소와 장소상실』, 논형, 2017. 301-305쪽 참조; 가스통 바슐라르, 곽광수 옮김, 『공간의
　시학』, 동문선, 2003; 가스통 바슐라르, 이가림 옮김, 『물과 꿈』, 문예출판사, 2017; G 레
　이코프 & 존슨, 노양진 나익주 역, 『삶으로서의 은유』, 박이정, 2006.
3) 김동리의 작품세계를 나누어 보면, 초기에는 「무녀도」, 「황토기」 등의 대표작에서 토속
　적 샤머니즘적 동양적 신비함으로 인간 생명의 허무적인 운명과 신비함을 추구했다. 중
　기에는 6.25를 계기로 「귀환장정」, 「흥남철수」, 「실존무」, 「밀다원 시대」 등에서 역사의
　식과 현실의식이 강화된 작품을 내놓았다. "김동리 전후 소설은 타자의 체험을 바탕으
　로 한 「귀환장정」, 「흥남철수」, 「살벌한 황혼」 등의 후방전선 소설과 자신의 체험을 바탕
　으로 한 「실존무」, 「밀다원 시대」, 「자유의 역사」 등의 피난지 체험소설 등으로 크게 두
　유형으로 나뉜다." (장윤익, 『밀다원 시대와 부산의 공간』(부산 '밀다원 시대 문학제' 학
　술 심포지움, 2014, 7쪽) "후기에는 「등신불」, 「사반의 십자가」 등에서 근원적 인간 구원
　의 문제로 근대문명에 비판의식을 형상화 하였다."(정영자, 『밀다원 시대와 부산의 공
　간』(부산 '밀다원 시대 문학제' 학술 심포지움, 2014, 12쪽) 윤애경, 『문학 작품의 배경 그
　현장을 찾아서』, 창원대학교 출판부, 2015. 47쪽에서 재인용 및 참조.

논의[4]가 김동리 소설세계의 정수를 꿰뚫은 탐구로 설득력을 확보하였으며, 최근에는 김동리 소설의 현실인식론에 집중하여 작가의 현실의식을 적극적으로 해명하는 방향의 논의[5]가 이루어기도 하였다. 범박하게나마 선행연구의 성과를 정리하면, 김동리 소설세계를 관류하는 김동리 전후 문학적 성과의 진수를 간파한 의의가 크지만, 전후 김동리의 소설에서 확장된 장소경험의 변화를 통한 공간의 전망으로 전후 현실의 역사적 비전이 조망되지 않았다. 전후 김동리 소설에 주목한 선행 연구[6]의 성과에서도 "미래에 대한 어떠한 전망도 가질 수 없는 전후 현실의 비극적 경험을 인간의 본질에 대한 근원적 물음으로 제기"[7]하는 데 주목하였음에도 불구하고, 이를 전후 트라우마와 연동된 극복과 재건 현실 공간으로 인지하지 않은 아쉬움이 없지 않다.

따라서 본 논의는 김동리 소설의 영원회귀의 운명론과 현실인식론을

---

4) 김동리 문학의 출발점을 김병욱은 "유한한 인간 개인이 무량수(無量壽)의 코스모스 제단에 자신을 희생한 영원회귀의 문학"으로 보았다. 류종렬은 "김동리 소설에서 원시적 공간은 액자소설의 형태 속에 주제와 직결되는 비극적인 자연회귀 양상으로 나타나고, 현실적 공간을 비액자적인 형태에서 죽음을 드러내는 소재로써 죽음을 파악"하였다고 보았다. 김병욱, 「영원회귀의 문학」, 『한국 현대 작가 작품론』, 김시태 편, 이우출판사, 1982, 282-299쪽; 류종렬, 「김동리소설의 공간과 죽음구조」, 『동래여자전문대 논문집』2집, 동래여자전문대, 1983. 김택중, 『현대소설의 문학지형과 공간성 연구』, 푸른사상사, 2004. 21-22쪽에서 재인용 및 참조.

5) 김택중, 위의 책, 24-25쪽 참조.

6) 김동리 전후 소설에 주목한 2000년 이후 주요 선행 연구는 다음과 같다. 안미영, 「김동리의 전후 장편소설에 나타난 대중성 고찰」, 『민족문화논총』, 영남대학교 민족문화연구소, 2008; 정연희, 「전후 소설에서 '부재하는 아버지'와 '변형된 아버지'의 양상 연구 : 김동리의 「까치소리」, 손창섭의 「혈서」, 서기원의 「암사지도」를 대상으로」, 『인문언어』, 국제언어인문학회, 2010; 최예열, 「김동리 전후문학 연구」, 『남도문화연구』, 국립순천대학교 지리산문화연구원, 2017; 나보령, 「피난지 문단을 호명하는 한 가지 방식: 김동리 「밀다원시대」에 나타난 장소의 정치」, 『한국현대문학연구』, 한국현대문학회, 2018.

7) 최예열, 앞의 논문 참조..

대립적으로 보기보다 융합하는 깊이로 우주의 질서와 자연의 구원에 뿌리를 둔 본격문학의 전망을 함축한 김동리의 근대 성찰의 인식을 탐구하는 차원에서 1950년대 김동리 단편소설의 근대 성찰적 관점을 조명하고자 한다.

2. 전후 공간인식의 전망과 근대 성찰의 은유

1950년대 발표된 김동리 단편소설 작품의 표층에 반영된 전후 현실의 공간은 각기 다른 지역을 기반으로 한 장소경험으로 구체화되어 있다. 이처럼 전후 김동리 단편소설에 반영된 공간인식은 본격 문학에 뿌리를 둔 '공간 지향적 은유[8]'의 수사로 상대적 세계관에 따른 본격문학의 전망으로 근대 성찰적 관점을 내포한다. 소설에 함축된 공간의 인식은 작중인물의 경험을 다각도로 부각시키는 배경 이상의 의미를 넘어 소설의 주제와도 깊은 상관성[9]을 보여주며, 작중인물의 장소 경험을 통하여 전쟁의 비극과 트라우마에 따른 근대적 갈등을 성찰하고 비전을 탐색할 수 있는 근거로 작용한다.

이러한 맥락에서 단편소설에 구축된 장소시학은 물리적이며 역사적인 현실 '장소 정체성'과 현상학적이며 상징적인 '장소 감수성'을 결합함

---

8) G 레이코프 & 존슨의 은유로 보면 김동리 전후 단편소설은 현실과 물질적 상상력의 "상호 간의 체계가 위 – 아래, 안 – 밖, 앞 – 뒤, 접촉 – 분리, 깊음 – 얕음, 중심 – 주변 등의 공간적 지향을 중심으로"한 전체 체계로 전후 공간성의 운동력을 확보한 셈이다. G 레이코프 & 존슨, 노양진 나익주 역, 『삶으로서의 은유』, 박이정, 2006. 37-57쪽 참조.
9) 김종회, 「소설에 있어서 근대정신의 수용 공간: 개성」, 『현대문학이론연구』36권, 2009. 76쪽 참조.

으로써 독자 수용의 불확정 영역을 확장하면서 동시에 장소와 공간을 생동감 있는 의미로 창출[10]하는 공간의 수사학으로 볼 수 있다. '장소 정체성'은 지역의 환경 그리고 역사적 사건의 차이에 따른 작중인물의 갈등 내지는 활동으로 작가의 전후 역사의식과 현실 비판인식이 반영된 데 비하여, '장소 감수성'은 장소경험과 맞물린 물질적 상상력을 환기하는 효과가 있다. 소설에서 장소와 공간의 상관성[11]은 작중인물의 장소경험의 연결을 통하여 공간성을 전망한 작가의 세계관을 구명하는 방법론적 접근으로 이해될 수 있는데 특히 장편보다는 단편에서 공간은 주제와 더욱 밀접한 은유 세계를 보여주게 된다.

특히 1950년대 김동리 전후 단편소설에 나타난 작중인물의 장소경험은 작가의 전후 현실인식과 근대 성찰의 방향성을 환기하는 공간 지향적 은유로 폐허에서 재건을 전망하는 효과가 있다.[12] 1950년대 창작된 「홍

---

10) 렐프의 장소정체성과 장소감을 담화 전략을 파악하는 변용하자면, '장소 정체성'은 장소 경험의 다양한 구성 요소와 강도를 탐구하는 측면에서 작중인물들의 경험과 장소 간에는 심리학적 연계뿐만 아니라 내포작가의 현실인식이 반영되었다는 장소성의 전망을 수렴한 개념이라면, '장소 감수성'은 장소에 대한 애착이나 장소의 방향성 이작중인물의 장소감뿐만 아니라 작가의 장소감이 함축된 개념이다. 김원희, 「일제강점기 박화성 소설의 장소시학」, 『현대문학이론연구』36권, 2009. 116쪽 참조.
11) 렐프는 장소와 장소감은 인생의 모든 희망과 절망, 혼란과 뒤얽혀 있다고 본다. 에드워드 렐프, 앞의 책, 12-14쪽 참조.
12) 김동리기념사업회 주관으로 발간된 33권 중 12번째 단행본인 『김동리 문학전집12: 밀다원 시대』에는 「홍남철수」, 「청자」, 「밀다원 시대」, 「용」, 「실존무(實存舞)」, 「진달래」, 「아가(雅歌)」, 「목공 요셉」, 「강유기(江遊記)」, 「백설가(白雪歌)」, 「까치소리」, 「어떤 상봉」, 「살벌한 황혼」 순으로 13편의 단편이 수록되었다. 1966년 발표된「백설가(白雪歌)」와「까치소리」2편을 제외한 11편의 작품이 1950년대 발표되었다. 특히 「홍남철수」, 「청자」, 「밀다원 시대」, 「실존무(實存舞)」, 「어떤 상봉」, 「살벌한 황혼」등의 작품에는 한국 전쟁 당시 상황 내지는 전후 현실이 구체적 지역을 기반으로 한 장소경험으로 부각된 점에서 전후 김동리의 공간 수사학을 탐구할 수 있는 의미가 크다. 김동리기념사업회, 앞의 책 참조.

남철수」, 「밀다원 시대」, 「실존무(實存舞)」, 「청자」, 「살벌한 황혼」, 「어떤 상봉」 등에서 부각된 구체적 지역을 배경으로 한 작중인물의 장소경험은 작가가 실현한 본격문학의 전망과 맞닿는 공간수사학을 통한 근대 성찰의 방향성을 탐색할 수 있는 개념적 은유로 작용한다. 이들 작품에 드러난 각기 다른 지역에 따른 장소경험에는 인간의 폭력성을 성찰하며 자연의 섭리를 환기하는 반성으로 우주의 질서에 따른 근대 성찰적 전망이 함축되었기 때문이다.

이러한 관점으로 1950년대 김동리 단편소설에 부각된 공간적 배경을 파악하면 「흥남철수」에는 이남과 이북을 잇는 흥남의 장소경험에 따른 공간 인식이, 「밀다원 시대」, 「실존무(實存舞)」 등에서는 피난지 부산의 장소경험에 따른 공간 인식이 부각된다. 이에 비하여 「청자」와 「살벌한 황혼」에서는 전쟁으로 인하여 변화된 서울의 장소 경험에 따른 공간 인식이, 「어떤 상봉」에서는 경상도 함안 농부가 겪는 광주의 장소 경험에 따른 공간 인식이 구체적으로 부각된다.

함흥과 부산 그리고 서울과 광주 등 각기 다른 지역을 기반으로 한 작중인물의 장소경험에도 불구하고 그 심층에는 전후 폐허를 딛고 일어서 새로운 역사의 재건으로 미래 지향적 장소를 열망한 내포작가의 공간인식이 공통적으로 작용한다. 이와 같이 김동리 전후 단편에는 전후 현실 비판의식뿐만 아니라 전후 근대 성찰의 전망이 내포되어 있다. 전후 작중 인물의 장소경험으로 보여주는 공간 인식의 심층 의미는 인간의 폭력성에 대한 성찰로 우주론적 질서에 닿아 있는 '물질세계의 이미지의 조화'[13]를 환기하는 방향에서 폐허에서 재건으로의 전망을 근대적 삶의 분

---

13) 사람은 이성적 인식 속에 단번에 자리 잡거나 근원적 이미지에 대한 정당한 시각이

열과 갈등을 성찰하는 방향성으로 파악된다. 김동리 전후 단편소설의 공간 수사학을 통하여 문학의 정치성[14]과 맞닿는 본격문학의 전망을 근대성찰의 방향성으로 탐색하는 이유다. 이는 필자가 수행하였던 한국 전후소설 다시 읽기[15]의 연장선상이지만 또 다른, 하나의 방법론적 접근으로 볼 수 있을 것이다.

처음부터 주어지는 것이 아니다. 우리는 문화의 총체뿐 아니라, 우리의 사고 세부나 친근한 이미지의 상세한 질서 속에서 그렇게 되려고 애쓴다. 가스통 바슐라르, 이가림 옮김, 『물과 꿈』, 문예출판사, 2017. 19쪽

14) 문학의 정치는 작가의 정치가 아닌, 작가가 자신이 사는 시대에서 정치적 또는 사회적 투쟁을 몸소 실천하는 참여를 의미하지 않는다. 작가가 저술을 통해 사회구조나 정치적 운동들, 또는 다양한 정체성들을 표상하는 방식도 아니다. "문학의 정치"라는 표현은 문학이 그 자체로 정치 행위를 수행하는 점에서 '작가가 정치적 참여를 해야 하느냐' 또는 '예술의 순수성에 전념해야 하느냐' 하는 문제로 제기되지 않는 순수성 자체가 정치와 무관하지 않는다는 뜻이다. 특정한 집단적 실천형태로서의 정치와 글쓰기 기교로 규정된 실천으로서의 문학, 이 양자 간에 어떤 본질적 관계가 있음을 전제하는 것이 문학의 정치인 셈이다. 자크 랑시에르 저, 유재홍 옮김, 『문학의 정치』, 인간사랑, 2011, 9쪽.

15) 본 학술서의 근간이 된 논문은 다음과 같다.

김원희, 「서기원 「이 성숙한 밤의 포옹」의 트라우마와 민중문화의 양상」, 『한어문교육』28권, 한국언어문학교육학회, 2013. 289-312쪽; 「장용학 「요한 시집」에 내포된 몸의 은유」, 『현대문학이론연구』56권56호, 현대문학이론학회, 2014, 227-250쪽; 「한말숙 「신화의 단애」 몸 담론과 젠더 정치성」, 『한어문교육』35권, 한국언어문학교육학회, 2016, 373-394쪽; 「강신재 「해방촌 가는 길」에 나타난 폭력적 시선과 젠더정체성 」, 『인문사회과학연구』16권1호, 인문사회과학연구소, 2015, 57-80쪽; 「박경리 전후 장편소설의 '사랑서사' 연구- 인지구성과 몸의 은유를 중심으로-」, 『비평문학』68권68호, 2018, 82-109쪽; 「이주홍 소설에 나타난 교육자 인식의 은유와 작가의식-「늙은 체조교사」와 「철조망」을 중심으로-」, 『부경어문』제9호, 2018.11. 55-111쪽; 「한국 전후 김동리 소설에 나타난 공간인식 연구-1950년대 단편소설을 중심으로」, 『비평문학』74권, 한국비평문학회, 2019, 43-73쪽; 「황순원의 「곡예사」로 읽는 근대성찰과 휴머니즘」, 『한국문학이론과 비평』24권 4호, 한국문학이론과 비평학회, 2020, 45-77쪽.

3. 폐허에서 재건을 전망한 휴머니즘의 방향성

주지하였듯이 1950년대 발표된 「흥남철수」에는 흥남, 「밀다원 시대」
와 「실존무(實存舞)」에는 부산, 「청자」와 「살벌한 황혼」에는 서울 그리고
「어떤 상봉」에는 광주 등의 지역을 기반으로 하여 폐허의 장소경험을 구
체적으로 보여주는 심층에서 전후 트라우마 극복의 재건을 전망하는 작
가의식과 맞닿는 근대 성찰의 방향성이 환기된다.

1) 희생, 포용의 공간전망으로 본 근대 성찰의 재건

먼저 「흥남철수」[16]에서는 주인공 박철이 전시 상황 중에 이남과 이북의
경계를 넘는 흥남의 장소경험에 초점이 맞춰져 있다. '흥남철수'의 역사적
사건을 배경으로 한 중심 서사는 종군 예술단 소속으로 단장인 박철이 흥
남에 머물며 국군의 사기를 진작시키고 민간인들의 자유 의지를 고취하는
임무를 수행하는 흥남의 장소 경험으로 전개된다. 일행 두 명과 동부전선
의 위문을 가던 중 1·4 후퇴 전시 상황으로 인하여 흥남에서 종군 예술단
업무를 수행한 박철은 일행들을 먼저 남한으로 떠나보내고도 마지막 흥남
철수의 현장에서 윤시정 가족을 구조하기 위한 희생을 보여준 것이다.

작품의 첫 장면에서부터 역사적 사실에 근거한 공간적 배경이 부각된
다. "유엔군 서북 전선이 철수를 개시한 11월 27일, 8일 그 무렵, 아직도
북으로 진격을 계속하고 있던 동북 전선 일대는, 바야흐로 휘몰아치는
눈보라 속에 뿌옇게 싸여 있었다. 25일에 이미 나남(羅南), 청진(淸津)을

---

16) 「흥남 철수」는 1955년 1월 《현대문학》에 발표되었고 『김동리대표작선집1』(삼성출판
사, 1967) 수록된 바 있다. 김동리 기념사업회, 앞의 책, 11-42쪽 참조.

탈환한 국군 장병은 다시, 회령(會寧)을 향하여 29일에도 북진을 계속하고 있었던 것이다.” (11쪽) 국군의 공간 이동에 따른 지역명이 괄호 안 한자로 부기되고, ‘흥남 철수’의 역사적 사건을 표제로 명시된 것 등은 역사적 현장성을 강조하는 내포작가의 공간 수사적 전략으로 볼 수 있다.

종군 예술단 단장이며 시인인 박철이 경험한 장소 경험은 흥남의 민간인 가족의 비극적 탈향 서사와 맞물려 있다. 발단 부분에서 흥남의 역사적 장소 경험은 종군 예술단 주최 국군 위안의 밤 행사에서 흥남의 민간인 소녀 윤시정이 부른 ‘봉선화’ 가요의 비극적 서정으로 환기된다. ‘봉선화’의 애처로운 서정은 작중인물의 비극적 장소 경험의 복선으로 기능함으로써 전쟁의 폭력성을 비판하는 휴머니즘의 효과로 이어진다.

또한 박철 일행이 주막을 찾아 갔던 집이 우연하게도 ‘봉선화’를 불렀던 윤시정의 집이다. 박철에 시각으로 포착된 기억 자 구조인 윤시정의 집의 구조는 서사 마지막 부분에서 강조되는 흥남 부두의 구조와 같은 공간으로 역사적 비극에 희생된 운명을 전달하는 의미가 있다. 윤시정이 부른 ‘봉선화’로 환기된 비극적 장소 경험은 윤시정의 집 구조와 같은 흥남 부두의 기억 자 구조의 은유로 탈향을 시도하다가 생사를 달리하게 된 가족의 비극적 운명에 따른 희생을 내포하는 전후 근대 성찰적 공간 인식의 전망으로 이어진다.

한편으로 윤시정 집에 묵은 철은 장모에게 맡기고 온 아이들마저 전쟁통에 희생된 아내처럼 잃게 되지 않나 하는 생각으로 고통스러워하기도 한다. “무슨 신의를 위하여 희생을 돌보지 않는 사람이 되어 제 표는 남에게 주고 자신은 이 꼴이 되어 혼자 눈구덩이 속에 자빠져 누워 있기를 원했단 말인가, 그는 생각할수록 자기 자신이 너무나 격정적인 울분으로 인하여 오히려 본의 아닌 감상적인 양보를 일삼은 착하지도 악하지도 못한, 타성적인 행위에 스스로 치밀어 오르는 울화를 참을 수 없었다."(33쪽) 낯선 타향에서 종군예술단 소속 단장으로 임무를 충실히 수행하는 시간에는 전시 상황 중에 가족을 돌보지 못한 가장의 자책과 회의가 가족을 그리워하는 장소경험으로 환기된다. 철에게 있어 함흥은 떠나 온 가족과 집에 대한 그리움을 환기하는 장소이자 자신이 맡은 바 사명을 완수해야 하는 장소인 셈이다.

이에 비하여 윤시정의 아버지 윤노인이 사투리로 고향 함흥을 떠나 딸들과 이남으로 가겠다고 부탁하는 장면에서는 흥남에 뿌리를 둔 장소의 현장성이 생생하게 부각된다. "나는 안주구 흥남으 떠난 일이 없수다. 나는 여기서 나서 여기서 사다가 여기서 죽자구 했수다......." 윤노인의 고백은 이북 고향인 자신의 정체성을 함흥 사투리로 강조한 것이다. "우리 아바이도 여기서 죽고, 우리 안에서껀 다 여기서 죽었는데, 나도 여기서 죽자고 했수다만, 가만히 생각하니, 함흥 사람이라슨 다 떠나가고 내 딸아 아들도 다 가고 없을 게니 내 혼자 무슨 맛으로 살겠소...... 선생님 실로 미안하지만 나도 이남으 가야겠수다. 어디든지 나도 데리고 가도록 해 주오다."(37쪽) 윤노인의 사투리에서 고향과 삶의 터전으로 함흥의 장소성[17]이 환기된 것이다.

「흥남 철수」 마지막 장면에서는 흥남부두의 기억 자 구조에서 하강하는 장소성으로 은유된 삶과 죽음이 한 순간 갈라지는 운명이 극화된다. 함흥 철수의 역사적 현장은 "자유에 눈뜨기 시작한 겨레 10만 명이 흥남에 자유의 땅을 찾고자 하는 열망"으로 장소경험이 극화된다. "흥남은

---

17) "자신이 태어난 장소에서 한 번도 이주한 적이 없는 마을 주민은… 자기 마을의 독특한 표시를 지니고 있다." 에드워드 렐프, 앞의 책, 88쪽.

역사상에서 일찍이 보지 못한 가장 장엄하고 처절한 자유 전선의 '교두보'"(35-36쪽)라는 장소경험을 통하여 자유 수호를 위한 희생의 공간인식을 함축한 것이다. '흥남철수'의 역사적 사건을 자유를 향한 인권 수호의 장소경험으로 전망한 작가의식을 통하여 전쟁으로 상실된 인간성 복원으로 희생의 가치를 환기하는 휴머니즘의 방향성이 인지된다.

시정이 언니가 먼저 배에 올랐지만 아버지가 바다 위로 떨어지고 있는 것을 보고 시정이가 부두 위로 달려간 사이 배를 타기 위하여 마지막 20여명이 건너오고 양쪽 뒷문이 닫혔다. 철이 시정을 부르는 목소리에도 시정은 아량 곳 없이 아버지를 찾아가다가 부두에서 바다로 떨어진다. 바다에 떨어진 시정을 보고 철은 "시정아!"하며 소리를 지르다가 뱃전에 이마를 부딪쳤다. "때마침, "부-o."하는 기적 소리와 함께 부두에서 배가 움직이기 시작했던"(41-42쪽) 비극적 시간성으로 '흥남철수' 현장의 휴머니즘적 희생이 강조된다. 흥남 부두에서 생사를 달리한 이별의 장소경험은 한국전쟁의 비극을 구체적으로 전달하는 심층에서 자유를 향한 휴머니즘적 희생을 환기한다. '비극적 운명에 따른 희생의 공간인식[18]'을 통하여 인권을 수호하며 자유를 찾기 위한 역사적 공간이 숭고한 인류애로 전망될 수 있는 이유다.

「흥남철수」에서는 '흥남철수'의 역사적 사건을 공간적 배경으로 부각시켜 탈향의 장소경험에 따른 희생의 공간인식을 보여준 데 비하여, 「밀다원 시대」, 「실존무」에서는 부산의 구체적 지역을 기반으로 한 피난지

---

18) 비극적 운명에 따른 희생의 공간수사학으로 보면. 1955년 발표되었다가 1958년 『실존무』(인간사)에 수록된 「진달래」에서 노상 진달래를 따먹던 노승의 손자 성혜의 죽음이 그의 가슴 위에 쌓여 있는 진달래 묶음 속에 독버섯으로 발견된 것은 응달진 골짜기의 장소경험에 따른 비극적 역사와 맞물린 희생의 공간인식으로 볼 수 있다. 김동리기념사업회, 같은 책, 157-162쪽 참조.

장소경험을 통하여 '전후 위기 상황을 극복할 수 있는 포용'[19]의 공간인식을 전망하는 공통점이 탐색된다.

「밀다원 시대」[20]에는 부산을 땅 끝으로, 바다를 허무의 공간으로 인지하는 것으로 시작되어 등대의 구원으로 생명을 포용하는 바다를 공간인식을 전망하는 시적 상징으로 끝이 난다. 육지 중심이었던 공간인식에서 벗어나 삶과 죽음이 하나가 되는 구원으로 바다를 바라보게 된 공간인식의 변화가 탐색되는 이유다. "부산진에 들어서면서부터 기차는 바다로 미끄러지지 않기 위하여 몸을 뒤로 뻗대었다. 초량역에서 본역까지는 거의 한걸음을 재듯 늑장을 부렸다."(58쪽) 기차에는 작중인물 이중구의 실존의식이 반영된 것이다. 이중구(李重九)는 꼭 27시간하고 35분이 걸려 부산에 도착하기까지 땅 끝의 상념으로 "끝의 끝, 막다른 끝, 거기서는 한걸음도 더 나갈 수 없는, 한 걸음만 더 내디디면 허무의 공간으로 떨어지고 마는, 그러한 최후의 점"과 같은 위기의식에 사로잡힌다.

중구가 부산에 도착하여 잠을 자는 시간에도 기차가 미처 바다에 빠지기 전인 상태와 같이 테이블 끝에 놓인 벼랑에 떨어지려 하는 의식과 잠재의식의 혼선 상태의 존재의식이 피난지 혼돈의 장소경험으로 부각된

---

19) 피난지 부산의 공간 수사학의 차원에서 김동리와 이주홍 소설에는 전후 역사의식과 맞닿는 장소경험을 포용의 공간인식으로 보여주는 공통점이 있다. 남송우는 1950년대 발표된 이주홍의 「늙은 체조교사」에서 역사적 시련과 현실에 밀려 힘들게 살아가는 한 가장을 떠올리며 향파가 지향하는 인물의 한 특성을 이해였으며, 이러한 지평 위에서 필자는 피난지 부산의 공간인식을 포용의 가치로 환기한 바 있다. 남송우, 「이주홍 소설에 나타난 일상성과 역사성 속의 인물」, 이주홍 아동문학상 운영위원회 편, 『이주홍 문학연구-작가 작품론』, 대산, 2000, 170-175쪽; 김원희, 「이주홍 소설에 나타난 교육자 인식의 은유와 작가의식-「늙은 체조교사」와 「철조망」을 중심으로-」, 앞의 논문. 55-111쪽 참조.

20) 「밀다원 시대」는 1955년 4월 《현대문학》에 발표되었으며, 『김동리대표작선집1』(삼성출판사, 1967)에 수록된 바 있다. 김동리기념사업회, 같은 책, 58-92쪽 참조.

다. 중구는 서울 원서동 냉돌방에서 기침을 쿨룩거리고 있을 늙은 어머니와, 충남 논산에 어린 딸을 데리고 피난간 아내를 생각하면서 그가 지금까지 부산을 끝의 끝, 막다른 끝이라고 생각해 온 것이 K통신사 지국 사무실의 잠자리가 춥고 불편하다는 뜻이 아니라는 것을 느낀다. 가족을 걱정하는 무거운 책임의식과 실존적 회의가 장소경험으로 반영된 것이다.

이에 비하여 〈밀다원〉의 장소경험은 피난살이의 고달픔을 달래는 작중인물들의 친밀성으로 전달된다. 밀다원은 광복동 로터리에서 시청 쪽으로 내려가는 쪽에 있는 이층 다방이다. 아래층 한쪽에는 〈문총〉 간판이 붙어 있었고 그곳에서 평론가 조현식(趙顯植)과, 허윤(許玧)을 만난 후 이층의 다방으로 오르며 중구는 "다방에서 나는 사람들의 말소리가 왕왕거리는 꿀벌 떼 소리"를 들으며 무엇이 그를 이렇게 즐겁게 하고 흥분시키는 것인가를 생각한다.

중구의 눈에는 다방 안의 사람들이 "스무 개나 됨직한 테이블을 에워싸고 왕왕거리는 꿀벌 떼"로 인지된다. 여러 사람과 인사를 마친 중구는 입이 헤벌어지며, 웃음이 터지는 자신을 향하여 "사람이란 무엇일까요." (66쪽)하는 자기반성으로 〈밀다원〉에서의 존재의식을 환기한다. 이와는 달리 부산의 피난생활은 중구의 소외의식을 부각시킨다. 조현식의 집에서 가족의 안부를 묻는 물음에 답하며 "너에게는 불효자란 이름을 선언한다."(71쪽)는 가족의 윤리를 저버린 소외의식을 드러낸다. 뿐만아니라 〈문풍지가 우는 듯한〉, 〈피리 소리〉 같던 뱃고동 소리에서는 피난생활의 사회적 소외의식이 나타난다. "지금까지는 서울 있는 놈들이 문단을 리드해 왔지마는 지금부터는 부산이 수도로 됐으니까 재부(在釜) 문인들이 문단의 주도권을 잡아야 한다." (72쪽) 전필업이 했던 말을 현식에게 전해 들으면서도 끝의 끝, 막다른 끝의 위기로 몰린 실존적 소외의식이 부각된다.

한편 밀다원에서 나와 갈매기 떼들이 몰려오는 부산 앞 바다의 풍경이 보인 남포동 뱃머리라는 선창가 빈대떡집에서 모인 중구 일행은 전시 상황 중 대한민국의 예술가들의 정체성에 대한 회의를 표출한다. 송 화백과 안정호는 대한민국이 예술가들을 천대한다며 대한민국 예술가들은 다 죽어야 한다고 몇 번이나 소리를 지른다. "그놈의 돈들이 다 어디가 뭉쳤기에, 몇도 되지 않는 대한민국 예술가들이 다 거지가 돼서 저놈의 바닷물에라도 빠져 죽어 버려야 하게 됐단 말인가?"(76쪽) 이러한 열변에서는 예술가들의 열악한 전후 현실이 폭로될 뿐만 아니라 죽음의 복선으로 바다의 공간성이 인지된다.

중구는 바다로 향해 고개를 돌린다. 얼얼한 술기운에 퍼런 해면이 비친다. 그 위에서 껑충거리는 허연 갈매기 떼도 보인 동시에 그의 머릿속에는 내리막을 달리는 최종 열차가 떠오른다. 땅 끝까지 가서는 바다에 빠진다는 것이다. 바다에 빠지지 않기 위하여 기차는 목이 쉬도록 울며 발목이 휘어지도록 뻗대나 내리막을 달리는 무서운 속력의 관성에 의하여 기어이 바다로 들어가야만 한다. "오오, 갈매기여, 갈매기여! 그는 시인 같은 심정으로 갈매기를 불러 본다."(78-79쪽) 중구는 갈매기 떼를 바라보면서 자기는 이미 바다에 빠져 있는지도 모르며, 갈매기 떼에 들어 있는지도 모른다는 생각을 한다. 중구가 바라본 바다에서 부산의 장소경험에 따른 실존의식이 바다에 빠진 기차에서 바다 위를 나는 갈매기로 전환되는 변화가 인지된 것이다.

이러한 맥락에서 중구가 범일동 오정수의 집에서 극진한 환대를 받으면서도 강하게 느낀 소외의식은 인류과 동지애와 멀어진 자아 성찰과 사회적 윤리성의 반영으로 볼 수 있다. 오정수 집에서 소외를 느끼면서도 중구는 "저놈의 날라리 피리 소리들 땜에 나는 고마아 못 살겠심대이."(81쪽) 부산의 지역어로 자신의 소외를 감추며 '날라리 피리 소리'라고 한 고동소리는 중구의 취한 가슴속에서만 나는 고독과 외로움을 부추기는 소리로 인지된 것이다. 오정수 집에서 감옥을 탈출하듯 나온 중구는 오정수의 참되고 올바르고 따뜻한 인격과 조용하고 아늑하고 풍류적인 서재와, 깨끗한 침구뿐만 아니라, 구미 당기는 생전복과 생미역과 냉이무침과 젓갈과 이런 것 모두를 무어라 칭찬하고 감사해야 좋을지 모르겠다는 심경을 "편하기는 그만인"(83쪽)이라는 완곡한 말로 표현한다. 그 이면에는 편한 것에 만족할 수 없는 장소의 윤리적 경험으로 소외의식이 자리한다.

또한 중공군이 원주 오산까지 침공한 사실을 알리며 제주도로 갈 것을 권유한 길여사와 조현식이 문답을 계속하는 동안 중구는 오정수의 집에서 맛본 고독의 무서움을 생각하며, 〈밀다원〉이 있는 곳에서 멀리 갈 수 없으며, 최후까지 〈밀다원〉에 남아 있는 친구들과 행동을 같이하리라 생각했다. "꿀벌은 꿀벌 떼 속에, 갈매기는 갈매기 떼 속에"(83쪽) 육지 중심적 사유에 고착된 장소경험은 수면제를 먹고 자살한 박운삼의 죽음으로 말미암아 새로운 공간 인식의 전환을 보여주게 된다. 〈밀다원〉 구석자리에 벽화같이 앉아 서글픈 표정으로 있던 시인의 죽음은 여의대생인 애인과 헤어진 고독의 탓인지 실존의 고독 때문이지는 불확정하며 단지 그가 남긴 〈고별(告別)〉 제목의 유서 내용으로 추정될 뿐이다.

박운삼이 죽고 난 후 〈밀다원〉 다방은 문을 닫는다. "내부수리로 〈밀다원〉에서 쫓겨 나오다시피 된 그들은 광복동 로터리 주변에 있는 다른 다방들로 분산되어 나갔다. 로터리를 중심으로 하고, 더러는 남포동 쪽의 〈스타〉 다방으로 나가고, 절반은 창선동 쪽의 〈금강〉 다방으로도 나갔

다."(90쪽) 중구는 그의 친구가 일하는《현대신문》건너편에 있는〈금강〉
다방에 나가게 된 이후《현대신문》논설위원을 맡았다. 조현식 또한 중
구의 소개로《현대신문》이층 구석방에〈문총〉간판을 옮겨 일을 하게 된
사흘 후에《현대신문》문화란에는 조현식의 평론과 송 화백의 컷이 곁들
여진 박운삼의 유작시「등대」가 게재되었다.

　작품의 마지막 장면은 박운삼의 유작시 '등대'가 실린 지면의 공간적
은유로 실존의식을 환기한다. "먼바다 저쪽 흰 옷의 신부는 등대같이 섰
는데 나는 나를 살라 불을 켜는가."(92쪽) 박운삼의 유작시 마지막에서
시인을 구원한 등대는 땅이 아닌 바다를 향하며 그것은 꿀벌 떼의 소음
이 아닌 갈매기의 고독과 같이 죽음과 같은 어둠을 밝힌 새로운 탄생의
공간성을 환기한다. 이렇듯 시인의 유작시가 실린 신문 지면은 전쟁으로
인하여 목숨을 잃은 수많은 생명을 기억하는 공간이자 '망자 추모'[21]의
공간으로 확장되는 지점에서 애도를 넘어 바다와 같은 포용을 환기한다.
시인의 유작시가 전쟁을 겪으며 피난지 현실을 견뎌야 했던 이 땅의 모
든 문화예술가들의 실존을 반영하는 기록의 공간이자 이유 없이 목숨을
잃어야 하였던 무고한 존재들에게 바친 애도가 된 셈이다. 궁극적으로
이 작품에 함축된 비극적 전쟁의 희생과 맞닿는 공간전망은 벌떼의 무리
즉 군중 속 소외를 극복하고 바다를 나는 갈매기의 고독한 자유로움으
로, 피난지 부산의 장소경험을 통하여 죽음의 애도에서 생명력의 포용이
확장된 인간성 복원을 강조하는 근대성찰의 효과를 낳는다.

---

21) 문화적 기억은 망자 추모에 그 인간학적 본질이 있다. 그러므로 망자의 이름을 기억
　　하고 경우에 따라서는 후세에 전해주는 것이 가족들의 책무처럼 받아들여졌다. 망자
　　에 대한 기억은 종교적인 차원과 세속적인 차원으로 나누는데, 전자는 경건함으로,
　　후자는 송덕(頌德)으로 각기 대변된다. 알라이다 아스만 지음, 변학수 · 채연숙 옮김,
　　『기억의 공간』, 그린비, 2018, 39쪽.

한편으로, 「실존무(實存舞)」[22]에 드러난 피난지 부산의 장소경험은 국제시장의 역동적인 만남과 소통을 통한 공간인식으로 포용을 전망하는 효과가 있다. 서사의 공간적 배경인 부산 국제 시장은 작품의 시작 부분에서부터 김진억의 시점으로 부각된다. "부산 〈국제시장〉이라고 하면 사람이 개미 떼처럼 언제나 바글바글 뒤끓고 있는 데다 한번 발을 들여놓기만 하면 등과 등을 비비고 어깨와 어깨를 부딪치게 마련이다." (114쪽) 국제시장 바닥에서 만년필을 팔며 실향민 진억에게는 피난지 부산의 〈국제시장〉의 공간이 생존을 위하여 돈을 벌 수 있는 삶의 터전이자 북에 가족을 두고 홀로 생활하는 고독을 위로 받을 수 있는 역동적 장소로 인지된 것이다.

이처럼 소설은 복잡하고 역동적인 국제 시장에서 비가 와서 땅까지 좀 질어 착잡한 기분이 고조되는 상황에서 장계숙(張季淑)이란 젊은 여자가 시장 길가에 만년필 상자를 차려 파는 김진억(金鎭億)이란 남자의 바짓가랑이에 흙물을 튀게 한 우연한 사건으로 시작된다. 만년필 장수 진억과 밀크집을 운영한 장계숙이 우연히 부산 국제 시장에서 맞닥뜨린 장면의 은유는 새로운 삶의 터전을 찾아 온 실향민들을 포용한 피난지 부산의 장소성을 강조한 작가의 공간수사학적 전망으로 볼 수 있다.

계숙이 김진억을 처음 본 날은 밀크홀을 시작한 지 한 달가량 밖에 되지 않았을 때였다. 밀크집을 운영한 여주인 장계숙은 능동적이며 이지적인 면모를 갖춘 현대적 여성으로 소개된다. 전쟁 중에 남편이 납치되어 친정에 얹혀 산지 일 년쯤 되자 계숙은 경제적으로 독립하기 위하여 국

---

22) 「실존무(實存舞)」는 원본이 1955년 4월 《문학과예술》에 발표되었고, 『김동리대표작선집 1』(삼성출판사, 1967)에 수록된 바 있다. 김동리기념사업회, 같은 책, 113-156쪽 참조.

제시장에 밀크집을 차린 것이다. 장계숙에 비하여 만년필 장수 김진억은 소심하며 소극적인 성격으로 그려진다. 그는 흙물을 티고 사과를 하며 사라진 계숙의 뒷모습을 보며 어딘지 깨끗한 여자란 생각을 했다. 평소 친구와의 술자리에서도 위안을 얻지 못하였던 그의 고독은 질척거리는 길바닥과 바글거리는 사람 속 국제시장에서 비로소 안정되었다. 시장의 바글거리는 사람 떼와 질척거리는 길바닥과 먼지와 아우성과 시장 안팎의 소음 등이 오히려 그가 피난 생활의 외로움을 견딜 수 있는 위안이 되었던 것이다.

진억은 시장에서 계숙을 우연히 만난 뒤 한 달쯤 지난 뒤 찾아 온《항도신보》에서 일하는 친구 이영구를 따라 밀크집 〈갈매기〉에 가게 되고 그곳에서 우연히 밀크집 주인인 계숙과 다시 만나게 된다. 그 후에도 영구는 계숙에게 찾아와 자기의 결혼상대로는 남편이 이북에 납치되어 간 사람이 좋겠다며 계숙에게 청혼한다. 남북이 통일되면 이북에 처자를 두고 온 사람은 그 처자를 도로 만나게 될 것이고 이북에 남편이 끌려간 사람은 남편을 찾게 될 터이니, 그때 가서 모든 것은 합리적으로 해결될 것을 고려하여 실향민인 영구는 계숙과 결혼하고 싶어 한 것이다. 덧붙여 영구는 자기가 계숙을 무한히 존경하고 만약 계숙과 결혼을 한다면 이보다 더 큰 행복과 영광이 없다고 정식 구혼을 하였다.

그 날 이후로 영구는 한동안 밀크홀 〈갈매기〉에 나타나지 않는데 비하여, 진억이는 만년필 상자를 계숙의 가게에 맡기고 다니면서 두 사람은 신뢰하는 사이로 가까워졌다. 계숙이 진억에 대하여 알고 있는 것은 원산에 가족을 두고 남하하였다는 정도이며, 진억 또한 계숙에 대하여 알고 있는 것은 남편이 이북에 납치된 이래 친정 쪽에 의탁하여 살아간다는 정도뿐이었으나 서로를 신뢰하는 사이가 되었다. 진억과 계숙은 새로운 가정을 이뤄 아들까지 낳고 살아가는 어느 날 북에 있던 진역의 가족이 찾아온다. 그 충격으로 진역은 쓰러져 병원에 가고, 계숙은 화가 난 상태에서 술이 취해 영구와 '실존무'를 부르며 춤을 추다가 마침내 영구의 손을 뿌리치고 홀로 괴로워한다. 끝내 영구의 손을 뿌리친 계숙의 실존적 선택을 국제시장의 장소경험을 통하여 유추하자면, 이북에서 온 진역의 가족과 소통하며 수용하는 포용을 보여줄 것이라는 전망이 가능한 셈이다. 피난지 부산에 뿌리를 내린 국제시장에서 소통하는 전후 역동적 생활처럼 북에서 온 진역의 가족을 향한 계숙의 따뜻한 인간애를 예측하는 지점에서 피난지 부산의 장소경험에 따른 포용의 공간인식이 근대성찰적 휴머니즘의 관점으로 환기된다.

2) 배려, 통합의 공간으로 본 근대 성찰의 재건

탈향과 피난에 이어지는 귀향과 새로운 만남의 장소 경험은 「청자」와 「살벌한 황혼」 그리고 「어떤 상봉」에서 부각된다. 「청자」와 「살벌한 황혼」에서는 서울의 장소 경험이 부각된 데 비하여, 「어떤 상봉」에서는 광주를 지역적 기반으로 한 만남의 장소 경험이 부각된다. 서울과 광주의 각기 다른 지역을 기반으로 한 공간 인식은 전쟁 이전과 이후 그리고 전시 상황 중 폐허가 된 현실과 가족 내지는 이웃의 관계를 성찰하는 장소 경험을 통하여 배려와 통합의 각기 다른 가치로 전쟁 후 재건을 전망하는 효과를 낳는다.

우선 「청자」[23]에서는 전쟁으로 인하여 석운이 생명보다 소중하게 여

---

23) 「청자」는 1955년 2월에 《신태양》에 발표되었으며, 『김동리대표작선집1』(삼성출판사,

겼던 청자를 잃어버린 상실감으로 죽음을 선택하기까지 서울의 장소경험이 부각되는 심층에서 이웃을 향한 배려의 공간 인식이 전망된다. "성북동 안골짜기라면 물 맑고 공기 좋고 여름엔 나무 그늘 푸지고 겨울엔 솔바람 소리 그윽하고 살면 살수록 정이 드는 데다 거기 또한 이웃까지 좋고 볼 양이면 따로 낙지(落地)를 구할 생각조차 날 리 없다."(43쪽) 작품의 시작에서부터 석운과 화자 '나'가 공유한 성북동 안골짜기 장소경험이 이웃의 관계성으로 강조된다. 석운과 화자 '나'가 친한 사이가 된 것은, 서양화 전공임에도 불구하고 서예와 고자기 수집이 석운의 취미에 흥미를 가진 까닭도 있지만, 그 보다는 성북동 안 골짜기 특수한 지대를 공유하는 환경적 조건이 더 크게 작용하였다. "성북동 안골짜기"는 성북동의 바깥쪽과 구분된 경계의 의미로 서울의 다른 지역과 성북동의 분리와 더불어 서울 외 다른 지역을 구분 짓는 경계로 확장될 수 있다.

이와 같이 서사 초반에 강조된 "성북동 안골짜기"의 장소경험은 작품의 후반에서 장독이 깨어지고 장독의 액체가 밖으로 흘러나온 살풍경한 석운의 '집'과 대비되는 공간의 해체와 확장의 의미로 이웃의 확산에 따른 배려를 전망하는 효과로 환기된다. 막역한 이웃 친구로 네댓 해 지내는 동안 화자 '나'는 석운이 숨 막히도록 찬미하여 숭상한 청자를 손에 넣기까지의 내력뿐만 아니라 그가 수장한 도자기의 각기 다른 미적 가치를 듣게 된다. "저건 정말 보뱁미다...사실 나는 저 백자를 일천만 환에는 팔지 않습니다만, 저 주사박이를 일천만 환이라 한다면 청자는 일억만 환, 아니 백억만 환이라도 팔지 않습니다. 생명하고라도......"(47쪽) 석운은 화자에게 자신이 가장 으뜸으로 여긴 청자의 가치를 백억만 환에도 팔

1967)에 수록된 바 있다. 같은 책, 43-57쪽 참조.

지 않을 뿐만 아니라, 심지어 자신의 생명보다 소중하게 여긴다는 심경을 고백한다. 화자의 눈에도 청자병은 훌륭하고 아름다웠다. "무한을 연상케 하는 푸른빛 속에 은은히 묻혀 있는 흰빛의 학 떼와 역시 무궁 같은 것을 느끼게 하는 어깨의 곡선은 다른 어느 것에서보다도 가슴이 부푸는 듯한 강렬한 풍족감으로써 사람을 친하게 하는 것이었다."(47쪽) 이처럼 매혹적인 청자가 청운의 손에 들어 온 것은 해방 직후의 일이었다. 충청도 지주였던 청운의 부인 이씨 친정의 가보로 비장되어 오던 청자를 해방 후 친일파 숙청의 문제가 일어나자 사위인 청운의 집에 잠시 옮겨 두었고, 나중에 이것마저 처분해야 할 만큼 생활이 어려워지자 석운이 시골의 토지를 정리한 돈을 지불하면서 양도 받게 된 것이다.

청자가 석운의 수장품이 된 내막을 듣고 얼마 지나지 않아 전쟁이 났다. "육이오가 터지고 일사 후퇴가 닥치고 하여, 그는 부산으로, 나는 충청도 산골짜기로 헤어진 3년 동안 소식불통이 되어 있었던 것이다."(48쪽) 석운은 화자가 53년 9월 환도한 것보다 두 달 전에 서울에 돌아왔다. 환도 후 서울의 장소 경험은 석운이 겪는 청자의 비극적 상실로 강조된다. 석운이 우수한 수장품들을 잃었을 뿐만 아니라, 그의 부인 또한 딴 사람으로 바뀐 것을 확인하고 화자는 놀랄 수밖에 없었다. "하나도 없어, 하나도 없어!"(49쪽) 석운의 한탄에 "그래도 백자는 꽤 많이 남았구먼."라는 화자의 위로의 말도 청자를 상실한 청운에게는 시비로 들릴 뿐이었다.

그런 지 3, 4일이 지나 석운은 화실에 놓여 있던 백자 하나를 가지고 와서 화자에게 거리낌 없이 선물한다. "한 자 높이나 되는 화병으로 지금 그에게 남아 있는 것 가운데서는 제일 나은 거라고, 그도 허락을 했고, 나도 인정을 했던 조선 치였다."(50쪽) 청자를 상실한 석운에게 아무런 위로가 되지 않았던 백자를 화자에게 선물한 행위에는 자신의 수장품을 자랑하였던 과거의 성찰과 더불어 이웃을 향한 배려의 가치가 환기된다. 피난을 떠나며 남하할 때 석운은 청자병만은 자기가 직접 가슴에 안고 가려고 했지만, 그의 부인이 집 안에 묻자고 하여 청자병과 주사박이 백자 그리고 귀중한 것들을 모두 뜰에 묻고 피난을 갔던 것이다. 51년 7월에 혼자 서울로 올라온 석운은 대수롭지 않게 여긴 한 구덩이만 남고 다른 두 구덩이에 묻어 둔 청자병과 주사박이 백자들이 죄다 없어지고 한 구덩이 백자만 남았음을 확인한 후 쓰러졌다가 친구의 구원으로 겨우 부산으로 돌아갔다. 반 정신병자 같이 돌아 온 그를 보자 부산에 있던 그의 부인이 그 길로 큰 병을 얻어 죽고 말았다. 이러한 이야기 끝에 석운은 화자에게 백자도 친구에게 주어버린 편이 나을 것 같으니 받아 두라고 권한다.

석운이 백자를 화자에게 준 지 일 년 가까이 지난 어느 가을 날 석운은 출판사에 근무하는 화자를 찾아와 새 청자병을 구입한 사실을 알린다. 새 청자병을 구입하기 위하여 300만 환은 스물예니곱 칸 그의 집을 잡혀 빚을 내고, 50만환은 백씨에게 거짓말로 받아내고, 50만 환은 그와 관련된 학교와 친구들에게 그의 소장품을 양도한 조건으로 얻고, 나머지 100만 환은 오씨에게 차용증서를 써 준 사연을 실토한 것이다.

"이 말을 들은 나는 석운의 성격이 그렇게라도 해서 그것을 구하지 않고는 견디지 못할 사람이란 것을 아는지라 현실적 조건을 들어 새삼스레 그를 추궁할 수는 없었다."(55쪽) 자신이 지향하고 추구하는 미적 세계나 숭배하는 이념과 사상을 위해서는 어떠한 희생도 불사한 석운의 성격은 자연 앞에선 인간의 허무함을 깨우치는 휴머니즘의 성찰로 작용할 수 있다. 화자는 석운의 큰 딸이 아버지가 마구 그릇을 깨뜨리려고 하는 말려 달라는 부탁을 받고 석운의 집에 가 석운을 찾는다. 화실 안에 달포 전에 사들였던 청자가 산산조각으로 널려 있는 것을 보고 충격을 받은 화자가

석운을 찾기 위하여 우물가로 돌아 뒤뜰로 들어갔을 때 이미 석운은 청자
병과 주사박이 백자를 묻었다던 "그 움푹한 흙구덩이 위에 두 눈이 허옇
게 뒤집힌 채 자빠져 누워" 있었다. "석운!" 하고 불러도 대답이 없고, 곁에
서 있는 감나무에서 붉게 물든 감잎이 가만히 땅위에 깔릴 뿐이었다."(57
쪽) 새로운 청자병을 수단과 방법을 가리지 않고 소유하였지만 석운은 새
로운 청자병을 보면 볼수록 잃어버린 청자병 생각 때문에 화가 나서 견딜
수 없는 지경에 이르고 결국 스스로 죽음을 자초하고 만 것이다.

이 작품의 끝에서 감나무 잎이 땅에 떨어지는 복선으로 석운의 죽음을
은유한 작가의식과 맞닿는 미래 세대를 위한 배려[24]로 전후 근대 성찰의
우주론적 질서를 엿볼 수도 있을 것이다. 청자의 아름다움과 유려한 미적
가치에 심취하여 오히려 인생의 진정한 가치를 잃어버린 원인은 서사 표
층에서 석운의 미적 가치의 숭배와 욕망의 집요한 성격으로 드러나지만,
역사적 비극으로 그것을 들여다보면 전쟁의 폭력성을 폭로하며 자연의
조화로움으로 인간의 존재를 성찰하는 동기로 작용하기 때문이다. 이와
같이 공간 수사학으로 보면 석운이 친구인 화자에게 준 백자는 이웃을 향
한 배려의 가치로 수도 서울의 장소경험을 확산하는 효과를 낳는다.

이에 비하여 「살벌한 황혼」[25]의 모두(冒頭)에서는 전시 상황 중 많은
사람들이 피난을 간 서울의 공간이 살풍경하게 묘사되어 있다. 살벌한 서
울의 광경이 육이오 때 남하하여 대구서 유엔군에 편입된 이래 반년 만에

---

24) 후대를 위한 공간수사학으로 보면, 1958년 10월 《사조》에 발표되었다가 1967년 『김
　　동리대표작선집1』(삼성출판사)에 수록된 「강유기(江遊記)」의 장소 경험을 통하여
　　그 어떤 유희나 즐거움보다 후진들을 위한 배려를 최우선으로 둔 내포작가의 공간인
　　식과 맞닿을 수 있다. 같은 책, 195-228쪽 참조.
25) 「살벌한 황혼」은 1954년 발표되었으나 원발표지는 미확인이며, 『실존무』(인간사,
　　1958) 수록된 바 있다. 같은 책, 299-305쪽 참조.

서울을 찾아 온 유엔군 연락 장교 윤주호 중위의 시점으로 강조된다.

"스무닷새도 지나 엿대 이레 무렵이 되니 서울시가 아주 텅 빈 것처럼 휑뎅드렁해졌다. 덮인 것은 눈과 얼음이요, 이따금씩 골목을 휩쓰느니 살을 에는 찬바람이었다."(299-230쪽) 구이팔 수복 때도 서울에 발을 들여놓을 기회가 없어 진남포에 상륙 평양으로 진격했던 윤중위가 자나 깨나 못 잊던 서울을 울렁거리는 가슴으로 급박하게 찾은 이유는 약혼자 경희의 소식이 궁금해서였다. "경희는 어떻게 되었을까, 괴뢰군에 협력하지 않다가 놈들에게 끌려가지나 않았을까, 유엔군의 폭격에 치명적인 상처를 입지나 않았을까" 주호는 입군 한 이래 경희의 생각을 하루도 잊어 본 적이 없었다. 서울 시내에서 2시에서 5시까지 세 시간에 걸쳐 용무를 마친 그는 남은 한 시간 동안에 약혼녀 경희를 만나겠다는 일념으로 혜화동에 위치한 경희네 집을 찾아갔다. 영등포와 필동에서 용무를 마치고 혜화동을 향해 지프차를 달리게 된 때는 저녁 해가 인왕산 머리를 넘을 무렵이었다. 살풍경한 서울의 광경을 실제 보고나서는 아픔과 슬픔을 주체할 수 없었다. 을지로 2가 3가의 황량한 폐허로 인하여 그는 형언할 수 없는 분노와 살기로 전율하였다.

"'경희!' 그는 맘속으로 부르짖으며 술 취한 사람처럼 흥분에 몸을 떨며, '오오 부서진 서울이여! 폐허 된 서울이여!'"(301쪽) 윤중위의 눈에 들어온 타고 부서지고 폐허가 된 서울은 이내 그의 애인 경희가 되었다. 경희는 이 무시무시한 폭력을 어떻게 감당했을까, 경희는 무사할까 하는 불안과 분노의 감정에 지프차의 속력을 올려 을지로 4가에서 혜화동에 이르는 길은 더욱 쓸쓸하였다. 넓은 길 위에 사람이라곤 술에 취한 채 두세 사람씩 짝을 지어 다니는 미군이거나, 뒤늦게 피난길을 떠나는 피난민이었다. "머리에 보퉁이를 이고 혹은 등에 괴나리봇짐을 진 채 힘없이 타박타박

걸어가는 쓸쓸한 그림자들뿐"(302쪽)인 서울의 거리는 을씨년스러웠다.

혜화동 로터리를 못 미쳐 주호가 차를 왼쪽으로 돌리자 골목 안은 황혼이었다. "연기도 오르지 않고 인기척도 없는 빈 골목엔 바람이 휘휘 불어왔다. 첫째 집, 둘째 집, 셋째 집 그리고 다음이 경희네 집이었다. 집집마다 대문은 잠겨 있었다."(302쪽) 주인 없는 경희네 집 대문을 긁는 참혹하게 마른 개 한 마리가 경희가 키우던 메리라는 것을 주호가 겨우 알아차릴 만큼 메리는 이전과는 다르게 야위어 있었다. "그 만큼 메리는 이미 여러 날의 주림과 추위와 뼈저린 고독에 시달리어 마를 대로 마르고 변할 대로 변해 있었다." 주호가 메리를 나직하게 떨리는 목소리로 부르자 메리는 "오랫동안 고독에 젖은 깊고 빛나는 두 눈"으로 그가 누구인가를 즉시 알아보았다. "주호가 세 번째 그녀의 이름을 불렀을 때 메리는 어느덧 달려와 그으 품에 안기었다."(303쪽) "메리의 가엾게 마른 코빼기와 갈비뼈 들을 쓸어 주었"던 주호는 메리에게 먹일 고기와 과자를 사려고 지프차에 메리를 태운 채 부근 일대를 돌다가 "굴뚝새만큼이나 남은 고기와 가마보코"를 구하였다.

그 때가 정각 6시가 되었음을 확인하고 주호는 당황했다. 6시까지는 서울을 떠나야 했던 주호는 메리를 데려가고 싶었지만 데려갈 수가 없었다. 직속상관의 눈치뿐만 아니라 "거추장스러운 짐은 모조리 정리하는 판인데 작전에 소용없는 공연한 식구"로 메리가 취급될 수밖에 없는 전시 상황에 봉착했기 때문이다. 주호는 원남동 로터리 곁 빈터에서 메리에게 고기와 가마보코와 양엿과자를 먹이면서 경희가 가여운 메리를 버리고 혼자만 피난을 떠나가야 하였던 절박한 상황을 떠올린다. 메리 생각은 감쪽같이 잊은 채 떠나버린 것일까, 어머니나 오빠가 메리의 동행을 반대 했을까. 그렇지도 않으면 메리 생각은 잊고 떠난 것일까 하는 상황을 추측하면서 경희가 자신의 분신 같던 메리를 데려갈 수 없었던 것과 같이 주호 또한 메리를 데려갈 수가 없는 한계상황을 인식한 것이다.

주호가 마지막으로 메리를 부르며 손을 내밀자, 먹던 과자 부스러기를 주둥이에 묻힌 채 고개를 쳐든 메리가 뛰어와 주호의 품에 안기었다. 메리를 한참 동안 안고 있던 주호는 손목시계를 본 뒤 메리를 땅에 놓아주었다. 메리가 조금 전에 먹다 남긴 음식에 입을 대기 시작한 때 주호는 권총을 바른 쪽 손으로 옮겨 총을 메리에게 쐈다. 메리의 "마른 갈비뼈와 발목 근처에 한참 동안 경련이 계속"되었다. 이웃집 대문을 두드린 주호는 여섯 번째 집에서 나온 노인 한 사람을 메리가 쓰러진 곳까지 인도하여 왔다. "할아부지!"하고 처량하게 변한 목소리로 주호는 "이거 좀 묻어주세요…… 이 자리에……단단히……"(304쪽)라는 부탁을 한다. "그러면서 그는 주머니에 손을 넣어 잘 세어 보지도 않은 채 손에 잡힌 지폐를 그대로 노인에게 내밀었다."(305쪽) 말미에서 주호가 손에 잡힌 지폐를 노인에게 다준 행위에는 메리의 죽음마저 "소중히 한다는 것"[26]과 맞닿는 사랑의 장소성으로 인지된 배려가 휴머니즘의 관점으로 환기된다.

그러므로 마지막 장면에서 주호가 총으로 쏜 메리를 쏜 것은 동물에 대한 폭력이기보다는, 메리가 혼자 감당해야 할 죽음의 고독과 고통을 행복한 순간으로 상쇄하기 위한 장소적 배려로 보는 편이 전쟁의 비극을 강조하는 공간 수사적 차원에서 설득력을 강화할 수 있다. 죽음을 넘어선 메리를 향한 애착뿐만 아니라 메리를 묻는 장소에서 삶의 뿌리를 내

---

26) 소중히 한다는 것은 실제로 "인간이 세계와 맺는 관계의 기초"이기 때문이다. 그런 헌신과 책임에는 하이데거가 "아낌"이라고 부른 것도 포함된다. 즉 아낌이란 사물, 여기서는 장소를, 그것이 존재하는 방식 그대로 두는 것이다. 에드워드 렐프, 같은 책, 95쪽.

리겠다[27]는 결연한 사랑의 의지가 환기되기 때문이다. 전시 상황 중에 폐허가 된 서울의 공간 속에서 애인과 헤어져야 했던 주호의 눈을 빌려 메리의 고독과 아픔과 슬픔과 고통 그리고 죽음까지를 배려하는 장소 경험을 통하여 인간과 동물의 유기체적 운명으로 근대를 성찰하는 재건의 방향성이 새롭게 탐색되어야 하는 이유가 여기에 있다.

한편으로 「어떤 상봉」[28]은 1951년 「상면」이라는 제목으로 발표되었다 나중에 「어떤 상봉」으로 제목으로 바뀌었다. 이 점을 감안하면, 이 작품의 광주의 지역적 기반이 「상면」에서는 부자지간의 만남을 강조하기 위한 공간적 배경으로 기능한 데 비하여, 「어떤 상봉」에서는 이웃을 향한 민초들의 외경의 태도로 통합의 재건을 성찰한 공간인식의 변화가 인지된다.

후자에 무게를 두고 전후 재건의 공간 전망의 차원에서 보면, 이 작품의 시작은 여수에 부두에 도착한 함안 농사꾼 석규의 소탈하고 왜소한 모습과 불안한 내면의식을 강조한 장소경험이 부각된다. 이에 비하여 소설의 끝에서는 광주 군부대 소속 아들을 만나고 오는 길에 창고 모퉁이에 돌아서서 소변을 보는 석규의 장소경험을 통하여 낯선 공간이 집과 같은 일상으로 변화된 공간인식의 전환을 강조하는 효과가 크다. "여기가 어디멘가요?" 석규는 여수 선창에 내려 배에서 내린 다른 손님에게 묻는다. "배가 여수항에 대기 전부터 몇 번이나 물었을 뿐 아니라 배에서 내릴 무렵에도 두세 번 같은 말을 묻고 난 사람이 또 이것을 되풀이해 물으

---

27) 한 장소에 뿌리를 내린다는 것은 세상을 내다보는 안전지대를 가지는 것이며, 사물의 질서 속에서 자신의 입장을 확고하게 파악하는 것이며, 그리고 특정한 어딘가에 의미 있는 정신적이고 심리적 애착을 가지는 것이다. 에드워드 렐프, 같은 책 같은 쪽.

28) 원제목은 「상면」이다. 「상면」은 1951년 발표되었지만 원발표지는 미확인이다. 「상면」이 원제목인 「어떤 상봉」은 1978년 태창문화사에서 출간된 『꽃이지는이야기』에 수록되었다. 같은 책, 290-298쪽 참조.

니 같은 배에 탔던 사람으로서는 대답하기가 차라리 열없다.”(291쪽)고 느껴질 정도다.

“경상도 함안서 전라도 광주까지 가는 것이 어느 먼 타국에나 가는 것처럼 불안하고 겁이 났다.”(293쪽) 석규는 먼 타국 같이 여겼던 광주까지 아들을 보겠다는 일념으로 찾아 간다. 함안에서 그의 아들 봉호가 소속되어 있다는 광주 본부에 몇 날 며칠을 걸러 가야 하는 6백리가 되는 거리다. 당시 교통편으로는 함안에서 마산을 가서, 마산에 배를 타고 뱃길로 바다를 3백리 쯤 건너 여수에 도착하여, 여수에서 광주까지 3백리를 건너야 하는 먼 길이었다. 서사에서 여수에 도착하기 전까지의 함안의 장소경험은 석규의 과거 회상으로 반추된다.

이렇듯 이 소설에서 여행의 플롯은 모병에 뽑혀 나간 아들을 만나기 위한 최종 목적지인 광주의 장소경험에 따른 전후 공간인식의 변화가 강조된 공간 수사적 의미로 파악될 수 있다. 모병으로 아들을 보낸 지 반년이 넘게 아들의 소식을 듣지 못하자 석규의 부부는 밤낮을 눈물과 한숨으로 보내느라고 일 년 농사를 반 폐농하다시피 하던 차에 아들이 광주에 무슨 대대 무슨 대에 있다는 소식을 접하자 석규는 멀었던 눈이 뜨인 것처럼 세상이 환해진 것을 경험했다. “얼른 가 보소, 농사고 머이고 아아 얼굴이나 봐야 살든지 어짜든지 하지……”(292쪽) 석규에게 아들을 보고 올 것을 적극 권하는 아내의 권유에 힘입어 어느 먼 타국에 나가는 것처럼 불안하고 멀게 느껴져 겁이 난 광주로 향하여 길을 떠난 것이다.

석규의 바른편 손에는 흰 보자기에 싸인 갓난아기의 베개만 한 짐이 들려 있다. 그 속에 쌀이 있다. 집에서 떠날 때 서 되를 넣은 것인데 몇 군데서 조금씩 내어주고 한 되 남은 쌀이 그가 소지한 물건이다. 쌀을 담아 간 짐이 갓난아기의 베개로 묘사되는 대목에서는 아들의 안부를 갓난아기 키우듯 쌀을 재배하듯 염려하고 정성을 쏟으며 오로지 하늘의 뜻에 따라 국가의 부름에 아들을 모병으로 보낸 아버지의 사랑과 충정이 환기된다. 그에게 쌀은 아들을 키워냈듯 정성을 쏟은 소중한 가치다. 이를 강조하듯 '농사꾼' 석규의 정체성이 반복적으로 명시된 것이다.

밤이 늦어 광주에 도착한 탓에 봉규는 그 날 밤 동회 사무소에서 거의 뜬 눈으로 세우고 이튿날 아침 수색대를 찾아가 아들 김봉호를 찾았지만 저녁때면 돌아온다는 소식을 듣고 혼자 산기슭을 찾아가 잔디밭 위에 누워 잠을 잤다. 밤새 못 이룬 잠을 잘 수 있는 집의 침실과 같은 장소가 된 것이다. 이러한 장소 경험은 주인공 석규가 고향을 떠나 낯선 공간으로 이동하는 심경이 처음에는 불안하고 두려웠지만 아들을 만나고 난 후 안도감뿐만 아니라 낯선 공간이 익숙한 장소가 된 심리적 변화를 반영한 것이다.

다음 날 봉호는 2시부터 4시간까지 두 시간 동안 휴가를 받은 봉호와 주막에 들어가 국밥을 주문했다. 두 사람은 국밥을 한 그릇씩 먹었다. 석규는 막걸리도 한 잔 마셨으나 봉호는 거리에서 사 온 떡과 엿과 배를 먹으라는 석규의 권유에도 "아이들이나 갖다 주이소."(297쪽)라며 마다한다. 봉호는 아버지 앞에 그 밖에 아무런 말이 없다. 석규가 묻는 말에 "잘 모르겠심더."라고 간단하게 대답만 할뿐이다. 봉호의 뒷모습이 눈앞에서 사라질 때까지 그 자리에 우두커니 서서 바라보는 것도 미안한 일이었다. "그는 그것이 누구에게 왜 미안한지 그런 것까지 알 수는 없었다."(298쪽) 아들과 헤어진 장면에서 석규는 알 수 없는 미안함에 사로잡힌다.

"그것이 누구에게 왜 미안한지 그런 것까지 알 수는" 미안한 마음이야말로 역사의 시련 앞에 온갖 고초와 어려움을 온 몸으로 감당하면서도 이웃을 돌아보고 세상과 우주를 향하여 겸손하였던 민초들의 진실하고 소박한 외경(畏敬)의 태도다. "길에서 서너 걸음 옆으로 나가, 창고 모퉁이에 돌아서서 소변을 보았다." 마지막 문장을 통하여 물과 흙의 물질세계의 비전으로 통합을 전망하는 우주론적 순환과 맞닿아 있는 공간인식을 엿볼 수 있다. '물과 흙의 결합'[29]의 차원으로 폐허에서 재건의 방향성을 보면 바다와 땅의 조화로움으로 우주적 통합의 새로운 공간인식이 전망되기 때문이다.

이 땅에 쏟은 진실한 땀의 가치가 하늘과 땅을 감동시킬 수 있다는 깨달음[30]으로 지극히 일상적인 행위로 장소경험의 친밀성 내지는 애착을 보여주는 의미가 깊은 만큼 낯선 공간이 익숙해진 광주의 장소경험으로 통합의 공간성이 환기된 것이다. 김동리 전후 공간의 수사학이 보여준 광주의 장소경험에서 가장 낮은 곳에서 역사의 사명을 묵묵히 감당한 민초들의 경험으로 근대 성찰적 재건으로서 통합이 전망되는 특별한 이유가 여기에 있다. 이렇듯 1950년대 김동리 단편소설에서 나타난 지역적 기반에 함축된 근대 성찰의 방향성은 전쟁으로 인한 탈향과 피난 그리고 만남의 구체적 장소 경험이 부각되는 심층에서 전후 폐허에서 재건을 전

---

29) 물과 흙의 결합은 반죽을 낳는다. 반죽은 물질주의의 기본적 도식 가운데 하나이다. 실제적으로 '결합시키는' 이러한 힘을 내면적인 끈의 공유에 의해서 일꾼은 자기의 일을 꿈꾸면서, 어떤 때는 흙에, 어떤 때는 물에 부여한다. 즉 유기적인 이미지는 반죽한다는 긴 끈기 있는 일 속에서 끝없이 일하는 사람의 마음을 사로잡는 것이다. 가스통 바슐라르, 이가림 옮김, 『물과 꿈』, 문예출판사, 2017. 197-198쪽 참조.

30) 이와 같이 새로운 세계관의 인식의 전환과 맞닿는 공간수사학으로 보면. 1955년 5월 《새벽》에 발표 1958년 『김동리대표작선집1』(인간사)에 수록된 「용」에서 팔십이 넘어서야 자아와 서백후의 만남을 보여준 장소 경험으로 대기만성(大器晚成)과 하늘의 섭리를 흙과 불 그리고 공기와 물의 조화로운 통합으로 강조하는 공간인식의 효과가 있다. 김동리기념사업회, 앞의 책, 93-112쪽 참조; 또한 1957년 7월 《사상계》에 발표되었다. 1958년 『실존무』(인간사)에 수록된 바 있는 「목공 요셉」의 장소 경험은 하늘의 아버지인 하나님을 경외하는 것 못지않게 땅의 수고를 마다하지 않았던 요셉을 경외해야 하는 점에서 예수의 태도를 성찰함으로써 동서양을 넘어 땅과 하늘의 조화로 우주론적 질서와 맞닿는 통합을 전망하는 효과를 낳는다. 같은 책, 182-194쪽 참조.

망하는 공간 인식을 희생과 포용 그리고 배려와 통합 등의 가치로 환기하는 효과를 낳는다.

4. 맺음말

1950년대 김동리 전후 단편소설에는 한국 전후 폐허에서 재건을 전망한 공간 인식이 포착되었다. 이러한 문제의식으로 이 논문은 1950년대 김동리의 전후 단편소설에 집중하여 작품의 배경이 되는 지역을 기반으로 한 장소경험을 분석함으로써 전후 김동리 본격문학에 뿌리를 둔 전망으로써 근대 성찰의 은유를 탐구하였다.

1950년대 김동리의 전후 단편소설에 나타난 폐허에서 재건으로의 공간인식의 전망이 다음과 같은 방향으로 분석되었다. 첫째, 탈향과 피난의 장소경험을 통하여 재건을 전망하는 희생과 포용의 공간인식이 분석되었다. 둘째, 탈향과 피난에 이어지는 귀향과 새로운 만남의 장소경험을 통하여 재건을 전망하는 배려와 통합의 공간인식이 파악되었다. 한국 전후 폐허에서 재건을 희생, 포용, 배려, 통합 등의 가치로 전망한 작가의 근대 성찰적 공간 인식을 통하여 우주만물과 유기체적 관계성을 성찰할 수 있는 이유다.

이와 같이 1950년대 김동리 전후 단편소설의 공간 수사학은 구체적 지역을 기반으로 한 장소경험을 통하여 전후 폐허에서 재건과 맞닿아 있는 희생, 포용, 배려, 통합 등의 전망으로 남북과 동서의 화합을 넘어 세계의 평화와 우주의 조화를 실현하는 공간인식으로 근대성찰의 관점을 강조한 효과가 크다.

제
2
장

이주홍 전후소설로 본
근대성찰의 은유

「늙은 체조교사」, 「철조망」로 본
근대성찰의 인지구성

1. 머리말

이 논문은 1950년대 발표된 전후소설 「철조망」, 「늙은 체조교사」 등에 함축된 전후 트라우마의 인지경로를 파악하는 방법으로 작가의 담화전략과 맞닿는 근대성찰의 은유미학을 조명하는데 목적을 둔다. "향파는 1906년 경남 합천에서 태어나 작고하기까지 다양한 장르의 많은 작품들을 남겼다. 해방전, 후 서울에서 활동하다가 6.25이전에 부산으로 내려와 1949년부터 부산수산대학에 자리를 잡음으로써 본격적으로 부산문학의 터를 닦는 작업에 전념하게 되었다. 그의 문학 활동은 초기에 아동문학으로 기울어지는 듯 했지만, 1956년에 첫 단편집 『조춘』을 펴냄으로써 본격 소설가로서의 면모를 드러낸다. 이어 『해변』(1971), 『풍마』(1973), 『어머니』(1979), 『아버지』(1982), 『깃발이 가는 곳을 향하여』(1984) 등의 소설집을 펴냈다."[1] 이와 같은 작가 전기적 측면을 고려할 때, 1956년 출

---

1) 남송우, 「이주홍 소설에 나타난 일상성과 역사성 속의 인물」, 이주홍 아동문학상 운영

간된 이주홍의 첫 단편집『조춘』에 실린「늙은 체조교사」,「철조망」등의 소설은 이주홍이 부산에서 교편을 잡고 부산에 삶의 뿌리를 내린 장소성을 통하여 교육가 경험에 토대를 둔 근대 성찰적 은유로 볼 수 있다.

이러한 입장에서 필자는「늙은 체조 교사」,「철조망」등에 나타난 장소적 경험에 따른 전후 근대 성찰의 의미를 본격적으로 파악하고자 한다.[2] 이주홍 소설연구의 선행연구를 검토하면, 우선적으로 류종렬의「이주홍과 부산지역 문학」,[3]「이주홍 소설 연구의 현황과 방향」[4] 등의 논의는 부산지역성을 반영한 대표적 작가로서 이주홍의 문학의 특징과 소설 연구의 지평을 총체적으로 고찰하여 집대성하였다. 다음으로 김천혜의 「두 편의 역사소설- 이주홍의 〈어머니〉 〈아버지〉론」,[5]「이주홍의 〈아버지〉 연구」[6] 송명희의「이주홍의 역사소설과 역사적 상상력」,[7] 황국명의 「이주홍의 역사소설 연구」[8] 등의 논의에서는 역사소설에 집중한 연구 성

위원회 편,『이주홍 문학연구-작가 작품론』, 대산, 2000, 170쪽.

2)「늙은 체조 교사」는『문화세계』(1953. 11)에「철조망」은『수도평론』(1953. 7)에는 발표되었고 이들 작품은 이주홍의 첫 단편소설집『조춘』에 수록되었다.『조춘』(세기문화사, 1956년)에는「안개 낀 아침」,「수야」,「늙은 체조 교사」,「낙선미인」,「심설」,「철조망」,「완구상」,「제수」,「조춘」,「닭국집」,「청일」,「미명」 등의 단편소설이 수록되어 있다. 본 연구의 텍스트는『이주홍 소설전집』제2권에 실린「철조망」과「늙은 체조 교사」로 한다.(류종렬 엮음,『이주홍 소설전집』,《이주홍문학재단》지음, 세종출판사, 2006.)

3) 류종렬,「이주홍과 부산지역 문학」,『한국현대소설연구』제19-19호, 한국현대소설학회, 2003, 47-75쪽.

4) 류종렬,「이주홍 소설 연구의 현황과 방향」,『이주홍문학연구-작가 작품론』, 앞의 책, 288-330쪽.

5) 김천혜,「두편의 역사소설- 이주홍의 〈어머니〉 〈아버지〉론」,『부산문학』, 9집, 부산문인협회, 1986.

6) 류종렬,「이주홍의 〈아버지〉 연구」, 앞의 책, 260-287쪽.

7) 송명희,「이주홍의 역사소설과 역사적 상상력」,『이주홍문학연구-작가 작품론』, 앞의 책, 2000, 152-169쪽.

8) 황국명,「이주홍의 역사소설 연구」,『한국문학논총』제48집, 2008, 275-310쪽.

과가 공통적으로 부각된다. 또한, 남송우의 「이주홍 소설에 나타난 일상성과 역사성 속의 인물」[9]은 이주홍 소설 인물을 전후 역사적 맥락에 초점을 맞춰 바라본 성과가 돋보인다. 이에 비하여 김정자의 「모티프 구조로 본 이주홍 소설의 문체적 특성」[10], 김만석의 「요산과 향파의 공간정치학- 산업화시대 소설을 중심으로」[11] 등의 논의에서는 향파 이주홍 소설과 요산 김정한의 소설 세계를 비교한 성과가 드러난다. 한편으로, 조갑상의 「이주홍 소설에 묘사된 부산과 그 의미」[12]와 조명기의 「이주홍 소설에 나타난 부산의 공간 위상」[13]에서는 이주홍 소설에 재현된 부산의 지역성과 장소성을 파악한 성과가 눈에 띄며, 허영석의 「이주홍 소설의 변모과정 연구」[14]는 이주홍 소설의 변화 과정을 정리한 점에서 의의가 있다.

「늙은 체조교사」와 「철조망」에 집중한 연구가 이루어지지 않았기 때문에 이들 작품의 평가에 살펴보면 다음과 같다. 남송우는 「늙은 체조교사」에 주목하여 6.25동란이란 역사적 사건이 일상적 삶의 상황을 바꾸어 놓았기 때문에 빚어진 현실이긴 해도, 작가가 이러한 인물에 관심을 가지고 있다는 것은 향파가 지향하는 인물의 한 특성으로 이해될 수 있다

---

9) 남송우, 「이주홍 소설에 나타난 일상성과 역사성 속의 인물」, 앞의 책, 170-181쪽.

10) 김정자, 「모티프 구조로 본 이주홍 소설의 문체적 특성」, 『어문교육론집』제8집, 부산대 사대 국어교육과, 1984.

11) 김만석, 「요산과 향파의 공간정치학- 산업화시대 소설을 중심으로」, 인문학논총 제26집, 2011.

12) 조갑상, 「이주홍 소설에 나타난 부산과 그 의미」, 『이주홍문학연구-작가 작품론』, 이주홍 아동문학상 운영위원회 편, 대산, 2000, 242-259쪽.

13) 조명기, 「이주홍 소설에 나타난 부산의 공간 위상」, 『한국현대소설연구』제149호, 한국현대소설학회, 2012, 119-146쪽.

14) 허영석, 「이주홍 소설의 변모과정 연구」, 이주홍 아동문학상 운영위원회 편, 『이주홍문학연구-학위논문』, 대산, 2000, 164-241쪽.

고 보았다.[15] 류종렬은 「철조망」은 보결문제를 통해 양심적인 최교장과 타락한 G선생을 대비시켜 전통적인 가치관의 혼란과 물질적인 세태를, 「늙은 체조교사」는 전후 사회와 무질서 속에서, 이에 적응하지 못하는 체조교사의 전락과정을 통해 전통적 가치관의 혼란과 인간성의 상실 등 전후의 풍속도를 잘 드러내었다고 보았다.[16] 송명희는 「늙은 체조교사」의 나인무씨는 6·25 난리통에 교사자리를 잃고 말며, 「철조망」의 최교장은 안빈낙도와 청렴결백을 신조로 살아가지만 한 순간의 술수에 휘말려 교육자의 윤리의 철조망을 탈선한 예를 들어 내향형의 성격 때문에 항시 저 만큼 비켜선 위치에서 소외된 삶을 살아간 향파 소설 주인공의 문제적 성격을 보았다.[17] 조갑상은 「늙은 체조교사」에서 주인공의 몰락은 전쟁 그 자체에도 원인이 있지만 인물의 성격과 깊은 연관이 있다고 보았다.[18] 황국명은 해방 후의 「늙은 체조교사」, 「철조망」 등의 작품은 압도적인 외부의 힘에 익해 무기력하게 몰라하고 소외되는 애처로운 인간 군상을 보여줌으로써 무기력한 인간과 추악한 인간 경험의 대비를 통해 인간적이며 화해로운 세계를 꿈꾸었다고 보았다.[19] 허영석은 현실적 자아의 상실과 회복의 차원에서 「늙은 체조교사」가 사회변동에 따른 자아상실의 문제를 보여준데 비하여 「철조망」은 전후 성의 상품화를 고발하는 작품으로 보았다.[20]

이와 같은 선행연구의 토대 위에서 출발한 이 논문은 「늙은 체조교

---

15) 남송우, 「이주홍 소설에 나타난 일상성과 역사성 속의 인물」, 위의 책, 175쪽.
16) 류종렬, 「이주홍과 부산지역 문학」, 앞의 논문, 64쪽.
17) 송명희, 「현대문학사의 산증인 향파 이주홍」, 앞의 책, 104쪽.
18) 류종렬, 「이주홍 소설 연구의 현황과 방향」, 앞의 책, 311쪽.
19) 황국명, 「부산소설사별견」, 『문학지평』 제5호, 96, 2008. 봄호, 275-310쪽.
20) 허영석, 「이주홍 소설의 변모과정 연구」, 앞의 책, 204쪽.

사」, 「철조망」 등에 함축된 사회학적 담화전략을 파악하는 방법으로 전후 사회를 증언한 작가 이주홍의 근대 성찰의 가치를 밝히는 데 목적을 둔다.

2. 이주홍 소설의 담화전략과 근대성찰

작품은 곧 발언이다. 하고 싶은 이야기를 해보는 것일 뿐이다. 인간으로서의 원초적인 몸부림인 것이거나, 자기가 처해 있는 환경의 부조리에 저항을 하는 것이거나, 필경엔 발언 이상의 것일 수가 없다.[21]

향파 이주홍에게 작품은 작가의 '발언'이다. "향파의 발언의 충동은 다름아닌 인간성을 옹호하는 휴머니즘의 발로이며, 사회학적 상상력(Sociological Imagination)의 소산이다. 따라서 향파는 작가에게 재미 이상의 것, 인간을 구원하며 역사현실에 참여하는 작가의식을 촉구하는 것이다."[22] 그렇다면 독자는 작품 속에서 "인간을 구원하며 역사현실에 참여하는 작가의식"을 어떻게 만날 수 있을까. 이주홍의 '발언'을 작가의 시점과 연관된 소설의 담화전략[23]과 동일선상에서 보는 차원에서 필자는 「늙은 체조교사」, 「철조망」 등의 소설에서 전후 담화전략과 맞닿아 있는 전후 근대성찰의 은유미학을 조명하고자 한다.

---

21) 이주홍, 『해변』, 을유문화사, 1971, 작가후기 중에서.
22) 송명희. 앞의 책, 102-103쪽.
23) 웨인 부스와 쥬네트로부터 시작되어 코온과 쉬탄젤에 이르는 20세기 후반부의 소설이론은 모든 서술을 수사요, 전략으로 보는 것이다. 권택영, 『소설을 어떻게 볼 것인가』, 문예출판사, 1995, 355쪽.

주지하였듯이, 「늙은 체조교사」와 「철조망」의 담화전략과 맞물린 작가의 발언은 "1950년대 압도적인 외부 세계의 힘에 의해 무기력하게 소외되고 좌절된 개인적 체험을 연민으로 보여주는 거리에서 무기력한 인간과 추악한 인간 경험의 대비적 인식을 통한 인간적 화해로 조화로운 세계를 꿈꾸었던 작가정신"[24]의 은유에 뿌리를 두고 있다. 이렇듯 이주홍 소설 속 개인의 경험과 세계와의 관계성은 루시앵 골드만이 『소설 사회학을 위하여』에서 제기한 소설구조와 사회구조의 상동관계에 비춰보면 소설의 '주인공'과 '사회'라는 두 핵심적인 요소가 맺는 특이 양상의 '간접화'[25]로 작가정신에 함축된 사회 문화적 의미를 파악할 수 있는 근거가 될 수 있다. 그러므로 이주홍 소설 전반에 걸쳐 "힘없고 숫기 없으며 교활하지도 못한 인물들의 손해보는 삶을 자주 그리고 있는데, 그것은 곧 현실적으로 손해를 보더라도 삶의 참다운 가치를 추구하는 주인공의 모습[26]과 "시민적 양식에 입각한 관조자의 페이소스 시선"[27] 등으로 편재되

---

24) 황국명, 「부산소설사별견」, 앞의 책, 275-310쪽.

25) 골드만에 따르면 소설은 타락한 사회에서 타락한 양식으로 가치를 추구하는 이야기로 특징지어지며, 주인공에 있어서 이러한 타락은 간접화(mediation)에 의해서, 즉 진정한 가치가 내재적인 수준으로 되어 명백한 현실로서는 소멸됨으로 해서 나타나는 것이다. 그 하나는 주인공이 진정한 가치를 추구하는 반면 사회는 타락해 있다는 점에서 주인공과 사회 사이에는 간격이 있다는 것이고, 다른 하나는 주인공이 진정한 가치를 추구함에 있어 타락한 사회가 제공하는 타락한 양식을 이용한다는 점에서 주인공과 사회는 모두 타락해 있다는 것이다. Lucien Coldmann, Towards a Sociology of the Novel, trans. Alan Sheridan, Tavistock Rublications, 1975, p.1. 이선영, 「사회 문화적 비평 서설」, 이선영 엮음, 앞의 책, 81쪽 참조.

26) 강남주에 따르면 향파는 삶의 환희를 추구한 작가였다. 그 환희는 어디까지나 참다운 가치에 바탕을 두고 있는 것이었으며, 그 참다운 가치가 어떤 것이었나를 추구하는 과정이 향파의 팔십 평생이었다고 했다. 강남주, 「삶의 환희에 대한 문학적 추구-작가 이주홍의 편모」, 이주홍 아동문학상 운영위원회 편, 『이주홍문학연구-작가 작품론』, 대산, 2000, 181-188쪽.

27) 천이두, 「양식과 관조」, 『이주홍 문학 연구 -작가 작품론-』, 이주홍 아동문학상 운영

어 있다. 그 심층에는 주인공과 사회의 상관성을 해학 또는 풍자의 간접화의 거리에서 보여주는 은유로 화해와 조화로운 세계를 꾀하였던 작가의식을 복합적으로 볼 수 있다.

이렇듯 이주홍은 당대 사회 부조리와 모순에 대한 저항의식과 비판의식을 노골적으로 드러내기보다는 사회의 변동과 타락 앞에 무기력한 주인공의 소외와 좌절을 바라보는 연민의 시각과 해학의 웃음을 통하여 독자의 공감대를 확장한다. 「늙은 체조교사」와 「철조망」에 나타난 교육자 인식의 은유와 밀착된 연민과 통찰의 시각이야말로 주인공의 경험을 통하여 당대 사회의 모순과 부조리를 노골적으로 비판하기보다는 해학과 풍자의 웃음을 보여주는 거리에서 전후 현실 사회를 성찰하여 화해와 조화를 추구한 작가정신의 은유에 다름이 아니다. 따라서 이주홍의 「늙은 체조교사」, 「철조망」 등의 소설에 함축된 해학과 풍자의 웃음을 보여주는 사회적 담화전략은 상대성의 이해와 조화를 추구한 작가의 근대성찰의 태도를 이해할 수 있는 근거로 작용한다.

요컨대, 「늙은 체조교사」와 「철조망」 등에 나타난 전후사회를 바라본 작가의 담화전략으로 본 근대성찰의 인지경로는 '늙은 체조교사'로 은유된 해학정신의 연민과 '철조망'으로 은유된 풍자정신의 통찰로 '포용'과 '자유'의 가치를 독자의 지금-여기 삶의 가치로 확장하는 효과를 낳는다. 전후 사회 문화적 측면에서 작가의 담화전략에 함축된 근대성찰의 태도를 해학정신의 '포용'과 더불어 풍자정신의 '자유'의 가치로 볼 수 있는 까닭이 여기에 있다.

위원회, 도서출판 대산, 2000, 34쪽.

3. 「늙은 체조교사」로 본 근대성찰의 인지경로와 해학적 '포용'

「늙은 체조교사」(1953. 11월호. 문화세계)에 반영된 근대성찰의 인지경로는 주인공 나인무씨의 정체성을 '늙은 체조교사'로 구체화함으로써 한 개인의 소외된 경험이 부조리한 사회의 변동과 무관할 수 없음을 환기하는 거리에서 새로운 삶의 희망으로 역동성을 보여준다. 이는 인간에 대한 예의와 존중의 자세로 나약하고 우둔하고 처세술이 부족한 개인의 일상적 갈등에 관심을 기울이며 진정한 삶의 화해를 추구한 교육자 인식에 뿌리를 두었다.

또한 '나인무 씨'의 피난살이 공간 이동이 서울에서 대구를 거쳐 부산으로 정착하기까지 장소성의 구체적 경로에는 한국전쟁 후 사회 문화 변동에 따른 작중인물의 경험을 실제 작가의 역사 전기적 경험으로 환기하는 효과[28]가 있다. 소설 속 대구를 비롯한 기타 지역성은 부산으로 이동하기까지 겪어야 했던 피난살이의 고달픔과 가난으로 인한 인정의 각박함을 주인공의 기억 속에서 환기되는데 비하여, 부산의 지역성은 새로운 삶의 터전으로 뿌리내리는 삶으로서 장소정체성을 보여주는 차이가 인지되기 때문이다.

부산으로 식구를 옮긴 인무 씨는 다음 봄 삼학기 초부터 학교 출근을 했다.

개학식 날 교장의 훈시에 뒤이어 인무 씨가 단에 올라서니까 「봐라―」「봐라―」하는 소리가 학생들 틈에서 들려왔다.

---

28) 남송우, 앞의 책, 178쪽 참조.

인무 씨는 호령대 위에 올라서기가 무섭게 언제든지 「봐라—」 소리부터
먼저하기 때문에 아이들은 진작부터 그의 별명을 「봐라—」라고 불러 온 것
이었다. (471쪽)

인용문은 나인무 씨는 부산에서 어렵게 다시 교편을 잡았지만 학생들
앞에서 조롱거리가 된다. 그 상황은 「봐라—」라는 아이들의 단어로 인지된
다. 개학식 날 인무 씨는 「봐라—」라는 예전의 별명을 새로 부임한 학교에
서까지 듣게 된 것이다. 「봐라—」는 명령어는 인무 씨가 체육교사로 근무
해오면서 학생들에게 주목을 요구하였던 지시어였다. 그러한 지시어가
인무 씨의 습관적인 말투가 되어버린 상황에서 학생들이 도리어 선생을
조롱하는 별명으로 「봐라—」의 의미가 전복된 사회적 상황이 인지된다.
'늙은 체조교사'의 인지경로에는 「봐라—」로 인하여 추락한 교사의 권
위가 복합적으로 내포되었다. 오랫동안 체육교사로 근무하면서 「봐라—」
라는 명령어로 학생들의 주목을 유도하였던 교육자의 권위가 사회변동
에 따르지 못하여 시대적 요구에 부응하지 못한 연유로 학생들의 조롱이
된 아이러니컬한 상황의 거리에서 작가의 근대적 성찰의 태도를 엿보게
된다. 또한 「봐라—」라는 명령어의 권위가 교사를 조롱하는 학생들의 별
명으로 전복된 거리에서 절망하는 인무 씨의 경험에 대한 독자의 연민이
증폭된다. "인무 씨는 호령대 위에 올라서기가 무섭게 언제든지 「봐라—」
소리부터 먼저 하기 때문에 아이들은 진작부터 그의 별명을 「봐라—」라
고 불러 온" 상황에서도 내포 작가는 "인무 씨"라는 존칭으로 내적 갈등
을 어떠한 비난의 평가도 없이 간접화된 인물 시점으로 보여준 것이다.
담화 심층에서 "봐라—"라는 기호는 "늙은 체조교사"에 내포된 교육자 인
식의 은유로 권위와 가치가 상실된 교권의 위치를 한 개인의 구체적 경

험으로 보여주는 의미작용을 한다. '늙은 체조교사'의 입장이 "평소에 학생들이 선생으로서의 어떤 존경은 고사하고 차라리 무시에 가까운 태도로 대해 왔음이 솔직한 사실"이라는 관조된 거리에서는 '늙은 체조교사'의 사용가치[29]가 훼손된 교육자의 사회적 문제를 성찰하는 시각에서 작가정신에 닿아 있는 근대 성찰적 연민이 해학의 은유로 환기된다.

사회적 상황을 전후 반영한 담화의 인지경로는 이 소설의 시작부분에서부터 드러난다. 여름 고뿔에 걸린 나인무씨가 재채기를 하면서 울산 할멈집으로 들어가는 상황으로 시작된 소설의 발단에서부터 주인공 즉 나인무 씨의 지각을 반영된 것이다. 주인공은 '나인무 씨'로, 사건은 소주를 마셔야 살 것만 같은 상황으로, 배경은 부산 '범일동 시장'으로 재현된다. 소설의 모두(冒頭)에서 소설 구성의 삼 요소 인물, 사건, 배경[30]이 작중인물의 지각으로 전달된 것이다. "오래간만에 장마가 멈춰 그렇던지 범일동 시장 좁은 골목길엔 조그만 상자를 안고 장사치들이 이날 따라 더욱 복작댔다." 소설의 첫 문장 "부산의 범일동 시장 좁은 골목길"의 복잡한 상황이 "이날 따라 더욱 복작"한 작중인물의 인식으로 부각된 것이다. 뒤 이어지는 "불을 퍼붓는 듯이 내려 쬐는 뙤약볕에 땅바닥에서는 물컹물컹 썩는 냄새가 코를 못 들게 했다."(460쪽)에서도 시장의 환경이 작중인물의 촉각과 후각 등의 감각으로 전달된다. "불을 퍼붓는 듯이 내려

---

29) 골드만은 소설세계에서 진정한 가치의 작용을 교환가치보다 사용가치에 둔다. 즉, 소설에 있어서 주인공이 추구하는 진정한 가치가 내재적인 것은 현대의 경제생활에 있어서 사용가치가 내재적인 것과 대응한다는 뜻이다. 이선영, 앞의 책, 82-83쪽 참조.

30) 소설 구성의 삼 요소 중 배경은 소설의 사건이 이루어지는 장소를 말하지만 시대적 배경이나 사상적 배경도 작품에 따라서는 중요한 요건이 될 수가 있다. 윤애경, 『문학작품의 배경, 그 현장을 찾아서-경남지역을 중심으로(中)』, 창원대학교 출판부, 2015, 15쪽.

쬐는 뙤약볕"으로 주인공의 성격을, "물컹물컹 썩는 냄새"로 부패하고 타락한 전후 사회 부조리를 작중인물의 경험으로 강조한 문장들은 자유간접문체의 특징으로 전후 현실 상황에 집중한 내포작가의 교육자적 태도를 엿볼 수 있는 근거가 될 수 있다.

인무 씨의 지금-여기 관점은 서술자 거리를 조정하는 작가의식에 따라 부패하고 타락한 전후 사회의 부조리를 장마가 멈춘 여름날 복잡한 범일동 시장거리에서 "뙤약볕에 땅바닥에서 물컹물컹 썩는 냄새"로 인지하는 경험으로 부각된다. "때 아닌 여름 고뿔을 얻어 걸린 나인무씨"는 울산 할멈집에서 소주를 마시고 나온다. 그리고 "그새 자리를 지키고 있던 둘째 딸아이 귀자가 무엇에 틀어졌는지 눈부리가 벌개가지고 있"(461쪽)는 상황에서는 귀자의 뺨을 휘두르는 분노의 폭발로 서사과정의 갈등상황이 인무 씨의 불같은 성격으로 암시된다. 인무씨의 폭력적 성격은 "불을 퍼붓는 듯이 내려 쬐는 뙤약볕"으로 인지된다. 인무 씨가 딸의 뺨을 때리고 가게로 가는 도중에 유형배가 다른 사람과 시장 안으로 들어오는 것을 목격하고 적개심을 보여주는 장면에서 본격적인 갈등이 예고된다.

담화전략의 차원에서 자유간접문체와 맞닿는 전후 사회상황의 인지 경로는 부패하고 타락한 사회에서 분노를 폭발할 수 없는 작중인물의 성격을 효과적으로 보여주기 위한 작가의식으로 볼 수 있다. "요놈의 맛"에서는 인물과 서술자 거리가 밀착되고 있는 경로가 감지된다. "얼마나 독한 술에 저려 왔으면 눈은 노상 출현이 되어 빨갛고 입술 빛깔이란 바로 삶아 놓은 가지빛 그대로다."에서도 주인공의 인물 시점이 강조된다. '노상'에서 항상 인무 씨를 지켜보는 일상적 경험이 부각된 점에서 인무 씨가 거울 속 얼굴을 보고 있는 것과 같은 인식이 강조된 것이다. 또한 울산 할멈집에서 술을 마시는 나인무의 내 외적 갈등은 주막 주인 대화의 장면으로 전달된다. 경제적 궁핍으로 외상술을 마시고 그 술값마저 갚지 못한 현실의 어려움으로 피난민의 어려운 생활을 보여준 것이다.

한편으로 이 작품은 삼인칭 시점이지만 삼인칭 대명사 '그'는 제한적으로 사용되는 대신에 작중인물의 호칭에 '씨'를 붙여 존칭을 폭넓게 활용하는 점에서 작가의 인간 존중의 태도를 엿보게 된다. 이와 같이 서사의 시작부터 끝까지 주인공의 성명 또는 이름에 '씨'를 붙인 작가의식에는 상대적 관점에서 인간을 포용하고 존중하는 교육자 인식뿐만 아니라, 전쟁 후 현실을 감당하는 주인공을 바라보는 작가의 연민의 시각이 반영되었다. 이와 같이 '그'라는 삼인칭 대명사보다 '인무 씨'나 '나인무 씨'의 호칭의 존칭에서는 인물에 대한 정보를 중립적이며 객관적으로 제공하면서도 인간에 대한 배려와 예우를 정중하게 보여준 내포작가의 사회적 태도를 엿볼 수 있다.[31]

또한, 작중인물을 바라보는 주인공의 태도와 입장에 따라 작중인물의 각기 다른 호칭의 변화는 작중인물의 경험을 부각시키는 측면에서 자유간접문체의 특성과 비슷한 타자성의 포용으로 사회적 인식이 전달된다. "인무 씨는 무심코 먼눈을 팔다가 저쪽에서 유형배란 놈이 누군가 하고 시장 안으로 들어가고 있는 것이 눈에 띄었다."에서는 "저쪽에서 유형배란 놈", "그 원수놈", "앙! 그 쥐 같이 생긴 자디잔 이빨을 깨물고 응그릴 적이면 아닌 게 아니라 누가 보아도 몸서리가 쳐지는 상"(461쪽) 등으로 유형배를 바라보는 인무 씨의 적개심이 보여주기 기법으로 생생하게 전달된다. 이에 비하여 부산에 범일동 시장에 자리 잡기까지 인무씨의 피

---

31) 이주홍 소설에서 부각된 호칭과 존칭의 차이를 밝히는 문제는 작중인물을 바라보는 서술자 내지는 내포작가의 관점에 따른 작가의 교육자적 태도와 사회적 입장을 파악하는 중요한 단서가 될 수 있다.

난생활은 "대구 나석범 씨의 편지"를 확인하는 인무 씨의 경험으로 전달된다. 아직도 인무 씨가 학교에 다니는 걸로 알고 있는 나석범씨가 보낸 편지가 인무 씨의 손에 들어오기까지 경로가 "그 학교에 다니는 둘째 아이 경운이가 받아온 것"으로 제공된다. "피난민이라고 거절해 오던 당자의 조부 되는 이가 요즈음 와서는 학교 선생하는 사람과 사돈을 정하는 것은 도리어 자랑스러운 일이라고 맘을 돌려 사위될 당자를 부산으로 내려 보낸다하니 만나거던 잘 심량해서 하라는 부탁"으로 편지의 내용이 인무 씨의 인식에 맞춰 요약된 것이다. 나석범 씨와 인무 씨의 인연과 인무 씨의 장남 경우가 행방불명된 가족의 아픔, 그리고 일제 때 체조교사로 근무하였지만 한국전쟁이 터져 가족들과 피난을 떠나 대구를 거쳐 부산에 정착하기까지 정보가 작중인물의 경험을 수용한 작가의 통찰로 요약됨으로써, 전후 피란민의 궁핍한 생활과 윤리성의 타락을 전후 역사의 질곡과 맞물린 사회 문화의 현상으로 환기하는 효과가 있다.

같은 맥락에서 나석범 씨의 편지에 대한 "이런 기회에 딸년을 그 집에 넣어 버리는 것이 상책"이라는 인무 씨의 인식에는 부산에 내려와 미군부대에 다니는 큰딸 윤자를 향한 사회적 시선뿐만 아니라 변동된 사회구조에 저항하는 인무 씨의 태도가 강조된다. "미군부대에 다니는 계집애들 치고 성한 게 몇 될라구"라는 주변시각을 "가끔 귓전을 오싹하게 하는 세상 사람들의 소리다."고 보는 관점과 "꼭 그래서 그런 것은 아니라 하더라도 요지음 와서 년이 부쩍 모양 내기에 정신이 빠져 몇 푼 벌어 온다는 것도 제 몸치장하는 데만 다 써버리고 마는 덴 질색이었다."(462쪽) 여기에서는 전후 사회 통념과 더불어 전통적 성 윤리를 고수하는 아버지로서 보수적 관점이 부각된다. 사회변동에 따른 변화를 적극적으로 보여주지 못한 인무 씨의 태도는 교단의 갈등상황으로 구체화된다.

「선생인, 남훈태평가가 무엡니까?」

「남훈태평가라니?」

「이렇게 이렇게 쓴 글자 말입니다」

한문자「南薰太平歌」인 것을 알았다.

「글세, 남훈이란 사람이 지은 술 노래의 이름일 께야」

와르르르……하고 아이들이 웃었다.

또 한 놈이 일어섰다.

「선생님 쌍화점이란 건 무엇을 말하는 것입니까?」

「꽃 파는 집이지 뭐야」

「꽃이면 꽃이지 쌍짜는 왜 붙습니까?」

「한 쌍 한 쌍씩 묶어 놓고 파니까 그러는 게지 꽃집에도 못 가 봤어?」

또 와르르……하고 웃었다. (474쪽)

주지하였듯이, 개학식 날부터 얻게 된 인무 씨의 「봐라―」라는 별명에도 불구하고 인무 씨는 국어를 가르치면서 나름대로 교권을 회복하고자 애를 쓰지만, 다시금 학생들의 웃음거리로 전락하고 만다. 교단에서 학생들의 질문에 제대로 답변을 못하고 조롱을 당하게 된 것이다. 이러한 갈등 상황에서 작가는 어떤 설명과 논평도 없이 학생들과 교사의 대화 장면을 연민과 웃음으로 보여준다. 이는 개인의 절망과 좌절을 연민으로 포용하는 작가의식과 밀접한 관련이 있다. 그리고 학생들의 웃음이 무슨 영문인지를 몰라 어쩔 줄 몰라 하는 상황이 인무 씨의 지각으로 전달된다. "전신에 땀이 났다.", "이만쯤에서 고만 두어도 좋을 일을 웃음의 파도가 잦아들기도 전에 또 한 놈이 뻣뻣하게 일어섰다." 등에서 불안과 당혹스러움이 인무 씨의 지각으로 강조되는 거리에서 전후 현실을 살아가는 소시민을 향한 내포작가의 연민이 생생하게 전달된다.

"선생님, 신문학사란 책에 보면 「치악산」이란 게 있는데 그건 누가 지은 겝니까?" 질문에 "그것 몰라서 묻느냐, 강원도에 있는 산이름이야"라는 인무 씨의 답변하는 상황에 대하여 내포작가는 "원주에 외가가 살았었기 때문에 치악산을 알고 있는데 자신이 있었던 것"으로 풀이한다. "네, 그건 잘 알겠습니다만 누가 지었냐는 걸 묻습니다"는 질문에 "산을 누가 짓는단 말이냐, 모두 조물주가 지었지"(475쪽)라고 답하는 인무 씨의 경험에는 작가적 상상력이 인물 경험의 차원으로 동원된 경로가 드러난다. 학생들의 질문에 답하는 인무 씨의 인식이 주관적인 경험에 의한 무지함을 보여주는 데에 있어 보여주기의 장면이 활용됨으로써 독자의 공감을 확장하는 효과로 이어진 것이다. "나중 학교를 그만 두고 나서야 안 일이지만 남훈태평가란 이조 말에 편찬한 시조집의 이름이요, 쌍화점이란 고려시대에 부르던 노래의 이름, 그리고 치악산이란 것도 국초 이인직이란 사람이 지은 신소설의 이름이었던 것이다."(475쪽) 인무 씨가 나중에 자신이 무지함을 깨닫는 과정에서 보여주게 되는 국문학에 대한 내포작가의 신빙성 있는 수준의 정보는 교단에서 인무 씨가 자신의 경험에 의해 제공하였던 정보수준과 다른 수준으로 인무 씨의 달라진 지식의 양을 보여준 것이다.

이와 같이 국문학에 대한 인무 씨의 지식수준보다 압도하는 서술자의 정보량을 활용하는 거리에서 작가는 인무 씨의 국어 교사 자격 수준이 학생들에게 평가받고 조롱당하는 장면을 보여주게 된 것이다. 학생들보다 못한 지적 수준의 정보량을 제공하는 거리에서 인무 씨는 학생들의 조롱과 놀림을 받는 희극적 상황이 연출된다. 학생들의 웃음과 다른 격조로 인무 씨의 좌절과 당혹감을 보여주는 거리에서 독자의 공감대를 확장하는 작가의 담화전략으로 연민의 관점과 해학적 태도가 부각된다.

"책상을 치고 뛰고 구르면서 학생들이 웃고, 교실은 극장이 되어 버린다. 인무 씨는 명령을 해도 학생들이 조용하지 않자 대여섯 명의 학생들의 뺨을 때리고 칠판 밑으로 꿇어앉게 하였다." 인무 씨는 자신의 무지를 반성하기보다는 폭력을 행사하는 우를 범하고 만 것이다. "맞은 놈 가운데 고막 터진 학생이 생긴 것이 발단으로 해서 이학년 일동은 〈물론 경운이만은 빠졌겠지만〉 학교 당국에다 수업 거부와 파면 권고를 진행해 왔다."(475쪽) 인무 씨의 폭력으로 인하여 이 학년 학생들이 저항하여 학교 당국에서 권고사직을 받기까지의 과정이 한 문장으로 전달된다.

인무 씨 문제로 학교 당국에서는 긴급직원회가 열리는 과정에서 그를 바라보는 동료 교사들의 비판도 가세된다. "팔이 제대로 안 올라가는데 체조 교사는 또 무슨 체조 선생"이냐며 비판하는 "이학년 담임 김종서 선생"의 말에 인무 씨의 분노와 좌절감은 "전신이 왈왈 떨렸다."는 경험으로 전달된다. 김종서 선생의 비판에 대하여 "우리 학교로 보아서는 근무 연한으로서도 연고가 깊으신 분"이라는 교감 선생님이 설득하려는 태도를 보여준다. 학생의 말을 인용하여 "일개 선생으로 만연해서 원대한 교육 자체가 피해를 입어서는 절대로 안 된다는 본인의 생각을 정반합의 논리적 언술로 설파하기도 한다. 이를 듣던 인무 씨는 교무실로 뛰어가 김종서의 멱살을 잡고 연거푸 뺨을 때린다. 그 현장을 마침 창 너머에서 보고 있는 유형배에게 달려간 인무 씨는 서슴없이 폭력을 행사한다. 그 과정에서 "머리카락을 잡고 끌엇더니 쇠뭉치같이 뻣뻣한 팔때기가 인무 씨의 가슴을 퉁겨"낸 반격을 받는다. 결국 인무 씨는 학교에서 권유한 서무계 일을 뿌리치고 교직에서 물러나 친구의 후원으로 범일동 시장 옆에서 미군 깡통장사를 시작하고 얼마간의 시간이 지나 시장에서 대학에 입학한 유형배와 만나게 된 것이다.

시장에서 일하던 어느 날 즉 이 소설이 시작된 날에 인무 씨가 시장에서 만나 반갑게 인사한 유형배 그리고 유형배 한 반이었던 진창이와 술을 마시면서 그들과 갈등을 풀게 되는 상황을 보여주는 거리에서 작가의 태도는 다양한 인간 이해의 포용을 보여주는 해학의 관점에 맞닿는다. "아이 선생님이 이런 장사를 하고 계시다는"하면서 두 제자는 눈물을 글썽거리는 상황에서, 유형배에게 가졌던 인무 씨의 분노가 사라지는 느낌이 "천리 만리로 그냥 울려지려고만"고 인무씨의 지각으로 전달된 것이다. "선생님 같으신 이가 그런 데 서 계시는 걸 보니까 전 참으로 맘이 아픕니다. 선생님 제 잘못은 용서하세요."라며 유형배가 용서를 빌자, 인무 씨는 "내가 누구를 원망하겠니. 다 내가 부족한 탓으로 그런 걸"이고 답한다. 그리고 이 말이 진실이라는 것을 "학식이 얕음은 누구보담도 자기가 잘 아는 일이요, 몸이 늙어 체조가 체조답게 안 되는 것도 십분 잘 알고 있는 자기였다."(479쪽)는 자기 몸의 성찰로 강조한다.

마침내 인무 씨는 "이런 놈이 사위가 될 수 있다면 얼마나 행복할 것인가."라고 유형배를 사윗감으로 욕심내면서 "지금은 징병보류의 조건부는 필요없이 됐다고 편지에 쓰여 있지만 대구의 그 사위로 지원하는 놈이란 인간"(479쪽)의 천박함을 깨닫고 대구에서 찾아 온 예비 사윗감과 만남을 거절하고 만다. 유형배는 인무 씨와 마신 술값 만 칠 원을 갚아주고 종이에 싼 답배까지 건네주면서 장사자본에 도움을 주겠다는 의지로 인무 씨에 대한 깊은 이해를 보인다. 두 제자와 헤어진 인무 씨는 "무엇인지 모를 행복과 희망에 맘이"(479-480쪽) 들며 전차를 타고 시청 앞에 내려 영도다리에서 한 사람이 바닷물에 빠져 죽은 현장을 목격한 후, 유형배에게 받은 양담배 한 보루 봉투 속에 오천원이 들어있음을 보고 상충된 감정을 갖는다. 제자들에게 동정을 받는 자신의 처지에 대한 불쾌감과 아울러 인정에 감격해 눈물이 난 상충된 감정에서는 단순하지만 솔직한 성격으로 자신을 반성하면서 다른 인간을 이해하고자 한 입장이 인지된다. 영도다리 아래 죽음을 목격하고 순간적으로 "나두 죽어 버릴까 부다" 자살을 생각한 인무 씨는 금방 "에그 왜 죽어" 하고 마음을 다그치면서 "전쟁 동안은 국가도 질서가 없어지는데 하물며 개인 생활에 질서를 바랄 것이랴."하면서 마음을 굳건히 다진다. "무조건하고 전쟁을 이겨야 하듯 무조건하고 생활을 이기자."고 마음먹는 순간 "가는 사람 오는 사람 모두 다 자신만만한 얼굴들"로 생활을 발견하게 된 것이다.

> 일어서려다 그 자리에 톡 고꾸라졌다.
> 몇 번만에 인무 씨는 일어나는 데 성공했다.
> 물에 빠진 사람처럼 두 활개로 허우적거리면서 행길 복판으로 뛰어들었다.
> 담배 보루는 손에 없었다.
> 「어어 택시!」
> 아이노리는 그를 담아주지 않았다.
> 「어어 택시!」
> 역시 아이노리는 옆을 스쳐 번개같이 달아날 뿐이었다.
> 인무씨는 두 주먹을 휘둘으면서 거리가 터져 나가라 외쳤다.
> 「썅! 봐라―」
> 인무 씨는 큰 대짜로 행길바닥을 누비면서 범일동 쪽을 향해서 디뚱거려 가고 있었다.(480-481쪽)

작품의 말미에서 부각된 전후 사회를 향한 희망의 인지경로를 통해서는 인무 씨의 내적 갈등보다는 인무 씨의 행동이 역동적으로 전달된다.

딸 윤자가 "찦차의 운전대에 앉아서 미군과 지끄리고 웃으면서 휙 지나"
간 것을 순간적으로 포착한 인무 씨는 충격을 받아 "최두칠이 음식점" 음
식점으로 들어가 오십도 소주를 찾는 장면의 연장선상에서 주인공의 내
적 갈등이 아이러니컬하게 해소된 장면이다. 소설의 시작부분에서 둘째
딸 귀자를 향해 "쌍!"하고 인무 씨는 다짜고짜로 귓쌈을 올려 붙였"던
분노는 소설의 마지막 부분에서 최두칠의 음식점에 들어가 오십도 소주
를 찾지만 삼십도 소주밖에 없다는 답변을 듣고 나오는 장면에서 인무
씨가 내뱉은 "「쌍!」"하는 외마디 비속어로 카타르시스를 보여준다. 이러
한 감정의 정화작용은 전후 문화적, 세대적 갈등을 연민과 해학을 통하
여 풀어가고자 하였던 내포작가의 열린 세계관 즉 포용의 가치와 깊은
관련이 있다. 이 작품의 열린 결말에 반영된 근대 성찰의 은유는 주인공
의 행동을 독자에게 단지 보여주되 설명하지 않는 방법으로 작가의 열린
세계관과 포용의 가치를 환기하는 효과가 있다.

극적인 갈등이 해소되는 장면은 "일어서려다 그 자리에 톡 고꾸라졌
다. 몇 번만에 인무 씨는 일어나는 데 성공했다."는 인무씨의 행동으로 강
조된 것이다. 인무 씨가 일어서려다 그 자리에 고꾸라지기를 몇 번하다
가 일어나기 성공하기까지 행동은 절망과 좌절을 딛고 삶의 뿌리를 내
릴 수 있는 강인한 생명력으로 역동성[32]을 보여주기에 충분하다. 마치
오뚝이 인형의 캐릭터를 연상케 한다. 그리고 물에 빠진 사람같이 두 활
개로 허우적거리며 행 길 복판으로 뛰어 든 인무 씨의 모습은 이상 소설

---

32) 주인공이 진정한 가치를 추구한 내재적 의미가 일어서려는 행위로 강조된 장면에서
　부산의 범일동 시장이 소설의 앞부분과 조응되어 강조된 것은 소외와 좌절의 절망을
　딛고 다시금 삶의 뿌리를 내리는 역동성으로 부산의 장소정체성을 포용의 가치로 환
　기함으로써 사회와 개인의 부조리한 상황을 교환가치보다는 사용가치로 복원하고자
　하였던 작가의 희망으로 삶의 의지를 내포한 것으로 볼 수 있다.

「날개」의 끝에서 한번만 더 날아보기를 희구하는 주인공의 모습과도 묘하게 겹쳐진 데서, 인무 씨의 자유로운 삶의 의지가 전쟁의 아픔과 상실을 딛고 일어나 튼튼하게 뿌리내리는 과정을 생의 치유 의지로 보게 된다. "인무 씨는 큰 대짜로 행길바닥을 누비면서 범일동 쪽을 향해서 디뚱거려 가고 있었다." 마지막 문장에서 클로즈업되는 인무 씨의 "큰 대짜로 행길바닥을 누비면서 범일동 쪽을 향해서 디뚱거려 가고" 모습을 통하여 독자는 "역사적 시련과 현실을 주체하지도 못하고 현실에 밀려 힘들게 살아가는 한 가장을 떠올리며 작가가 이러한 인물에 관심을 가지고 있다는 것을 향파가 지향하는 인물의 한 특성으로 이해"[33]하는 지평 위에서 전후 소시민들의 삶을 연민으로 바라보며 해학적 '포용'으로 성찰한 작가 이주홍의 사회적 담화전략을 깊이 이해할 수 있다.

4. 「철조망」으로 본 근대성찰의 인지경로와 풍자적 '자유'

「철조망」(『수도평론』, 1953. 7)에 함축된 전후 트라우마의 인지 경로는 철조망의 은유로 억압된 자유의 의미를 강조하는 효과를 낳는다. 작품의 표제인 '철조망'에 함축된 트라우마의 인지경로를 거시적 시각으로 보면 한국 전쟁 후 남겨진 38선의 철조망으로 갈라진 한반도의 비극이 환기된다. 이러한 맥락에서 전후 이중적 삶의 모순과 억압을 교육자 인식의 경험을 구체적으로 보여준 소설 속 풍자의 미적 경로는 전쟁이라는

---

33) 남송우, 앞의 책, 175쪽.

이분법적 근대의 폭력성을 성찰한 담화전략에 다름이 아니다. 소설 속 전후 트라우마의 인지경로를 파악하면 교육자의 이중적인 경험을 보여주는 담화전략으로 학생들의 자유를 통제하는 근대의 이중적 모순을 통찰하여 풍자하는 거리에서 인간의 참다운 자유를 역설적으로 강조한 작가정신이 예측된다.

삼인칭 인물시점으로 작품의 시작부분에서부터 주인공 두산 최교장이 추당 강운모 교장을 바라본 관점이 부각된다. 담화표층에서 작가는 두산 최교장이 추당 강운모 교장을 정년 소식을 접한 내적 갈등과 대비하여 보결의 청탁을 피해가려고 하는 외적 갈등으로 추당의 교육자로서 청렴하고 강직한 태도를 강조한다. 주인공 두산 최교장이 평소에 꾸는 "장주(莊周)의 꿈"에 반영된 사회적 인식의 은유는 교육자의 이상적 삶과 현실적 생활의 괴리를 깨닫는 의미로 '철조망'의 모순을 보여준다. "어느 쪽이 참이었던가 풀려지질 않아서 그냥 막연해 있었을 뿐이라는 얘기지만, 결국 최 교장은 생병노사(生病老死)의 명리영달(名利榮達)로부터 초탈하여 무위자연(無爲自然)의 심경에 노닐 수 있는 진인(眞人) 장주는 아니었다."(437쪽) 두산은 평소 막역한 사이인 추당이 정년을 맞게 된 상황을 자신의 일처럼 바라보면서 그의 청빈한 교육자의 삶을 흠모하는 자신의 태도와 오랜 친분을 강조하는 심층에서 교육자의 청빈한 삶과 윤리를 강요하는 사회적 시선을 '철조망'으로 인식한다.

누구나 아는 얘기지만, 옛날 장주(莊周)는 어느 때 자기가 나비가 된 꿈을 꾸었다. 이 꽃 저 꽃 위를 자유로이 날아 무상의 쾌락을 맛보는 동안 자기가 장주라는 인간이었던 것을 잊고 있었다.

그러나 눈을 떠 꿈을 깨어 보니, 침대 위엔 팔척장신의 장주라는 자기의

몸둥이가 눕혀져 있는 것이 눈에 띄었다. 대체 장주라는 인간이 꿈에 나비
로 화했던 것인가.

아니면 원래 나비였던 것이 꿈 사이에 장주라는 인간으로 화한 것인
가?(436쪽)

인용문에서 옛날 장주가 어느 때 자기가 나비가 된 꿈에는 교육자로
서 최교장의 겪는 현실적 불안과 갈등이 내포되어 있다. 나이가 들어 아
픈 몸으로 교직에 몸담고 있는 최교장은 습관처럼 꿈을 꾼다. "장자(莊
子)의 호접몽(胡蝶夢)을 연상하며 가끔 스스로 장자가 되어 보는 버릇이
있었다." 일상에서 최교장의 꿈은 교육자의 윤리성을 추구한 표리부동한
삶과는 멀어질 수 있는 욕망을 내포한다. 그의 꿈이 세속적 욕망에 다름
이 아니었음을 보여주는 서사의 후반에 이르기까지 작가는 강운모 교장
이 최교장의 청빈한 교육자 삶을 존경하는 거리에서 퇴직 후 삶을 걱정
하는 태도로 교육자의 꿈과 현실의 괴리를 보여준다. 최교장은 추당 강
운모 교장을 존경하는 입장과 같은 교육자의 강직하고 청빈한 태도로 신
입생 입학에서 보결 청탁을 요구하는 동료들의 청을 거절한다.

담화 표층에서 작가는 최교장의 인식을 부각시켜 반영하는 자유간접
문체로 교육가로서 청렴한 윤리성과 성적 도덕성을 보여준다. "얼핀 이
달갑지 않은 꿈으로부터 해방되어, 병과 직업에 대한 불안도 아닌, 아내
와 자식들에 대한 근심도 아닌 의례 있어야 마땅할 행복된 자기의 정체
가 명백해지기를 바랐다." 자기의 고질병에 대한 근심과 직업에 대한 불
안이 아내에 대한 측은한 마음과 자식들을 걱정하는 생각으로 확장되는
거리에서 자신이 두산의 청빈한 삶을 존경하며 견지해 온 교육자로서 강
직한 태의 실상은 부질없는 꿈의 소치가 아닌가를 반성하는 거리에서 교

육자로 생활하는 현실적 일상의 고민이 반영된 것이다. 최 교장은 자신의 꿈이 세속적인 욕망과 다름이 없음을 깨닫는 과정이 "진인(眞人) 장주"의 정체성과 다른 자신의 욕망을 확인하는 과정으로 드러난 것이다.

작품의 시작에서부터 강운모 교장의 정년퇴직의 소식을 접한 최 교장의 의식을 보여주는데 있어 내포작가는 최교장이 먼 거리에서 강운모 교장을 존경하고 걱정하는 사회적 상황과 위치를 강조한다. 최교장과 강운모 교장의 실제적 만남이 한 번도 이루어지지 않는 것도 이를 뒷받침하기에 충분하다. 추당 강운모 교장과 최 교장의 친분과 더불어 강운모 교장의 정년퇴직을 알게 된 최 교장의 충격과 고민은 강운모 교장의 교육자로서 삶을 이상적으로 삼아 추앙하면서도 그것으로 인한 청빈한 삶을 동정하는 최교장의 이중적 태도를 보여준 것이다.

한편으로 "추당 강운모 교장"과 "두산 최 교장"이라는 호칭의 차이에서도 자유간접문체와 같은 맥락에서 작중인물의 시각을 반영한 작가의식을 엿볼 수 있다. "추당 강운모 교장"의 호칭에서 호와 성명 직함까지 이어지는 것에는 최 교장이 강운모 교장을 바라보는 존칭의 태도를 반영하는 의미와 더불어 내포작가의 입장이 추당과 두산의 교육인식을 전달하는데 있어 중립적 입장을 견지하지만 두산보다는 추당에 가까운 작가의 교육자적 인식으로 대상에 대한 존칭의 의미가 미묘한 차이로 반영된 것이다. "두산 최 교장"이라는 호칭에서는 성명 뒤의 직함이 아닌 성 뒤의 직함으로 "추당 강운모 교장"보다는 존칭의 다소 가볍게 전달된 것이다. 이러한 측면에서 강운모 교장의 청빈한 교육자 생활은 최교장의 의식으로 전달된다. "그래도 교장 사택이라 집만은 본때 있게 널찍하지만, 방 안의 치장이라고는 부인이 시집 들 때 신고 왔다는 흑단무늬 놓인 낡은 장롱 두짝밖에는 없었"던 추당의 집은 최 교장의 의식에서 "아이들마저 없어 쓸쓸함을 더하게” 환기된 것이다. 최 교장의 의식 속에서 반추되는 “육십 평생을 교육가로 헌신했지만 집 한 칸과 변변한 세간살이 하나도 없을 뿐만 아니라 슬하에 자녀 하나 갖지 못한 추당의 정년 후 생활”은 추당의 정년을 통하여 자신의 미래를 자신의 처지처럼 걱정하는 생활인으로서 최교장의 인식이 강조된 자유간접문체의 특징이 드러난다.

한편으로 “영문학을 전공했었던 사람”으로 소개된 추당의 모순된 교육자의 태도에 대한 작가는 삼인칭 대명사 ‘그’를 강조하여 비판적 입장을 내포한다. “영어 한 마디 지껄이는 일이 없이 일제 강점기에도 늘상 한문선생으로만 지내왔을 뿐 아니라, 요새로도 책상 위에 〈사가시(사가시)〉나 자하집(자하집)이 놓여 있으면 있었지, 그 흔한 〈타임〉잡지 따위의 영문서적들은 눈을 닦고 보려도 찾아낼 쑤 없는 그였다.”(433쪽) 영문학 전공과는 전혀 상관없는 한문선생으로 봉직해야만 하였던 추당의 처지에 대하여 ‘그’라는 대명사로 삼인칭 객관적 시점으로 내포작가는 그 상황을 이해하지만 긍정적으로 수용하지 못한 입장의 거리를 보여준 것이다. 전공과는 무관한 삶을 사는 교육가의 삶에 대한 모순을 파악하지 못하고 청빈한 교육가의 삶을 존경하는 모순에 대하여 작가는 강운모 교장에 대한 인식을 반영하는 거리에서 부조리한 전후 사회적 인식을 비판한 것이다.

이와 같이 최교장이 강운모 교장의 청빈한 삶과 학자의 태도를 환기하는 지점에서 교육자에게 바란 당대 사회적 요구가 참다운 교육의 가치보다는 ‘안빈낙도’의 삶의 가치를 강조하는 모순을 통찰한 작가정신을 엿볼 수 있다. “인품이나 번절이 처사가 아님은 아니나, 그러나 말이 좋아 안빈낙도이지, 남한테 혀굽은 소리 한 마디 할 줄을 모르는 그에게 있어서는 싫고 좋고 해서람 보다는 안빈낙도 밖에 달리 어찌할 도리가 없는 것이었다."(433쪽) 강운모 교장의 안빈낙도의 생활은 교육자 의지라기보다는 어쩔 수 없는 사회적 상황이라는 현실인식에는 퇴직 후 교육자를 바보로 바라본 부조리한 현실 인식이 강조된다. 최교장은 금방이라도 추당을 만나고 싶었지만 신입생의 입학고사일을 하루 앞두고 있어 최교장을 만나는 일을 뒤로 미루는 사이 급사가 명함을 수북이 들고 온다.

최교장의 의식은 보결생 청탁이 든 명함을 들고 온 급사에게 자기의 거처를 알리지 말 것을 종용하면서도 추당의 정년퇴직 후의 일을 우려하는 입장으로 모순된 입장을 보여준다. "스물다섯 해 동안을 분필가루만 먹고 살아 왔지만, 추당이나 다름없이 집 한 간이 없"는 자신의 처지를 떠올린 의식에는 추당과 다른 정년 후를 욕망하는 숨겨진 의식이 작용한 것이다. 최 교장의 인지하는 교육자의 가난하고 육체적으로 힘든 생활은 객관적이며 중립적 관점으로 열거된다. 최교장은 오늘이라도 그만두면 누구도 그를 먹여줄 수 없는 생활을 걱정하면서 정년 후의 생활을 걱정을 지속적으로 해 온 것이다. 또한 그의 건강은 신경통을 이년 째 앓고 있는데 그 상태가 심각해서 심할 때는 밥을 서서 먹어야 할 정도로 통증이 대단한 상태로 전달된다.

이와 달리 보결문제로 교장실에 찾아온 C선생과 이야기를 나누는 장면에서 최교장은 강직한 교육자 윤리성을 확고하게 전달하는 관점의 차이가 드러난다. C선생에게 최교장이 보결문제에 대하여 단호히 대처하는 입장은 "C선생의 머뭇머뭇 건성웃음"과는 대비적인 자세로 강조된다. C선생은 최교장이 공정을 중요시하는 태도에 대하여 직원들 간에 불평이 있다는 것을 강조하면서 직원 한 사람 앞에 하나씩 보결생을 봐 주는 게 좋을 것이라고 최교장에게 권유한다. 최교장은 보결에 대한 유혹을 물리친 경험을 매년 겪어 오는 갈등이고 아침에도 어떤 사람이 자신의 집에다 쌀과 치맛감을 갖다 두었지만 소사를 시켜 곧바로 돌려보낸 사실로 강조하면서 공정이 아닌 길로 약한 교육자들을 낚자는 유혹에 걸려들면 안 된다는 입장을 밝힌다.

> 「물론 C선생의 말씀이 옳습니다. 다 들을 수야 없지요. 그렇지만 어떻거니까? 다른 기관 같으면 괜찮아요. 세상없는 일이 생겼다 하더라도 사람들은 잘 잊어버리고 지내는 데에 익숙해졌어요. 그런데 이 학원이란 특수부락만큼은 그렇지가 못하거던요. 어떻게 보면 그래두 이 학원이란 구역만은 덜 불건전했다는 하나의 사회적인 고마운 대접같기도 생각이 들어요. 그러니까 우리로서도 되도록이면 고마운 화살촉을 피해 나가잔 말씀이죠.」
>
> 그러나 C선생의 표정에는 쉽사리 최 교장의 지론을 수긍하려는 빛이 보이지 않았다. (438쪽)

인용문에서는 '철조망'과 같은 화살촉을 피해가자는 최 교장의 교육자 입장이 강조된다. 사회가 요구하는 학원에 대한 검열의 감시를 고맙게 생각하면서 교육자의 자정 능력을 강조하자는 입장인 것이다. "학원이란 특수부락"에 대하여 사회에서 가해진 화살촉을 피해 가자는 최교장의 지론에 대하여 불복의 기색을 보이는 C선생의 태도는 "근시안경 속 작은 눈"으로 묘파된 거리에서 이에 대한 작가의 부정적 시각을 엿보게 된다. 이에 비하여 최교장의 태도에는 자신의 생각만 내세우지 않고 C선생의 생각을 묻는 배려를 보인다. 최 교장이 동료 교사들의 의견을 타산지석(他山之石)으로 삼고자 하는 태도에서는 상대방을 배려한 태도가 엿보인다. 그렇지만 "직원끼리의 사정쯤 못 봐줄 게 뭐냐"는 불만에 대하여 최교장은 "조카나 동생을 그대로 넣어 주게 된다면 거기엔 반드시 조카도 동생도 아닌 것이 묻혀 오고" 그게 화근이 된다는 비판적 인식을 전달한다. 세상에서 입학 대목, 추수기 경기라는 모욕을 피하자며 "눈 꼭 감고서 공식대로만 해 나가지는 게 다른 뜻이 아니"(439쪽)라는 최교장에게 C선생은 힝힝 웃는 경박한 태도로 산다는 것의 어려움을 이야기한다. 이에 대하여 최교장의 진중한 태도는 며칠 전 거리에서 최 교장과 같이 남루한 양복을 입은 사람하고는 같이 다닐 수가 없다던 C선생의 농담을 반추하는 거리에서 강조된다.

"교장쯤 돼 가지구서 양복이 이게 뭐요."(439쪽)라며 매양 놀림감이 되었던 단 두벌의 양복을 해를 가리지 않고 교대하여 입었던 것이다. "청렴결백한 생활이란 것도 어느 한도가 있어야 할 것 같애요. 세상이 다 이래된 판에, 우리들만 이렇게 산다구 해서 그게 무슨 세상 자체에 대한 〈플라스〉가 될까요?"라고 묻는 C선생에게 "〈플라스〉나 마나 그건 제가끔의 주관이 결정할 문제가 아닙니까?"라는 반문한다. 이에 대해 C선생은 "무목적한 아니 무정견한 주관이란 것은, 사실은 아무런 알맹이도 없는 맹종밖에는 지나지 않을 것"(440쪽)이라는 입장으로 돈이라는 새로운 주인공이 그 어떤 가치보다 훨씬 강력한 생활의 토대로 등장한 현대 사회의 시장의 논리를 역설한다.

최 교장은 학교로 청탁을 하러 온 사람들을 피하여 교감 선생에게 학교의 일을 부탁하고 집으로 왔지만 집에서 최교장을 기다리는 청탁 손님들을 피해가는 곳은 결국 송도이다. 최교장의 동선은 버스를 타고 본역 앞에 내려 사십계단을 지나 매헌을 찾았지나 매헌이 집에 있지 않아 정처없이 남포동 쪽으로 내려가 국제 신문사에서 택시를 잡으려다 번잡하여 〈닷도상〉 하나를 집어타고 송도에서 내린 것으로 드러난다. 오래간만에 송도의 바다를 찾아 온 최교장은 뜨금뜨금한 허리의 신경통을 인지하면서도 바로 옆에 손자들과 함께 놀고 있는 할머니들이 구질구질하게 늙어 모습이 싫어서 저 만치 걸어서 여학생의 옆으로 가는 모순적 태도를 보인다. 최교장의 몸은 늙었지만 늙은 할머니보다는 여학생들을 욕망한 이중성을 폭로한 것이다. 욕망의 이중적 경험은 최교장의 인식으로 반성된다. 친구 황의 딸과 어울린 삼학년 급장 홍태와 나누는 대화 장면에서는 내포작가가 바라보는 연민이 포착된다. 홍태에게 "상급학교엘 가려면 수험준비나 하고 있어야 할 게 아니냐."라는 말의 숨겨진 의미를 "학생 놈이 왜 여학생을 달고서 돌아다니는 거냐?"라는 최교장의 의식으로 반영한 것이다. 최교장 말의 속뜻이 달라질 수 있다는 것에서도 C선생에게 "학원이란 특수부락"의 자정능력을 강조한 최교장의 입장이 달라질 수 있는 이중성을 엿보게 된다.

최교장은 학생들의 욕망을 금지하는 자신의 태도를 "가끔 속에선 무수한 훈육주임이 주먹을 쑥쑥 내밀고 있"는 자세로 반성한다. 여기에서는 학생들에게 강요한 교육적 억압 내지는 금기를 철조망으로 은유한 작가정신을 엿볼 수 있다. 최교장의 눈에 비친 봄은 "마치 창살 없는 새장" 같다. "행복에 가까운 것을 가져오려고"(445쪽)한 봄기운은 홍태의 위치에 최교장의 욕망을 넣는 반성으로 타산지석의 관점을 보여주게 된다. "그처럼 즐겁고 자유스러워야 할 사랑이란 것이, 왜 한편에선 준렬한 벌칙의 채쪽 밑에서 내정을 간섭 당해야 하는 것인가?"에 최교장은 타산지석의 관점으로 학생의 욕망과 인권에 대하여 스스로에게 반문한다.

영화를 보아서는 안 된다.
연극을 보아서는 안 된다.

연애소설을 읽어서도 안 되고, 남녀가 한 자리에 가까이 해서도 안된다.

대체 그럼 해서 될 건 무엇인고.

열려 있는 문보다도 닫혀 있는 문이 많은 게 학교 도덕의 전모라면, 도 대체 그럴 만한 나이에 연애감정도 모르고, 영화나 연극에 대한 지식도 없 는 장작개비를 만들어서 어디다 쓰려는 것인가? (446쪽)

최 교장은 "몰래 호떡을 사 먹고, 변장을 하고는 숨어서 극장구경을 하 던" 학창시절을 회상하는 거리에서 교육자가 학생의 자유를 억압하는 상 황을 반성한다. 그로 인하여 인생에 큰 실패가 있나 반문했지만, "도리어 별빛처럼 반짝거려 오는 귀여운 추억의 밑천일 뿐이었다."(446-447쪽) "결국 도덕은 연애를 이겨낼 수 없었고, 또 소설이나 영화연극이, 이 도덕 의 미행(尾行)으로 말미암아 발이 비끌어매여졌단 소문은 들은 적도 없 었"지만 학교에서는 "판에 박은 도덕의 매매가" 날마다 되풀이 되고 왔고 사회에서도 마찬가지"라는 교육자 인식의 은유로 '철조망'의 풍자적 의 미가 강조된다.

송도에서 충무로까지 걸어온 최 교장은 P대학 K교수를 찾을 생각으로 대신동을 향해 걸어 올라가다가 "이 근처에 수정동 〈배나뭇집〉"(448쪽) 앞에서 김이라는 사나이를 만난다. "이 근처"에서는 최교장과 동일한 서 술자 위치가 드러나고 서술자는 "매년 이런 입학 때가 되면 와성 성을 가 시군 하는 김이라는 사나이"(449쪽)라는 정보뿐만 아니라 "아침나절 소 사가 들고 들어온 명함들 가운데는 분명히 김의 명함도 끼어 있었던 것" 의 정보가 최 교장이 이미 경험한 것과 동일한 관점으로 제공된 것이다. 최 교장과 같은 학교에 근무하는 공선생과 술을 마시고 있었다는 김에 대한 정보는 최 교장의 관점으로 제공된다. 최교장은 이미 김과 같은 자리에 있다. 즉 최교장은 강교장의 선비적 삶을 추앙한 교육자 인식과는 동떨어진 김과 같은 위치의 욕망을 공유한 것이다.

〈배나뭇집〉 현관 옆방 응접실에서 김이 안으로 들어간 사이에 최 교장은 쏘파에 앉자 삼소도(三笑圖) 그림을 보면서 추당과 과거에 어느 온천에서 함께 하며 "세 사람의 남자가 웃고 서 있는 그림"에 대하여 이야기를 나눴던 시간을 떠올린다. 삼국지에 나오는 그림 같아서 그림 속 인물들을 관우 장비냐고 최 교장이 추당에게 묻는다. "아니오 진나라의 혜원법사와 도월량 육수정 세 사람이요. 여산에 있던 혜원법사가 도원량 육수정 두 사람을 전송하는데, 같이 얘기를 바꾸는 동안에 서로 생각이 맞아 그만 호계(虎溪)를 지내는 것도 깨닫지 못했더랍니다. 그러다가 범의 우는 소리를 듣고서야 비로소 정신이 돌아 땅이 꺼지라 같이 크게 웃었다는 얘기라오" 추당은 답한다. 추당은 최교장의 회상으로 반추될 뿐이다. 공 선생은 나가고 최 교장은 "풍성스러운 유릿상이 자개와 유리 등속으로 장식한 방치레 도구들로 더불어 근사하게 조화"된 술상을 김과 마주한다. "그러나 놈의 뱃속을 모를 리 없는 최 교장은 「오냐 이놈아, 암만해두 술값은 내가 내고는 말 거야」하고, 겉으로는 응하는 척하면서도 속으로는 단단히 마음다짐을 했다"(453쪽) 그 사이 김은 스물 초반쯤 되어 보이는 '화자'라는 기생을 최 교장 옆에 앉혀두고 「써어비스」를 잘 해줄 것을 당부한다.

그리고 저녁 아홉시 쯤 되어 모두 술이 어지간히 되었다. "이런 자리 끝에선 의례 있듯이 일제히 일어서서 한바탕 춤을 추었다." 여기에서 포착된 최 교장의 경험은 "이런 자리 끝에선 의례"에서 강조되듯이 이번이 처음이 아니라는 것이다. 벌써 익숙한 술자리의 경험은 최교장이 보결의 청탁과 연루된 적이 있음을 암시한다. "누구나 이런 때에 최 교장의 춤 추꼴을 눈익히 본 사람이 있었다면, 제 아무리 공자맹자라도 배가 아파 기절을 했을 것이다." 술자리 끝에 최교장의 익숙한 춤이 희화된다. "그러나 최 교장은 즐거웠다. 이왕에 생명의 세탁을 하러 온 〈망각의 목욕탕〉이 아니냐"고 생각하면서 자신을 "갓쟁이로 따돌리던 C선생이란 놈"을 괘씸하게 생각한 최 교장은 화자를 안고서 자리에 쓰러져 화자의 귀를 주무르고 허리에 손을 넣기도 하였다. "여자의 체온"을 느끼면서 세상에서 유독 요구하는 훈장님의 금욕과 세속인의 욕망 사이에서 번민하는 최교장의 인간적 고뇌가 희화된다.

최 교장은 훈장님으로서 금욕의 생활을 살아 온 자신을 "평생을 영에 충실하기 위해서 너무나 학대를 가해 온 육체"로 인지한다. 이러한 자각으로 인하여 최교장은 "이불속으로 뛰어 들어"왔던 '배나뭇집'을 "안아서 상관 없을까를"(457쪽) 한참이나 망설인다. 그 사이 김은 방으로 들어와 최 교장이 "금단의 철조망"을 넘어 육체의 자유를 향연할 기회가 수포가 되어버리고 말았다. 최 교장의 품에 들어올 찰라 '배나뭇집'을 낚아 챈 김은 "에이 여보, 점잖잖게 교육가가 이게 뭐요?" 하면서 오히려 최 교장을 나무라기까지 한다. 김의 호통은 최교장을 유혹하였던 것과 또 다른 감시로 모순을 보여준다. "자 당신은 나하구 가!"하면서 최 교장이 큰 맘 먹고 벼르던 육체의 욕망의 자유에서 '배나뭇집'을 빼앗아 간 것으로 최 교장에게 "금단의 철조망"을 쳐버린 것이다. 최 교장은 김 선생이 방에 들어와 최 교장과 같이 이불 속에 누워 있던 '배나뭇집'을 끌고 나간 바람에 옆 방에서 "한참동안 킬킬거리고 버둥대는 소리"에 귀기울이며 '배나뭇집'이 "밤새껏 돌아오지 않"는 방에서 홀로 잠을 자게 된다. 김이 최 교장의 품에서 배나뭇집 여주인을 낚아채서 옆방으로 끌고 간 후 최교장이 독수공방한 시간은 "한참동안 킬킬거리고 버둥대는 소리만 들릴 뿐, 배나뭇집은 밤새껏 돌아오지 않았다."라는 한 문장으로 전달된다.

아침에 눈을 뜬 최 교장은 언제 이 방엘 들어 왔었던지 모를 배나뭇집이 요때기 하나만 걸친 채 윗목에서 한 잠이 들어 있는 배나뭇집을 흔들어 어젯밤 술값의 계산여부를 묻는다. 김 선생이 계산을 하고 명함을 남기고 갔다는 말에 최 교장의 심경은 한 대 얻어맞은 충격으로 전달된다. 명함을 집어넣고 밖으로 나와 버스 안에서 홍태와 마주친 최교장은 어디에 가느냐는 홍태의 물음에 제대로 답하지 못하고 수치스러움을 "등에다 벌겋게 녹인 쇠물이라도 꺼얹는 듯"한 감각으로 인지한다. 잠시 시간이 지나 충무로 앞에서 내리는 홍태의 얼굴은 언제나 다름없이 명랑하였다. 그리고 뒤이어 내포작가는 버스 속 "낯선 여학생 하나가 옆에 앉은 동무의 귀에다 대고 작은 소리로 수군거리"는 거리에서 최교장의 이중적 태도를 폭로한다.

> 낯선 여학생 하나가 옆에 앉은 동무의 귀에다 대고 작은 소리로 수군거렸다.
>
> 「내 옆에 앉어 있는 분이 누군 줄 아니?」
>
> 「누구야?」
>
> 「이 이가 유명한 ○○학교 교장이야.」
>
> 「오오 그래!」
>
> 여학생은 허리를 쭈욱 뽑아 사람을 보고나서는 벌였던 입을 막으려 손을 가져 올라간다.
>
> (458–459쪽)

여학생을 얼굴을 확인하고 난처해진 교장은 억지로라도 그 모면하기 위하여 김의 명함을 끄집어 낸다. "今番 제 처남 아니가 貴校에 試驗을 보는데, 孔先生에게도 부탁은 해 놨습니다만, 敎長先生님 꼭 믿습니다. 番號는 101, 되면 뒷날 은공을 톡톡히 하겠습니다. 꼭 부탁합니다. 番號는 101."(450쪽) 메모의 표층적 의미는 최교장이 본의 아니게 김에게 술을 얻어 마시게 된 처지로 압박하는 의미로 작용하지만, 그 심층적 의미는 이미 부조리한 요구에 연루된 교육자의 사회적 좌절을 그가 평소에 꿈꾸었던 장자의 꿈을 이상과 현실 사이 교육자의 괴리감으로 풍자한 근대 성찰적 은유로 볼 수 있다. 김의 처세술에 최교장은 어떤 결정을 할 것인가. 그에 대하여 작가는 직접적인 답을 내놓지 않았다. 도리어 당신이라면 어떠한 삶을 살 것인가를 반문하는 듯한 내포작가의 목소리가 우리 사회에 울리는 경종이 된 셈이다.

5. 맺음말

이상에서 살펴졌듯이 이주홍의 전후 담화전략은 「늙은 체조교사」의 해학적 근대 성찰의 은유로 '포용'의 가치를, 「철조망」의 풍자적 근대 성찰의 은유로 '자유'의 가치를 확장하는 미적 효과가 크다. 이에 따라 「늙은 체조교사」, 「철조망」 등에 함축된 교육자적 담화전략과 맞물린 근대 성찰의 은유는 '늙은 체조교사'에서 해학으로 '포용'의 가치를, '철조망'에서 풍자로 '자유'의 가치를 환기한 미적 담화의 인지경로가 파악되었다.

「늙은 체조교사」의 해학과 「철조망」의 풍자에 함축된 전후 사회적 성찰의 태도는 다음과 같이 살펴졌다. 먼저, 주인공을 비롯한 작중인물을 향한 존칭 내지는 호칭에서는 작중인물 각자의 개성에 관심을 갖고 예의를 갖추는 인간 존중의 태도가 엿보인다. 다음으로, 작품의 시작과 조응하는 열린 결말은 독자로 하여금 작중인물을 통하여 인간 이해의 공감대를 확장하며 정반합의 원리로 우리들의 갈등을 들여다보는 지점에서 인생의 진정성을 반문하게끔 하는 반성의 기회를 제공한다. 마지막으로 자유간접화법의 잦은 활용은 개인과 사회의 갈등을 서술자 중개성의 기능으로 연계시킨 내포작가의 간접화의 위치와 연동되는 차원에서 작중인물들의 사소한 일상적 차이와 고뇌를 중립적인 자세로 이해하고자 하였던 진중한 삶의 태도가 엿보인다.

요컨대, 「늙은 체조교사」, 「철조망」 등에서 전후 사회상황의 인지구성으로 드러난 해학과 풍자야말로 독자로 하여금 인생의 진정성을 포용, 자유의 보편적 가치로 돌아보게끔 하는 작가의 미적 담화전략과 맞닿아 있는 근대 성찰의 은유인 셈이다. 작중인물의 호칭, 작품의 열린 결말, 자유간접화법의 문체 등을 통해서도 드러난 작가정신은 올곧은 교육자 인식으로, 포용력 있는 교육가 자세로, 따뜻하고 솔직담백한 작가 이주홍의 인간적 면모를 엿볼 수 있는 예상으로 반추되었다.

황순원 전후소설로 본
근대성찰의 은유

황순원의 「곡예사」로 본
근대 성찰의 인지구성

1. 머리말

본 논문은 황순원의 전후 단편소설 「곡예사」[1]에 함축된 전후 피난지 경험과 맞닿는 몸의 휴머니즘 인지경로를 통한 근대 성찰의 은유 구성을 파악하는 방법으로 전후 한국현대 소설의 가치를 조명하는 데 목적을 둔다. 황순원의 문학 세계[2]는 독자의 감동을 증폭시키며 삶의 진실을 탐색

---

[1] 1952년 〈문예〉에 발표된 단편소설 「곡예사」는 황순원 단편소설집 『곡예사』(육문사, 1952)에 수록되었다. 본 논문에서는 『황순원 단편집』(김종회 엮음, 지식을만드는지식, 2012)에 수록된 작품을 텍스트로 삼되, 인용문은 괄호 안 쪽수로 표기한다. 황순원의 많은 단편 중에서 특별히 「곡예사」를 집중한 까닭은, 이 작품에서 탐색되는 근대 성찰이 독자의 지금-여기 삶의 긍정적 변화에도 큰 도움을 준다는 생각에서다.

[2] "황순원(黃順元)은 평생을 바쳐 한국 문학 창작과 교육에 위대한 업적을 쌓았다. 1915년 평남에서 태어나 평양 숭덕소학교를 졸업한 후, 오산중학교에서 시를 습작하여 1931년 〈나의 꿈〉을 《동광》에 발표하였다. 일본 유학 시절 극예술 연구 단체를 창립하고, 첫 시집 《방가(放歌)》를 간행, 검열을 피해 시집을 간행한 이유로 평양경찰서에 한 달간 구류 당한 바 있다. 1935년 문예지 《삼사문학》 동인으로 참여하고, 와세다대학교 영문학과에 입학, 1937년 동인지 《창작》에 「거리의 부사(副詞)」를 발표, 소설가의 길을 걷게 되었다. 대학 졸업 후, 1940년 《황순원 단편집》을 간행, 1946년 월남 후 서울고등

할 수 있는 통로로 열려져 있다. 특히 전후 피난지 삶의 경험을 토대로 펼쳐 보인 「곡예사」의 트라우마 극복의 몸의 인지구성은 내포작가의 시점과 밀착된 일인칭 주인공 '나'의 성찰에 따른 인식의 변화를, 아슬아슬하게 위기를 극복하며 관객에게 즐거움을 주는 곡예사의 정체성으로 실감나게 은유한 소설 표제에서부터 탐색된다.

유종호는 황순원의 피난 체험을 다룬 소설 중에서 「곡예사」를 "가장 감동적인 완벽한 단편"[3]으로 꼽으면서 "피난민 가장의 비참한 형편을 해학적으로 그려내면서 아이들의 순진무구한 심성을 통해 극한 상황을 극복하는 희망의 가능성"[4]을 보여주었다고 정평을 하였다. 이렇듯 「곡예사」는 황순원의 걸작으로, 겨레의 명작으로 평가받기에 충분한 소설 미학을 전후 근대성을 성찰한 작가의 미래지향적 세계 인식의 은유로 보여준다.

기존 연구사를 검토하면, 노승욱은 「곡예사」에서 황순원은 실향민 의식이라는 하나의 기표와 작가의 예술의식이라는 기표를 압축하여 곡예사의 곡예로 대체하였다고 보았다.[5] 장현숙은 「곡예사」에서 비극적인 전쟁의 상흔으로 부정적 현실의 불안과 위기의식과 이로 인하여 마멸된 인

학교 국어 교사로 일했다. 단편집 『목넘이 마을의 개』(1948), 『기러기』(1951), 『곡예사』(1952), 『학』(1956), 『잃어버린 사람들』(1958), 『너와 나만의 시간』(1964), 장편소설 『별과 같이 살다』(1950), 『카인의 후예』(1954), 『인간접목』(1957), 『나무들 비탈에 서다』(1960), 『일월』(1964), 『움직이는 성』(1973), 『신들의 주사위』(1982) 등을 발표하였다. 경희대학교 국문과 교수를 지냈고, 1985년 《황순원 전집》 12권을 완간하였으며, 2000년 별세하기까지 한국 문학 창작과 교육에 훌륭한 발자취를 남겼다." 김종회 엮음, 위의 책, 「지은이에 대해」, 243-244쪽 참조.

3) 유종호, "겨레의 기억", 황순원 작, 『목넘이 마을의 개/ 곡예사』, 《황순원 전집》 2권, 문학과 지성사, 2005.작품해설 참조.
4) 유종호, 「겨레의 기억과 그 전수」, 『황순원 연구 총서3권』, 국학자료원, 2013, 557쪽,
5) 노승욱, 「황순원 단편소설의 환유와 은유」, 『외국문학』 봄호, 열음사, 1998, 374쪽 참조.

간성과 타산적 인간성을 문제적으로 보았다.[6] 박양호는 「곡예사」에 드러
난 피난살이의 어려움 중 특히 가족의 주거 공간인 '집'의 의미가 황순원
의 소설의 특성인 서정성과 닿아 있는 심층에서 어떻게 해서든 확보해야
할 공간이며, 때로는 목숨을 걸고 지켜야 할 공간이며, '사랑'이 있는 공
간으로 강조되고 있음을 밝혔다.[7] 박덕규는 피난 공간의 문화적 의미를
6·25 때 피난민이 몰려와 지내던 대구와 부산의 역사적 흔적을 통한 미
래의 가치로 해명하였다.[8] 정효진은 「곡예사」의 분석을 통한 교육적 의
의로 효율적 지도방안을 논구하였다.[9] 강희영은 「곡예사」에 나타난 비인
간적 사회 수용의 공간의식으로 황순원이 소중하게 지켜온 가족 사랑과
인간 존중의 의미를 규명하였다.[10] 강유정은 황순원 「곡예사」에서 일인
칭 자서전적 시점의 거리와 객관화가 「엄마의 말뚝1」의 회상적 자전 서
사 기법과 다른 차이를 밝혔다.[11] 이렇듯 선행연구의 성과는 「곡예사」에
부각된 피난지 갈등과 애환에 관심을 갖고 작가가 실제 경험과 문학성을
연관 짓는 방향으로 황순원 소설 연구의 지평을 넓혔다.

　「곡예사」의 단편소설 제목을 『곡예사』[12]라는 단편소설집 제목으로 표

---

6) 장현숙, 『황순원 문학연구』, 푸른사상, 2010, 146-150쪽 참조.

7) 박양호, 『황순원 문학연구』, 박문사, 2010, 80-85면 , 314쪽 참조.

8) 박덕규, 「6.25 피난 공간의 문화적 의미: 황순원의 「곡예사」 외 3편을 중심으로」, 『비평
　문학』39호, 한국비평문학회, 2011, 106-132쪽 참조.

9) 정효진, 「황순원 「曲藝師」의 교육적 가치와 지도 방안 연구」, 고려대학교 교육대학원
　석사학위논문, 2015.

10) 강희영, 「황순원 단편소설의 공간의식 연구」, 경희대학교 석사학위논문, 2016. 75-76
　쪽 참조.

11) 강유정, 「자전적 서사의 서술기법과 공감의 문제-박완서 「엄마의 말뚝1」과 황순원
　「곡예사」를 중심으로- 」, 『현대소설연구』67, 한국현대소설학회, 2017, 289-323쪽 참
　조.

12) "육문사에서 간행된 『曲藝師』에 담긴 11편의 소설들은 전쟁을 겪고 살아낸 자의 목소
　리다. 작가는 어려운 삶의 상황과 마주할 때마다 생명과 생존에 집중하며 소설 속에

기할 만큼 황순원 작가는 이 작품에 각별한 애정과 의미를 보여주었다. 『곡예사』에는 황순원의 창작집 중 유일하게 작가 스스로가 작품을 쓴 소회가 「책끝에」 수록되었다. "「곡예사」 이것을 쓰면서 나는 나 개인의 반감, 증오심, 분노 같은 것을 억제하기에 저으기 노력해야만 했다." 피난민 가족을 이끄는 무력한 가장이자 한 인간으로서 품어야 했던 부조리한 현실에 대한 반감과 증오심 그리고 분노의 심정이 「곡예사」를 창작해야만 했던 동기로 작용한 셈이다. 작가의 피난지 경험이 반영된 「곡예사」의 서사에서는 전후 부조리한 현실에서 비롯된 자기부정과 저항의식의 경험뿐만 아니라 이를 예술적으로 승화시킨, 전후 현실의 극복과 성장 동력의 인지경로가 함축되어 있다.

이와 같이 「곡예사」에서 '황순원 가족 부대'에서 '황순원 곡예단'으로 변화된 피난살이 타자의 수용에 따른 저항과 유희의 경험과 맞닿아 있는 몸의 인지경로야말로 황순원의 전후 근대 성찰의 혁신적 가치를 환기하는 효과를 낳는다. 일인칭 주인공 '나'의 피난지 경험에 따른 트라우마와 성장의 인지경로를 부각시킨 "내포작가의 창조적 정신"[13]은 니체사상의 진수라 할 수 있는 "위버멘쉬에 이르는 세 단계 정신"에 비견할 수 있는 근대 성찰을 창안하는 역동적인 힘으로 작용한다. 니체 만년, 가장 창조적인 시기에 『차라투스트라는 이렇게 말했다』 집필로 탄생한 위버멘쉬에 이르는 정신의 변화 단계는 '낙타' → '사자' → '어린아이'의 비유로

서 '곡예'를 펼친 것이다." 정효진, 앞의 논문, 4쪽, 13쪽 참조.

13) 이 글에서 내포작가는 일인칭 주인공 '나'와 서술자의 인식의 변화에 따른 '몸'의 사유로 근대 성찰을 창안한 작가 정신으로 본다. 참된 삶의 의미를 선/악, 흑/백, 좌/우 등의 이분법적 기준으로 판단하기보다는, 피난지 주변적인 경험을 통한 새로운 가치관의 전환으로 억압과 폭력에 저항하며 유희하는 '몸'의 사유가 천착된 것이다.

니체의 혁신적 생각을 보여준다.[14] " '위버멘쉬'의 이상을 보여준 실존철학의 선구자"라는 니체의 정체성에는 신이 부재한 대안이자, 낡은 가치인 '신'을 대신할 새로운 가치로 '위버멘쉬'를 주창한 니체의 혁신적인 생각"[15]이 강조된 것으로 볼 수 있다.

'위버멘쉬'의 개념을 니체는 차라투스트라의 입을 빌린 시적 상징과 은유로 주창하였기에 그 의미는 대지 위에 자기 초극의 눈물과 땀을 뿌린 삶의 흔적만큼이나 무한한 해석이 가능하다. 그럼에도 불구하고 "니체의 '위버멘쉬'를 차별을 차이의 관점으로 체화하는 인간, 즉 타자를 배

---

14) 책에서는 '초인'이라고 번역되었지만, 이 논문에서는 '위버멘쉬'로 표기한다. "니체 개인적 삶으로 비춰보면, '위버멘쉬'는 그의 스승인 바그너에게 배웠던 천재 숭배의 시대를 거쳐 천재 부인의 시대에 이어 제 3의 창조의 시대에 탄생한, 위대한 산물이다. '위버멘쉬'에 이르는 정신에는 전기의 자기 초극과 중기의 자기 초극을 거쳐 후기가 생겨났던 니체의 정신적 전개가 함축되어 있다. 무거운 짐을 짊어진 '낙타'는 의무와 금욕을 의미로, 존경할만한 것에 복종하고, 배우는 정신이다. '그대 해야 한다'의 계율에 따르는 시대인 것이다. 그러나 사막에 들어섰을 때, '낙타'는 '사자'로 변한다. '사자'는 자유를 쟁취하고, 고독을 견디며 스스로 주인이고자 한다. 예속됐던 존경과 복종을 벗고, '나, 원한다'의 정신으로 들어간다. 비판과 투쟁의 시대인 것이다. '사자'는 자유를 획득했어도 그것만으로는 창조를 위한 자유가 아니다. '사자'조차 하지 못하는 창조를 위한 완전한 자유의 일은 어린아이가 할 수 있다는 것이다. 어린아이는 순수하며, 망각이며, 새로운 시작이며, 유희이다. 창조라는 유희를 위해서는 '그렇다'는 어린이와 같은 신성한 긍정으로 '위번멘쉬'의 정신이 필요한 것이다." F. 니체 지음, 박병덕 옮김, 『차라투스트라는 이렇게 말했다』, 육문사, 2019. 20-21쪽 참조.
15) "니체 사상의 양대 축이라 할 수 있는, '위버멘쉬'와 '영원회귀' 사상은 삶과 직결된 지혜로 어떻게 현재를 살아가야 하는 지를 깨우치게끔 하는 실천철학의 길잡이다. 기존의 모든 권위와 가치를 깨부순 니체의 출현은 유럽의 철학사에 가장 큰 충격이었다. 니체의 사상은 실존주의와 포스트모더니즘에 가장 많은 영향을 끼쳤으며, 현대 철학의 근간을 마련하였다. 니체는 천년의 미래에 눈길을 보낸 선각자이자 예언가였다. 그는 19세기의 인물이면서도 19세기가 아닌 미래를 위해 사유하며 추상적인 말이 아니라 삶의 철학을 하였다. '망치를 든 철학자'로 불린 니체는 비난과 배척의 대상이 되기도 했지만 지금은 현대 유럽 철학의 시조, 서양 철학의 가장 위대한 거인이라는 평가를 받는다." 세계명작읽기모임 엮음, 『니체의 생각』, 힘찬북,, 2017, 4-5쪽. 13쪽 참조.

제하지 않고 오히려 그와의 거리를 느끼며 자신만의 고유한 삶을 살아가는 실존의 주인공"[16]으로 보는 시각은 '위버멘쉬'를 삶의 구체적 의미로 이해할 수 있는 근거로 작용한다.

이러한 관점으로 「곡예사」에 함축된 인지 경로에 따른 근대성찰적 성장의 은유를 들여다보면, 황순원의 실천적이며 창조적인 휴머니즘[17]이 환기된다. 이는 근대의 이분법적 구조에 의한 판단의 기준이나 이데올로기의 총체성으로 선과 악을 구분 짓기보다는 역사의 질곡에서 파생한 위기를 상대성을 존중하고 배려하는 존재의식의 혁신적 태도로 근대 성찰을 보여준 작가의 미래지향적 세계인식을 엿볼 수 있는 준거로 작용한다. 「곡예사」에 함축된 전후 트라우마를 극복하는 몸의 인지경로를 들여다보는 방법론적 접근으로 니체의 "위버멘쉬에 이르는 정신의 세 단계 변화"를 원용하는 이유가 여기에 있다.

방법론적 접근의 내용을 정리하자면, '위버멘쉬'에 닿게 되는 정신의 변화는 인간 존재의 자각, 즉 자기 인식이 점점 깊어지고 높아지는 단계로 설명된다. '낙타의 정신'은 타인에의, 전통적인 가치에의, 도덕에의 철저한 복종을 의미하며, '사자의 정신'은 낙타의 정신을 가진 자기 자신에 대한 자기 부정의 정신을 의미하며, 더 이상 아무것도 구애되지 않는 '자

---

16) "인간의 위대함은 바로 죽음으로부터 삶의 의미를 그리고 실패와 불행으로부터 성공과 행복의 가능성을 깨닫는 것까지 포함하는 개념이다. 이를 위해서는 모든 가치를 극단적으로 이원화하는 차별의 관점이 아닌, 지속적으로 서로 영향을 주고받는 유기적 관점으로 환원한 사고의 전환이 필요하다." 이상범, 『니체, 정동과 건강』, 머리말 「"오늘날 위대함이라는 것이 가능한가", "위대함의 비철학적 조건」 중에서, 한국학술정보, 2020, 2-30쪽 참조.

17) 물론 니체와 황순원의 궁극적인 삶의 목적과 실천에는 닮음과 다름의 차이가 존재하겠지만, 이 글에서는 황순원이 창작한 「곡예사」의 근대 성찰적 정신과 니체가 설파한 '위버멘쉬'의 혁신적 정신의 닮아 있음에 집중한다.

유정신', 즉 정신과 육체가 참된 자기로서의 최종적인 통합을 이룬 상태
를 최종 단계인 '어린아이의 정신'으로 표현한 것이다.[18] 이에 따라 본 논
의는 「곡예사」에 함축된 전후 피난지에서 몸의 인지구성의 경로를 "위버
멘쉬에 이르는 정신의 세 단계 변화"로 들여다보는 방법으로 황순원 소
설에 실현된 혁신적 휴머니즘의 의미를 새롭게 도출하고자 한다.

2. 니체 철학으로 본 전후 근대 성찰적 휴머니즘

1) '황순원 가족부대'와 피난살이 트라우마의 인지경로

「곡예사」의 독창성은 주인공 일인칭 인물 '나'와 서술자의 거리를 조정
하는, 내포작가의 지금-여기 성찰적 관점에서부터 탐색된다. 일인칭 '나'
의 정체성이 실향민이자 가족을 거느린 피난살이 가장[19]의 경험으로 강
조된다. 또한 '황순원'이라는 성함이 명시된 '반어적 객관화'[20]의 심층에
서 근대 성찰적 사유가 천착된 것이다. 플롯을 따라 읽으면, 일인칭 주인
공 인물 '나'의 '심리적 정조'[21]에 따른 인식의 변화로 '황순원부대'로 피
난살이 '몸'의 사유를 보여준다. 서사 전반부에서는 '그대, 해야 한다.'에

---

18) F. 니체 지음, 박병덕 옮김, 앞의 책. 64쪽 참조.

19) "주인공을 황순원 자신인 성별인 '남자'로 택하는 것은 그가 자신의 경험 세계를 매우
    중시한 의미다." 박양호, 앞의 책. 121쪽.

20) 「곡예사」의 내포작가는 등장인물 '황순원'에 거리를 두고 오히려 객관화하고자 애쓴
    다. 이러한 거리감을 부여함으로써 오히려 역설적 공감을 유도한다. 강유정, 「자전적
    서사의 서술기법과 공감의 문제-박완서 「엄마의 말뚝1」과 황순원 「곡예사」를 중심으
    로-」, 『현대소설연구』67, 한국현대소설학회, 2017, 289-323쪽 참조.

21) 유종호, 앞의 글, 556쪽.

따르는 낙타의 인고와 같은 타자수용과 '나, 원한다.'는 사자의 분노와 부합되는 현실비판의 '몸'의 사유가 부각된다.

(1) '낙타'의 인고와 피난살이 현실 수용

서사의 전반에서 드러난 피난살이 '몸'의 사유에서는 위버멘쉬에 이르는 정신의 첫 단계로 '낙타'의 인고로 수용되는 타자의식이 드러난다. 소설의 서사는 일인칭 주인공 '나'가 피난살이를 회상하는 방식으로 시작된다. "대구에서도 그랬는데 부산 와서도 변호사 댁 신세를 지게 됐다."(67쪽) 소설 모두(冒頭)에서부터 내포작가와 밀착된 일인칭 주인공 '나'의 시점[22]은 피난살이의 현실 경험을 메타적으로 강조한다. 피난지 반복된 '집'의 문제로 인하여 '나'의 가족이 감당해야 하는 '일'은 열악한 생존에 따라야 하는 타자의식을 수용하는 '정념'[23]으로 부각된다.

먼저, 대구에서 피난살이는 피난지 주인댁 노파의 요구를 지켜야하는 몇 가지 '일'로 존재한다. 서울서 먼저 가족들을 내려 보내고 뒤떨어져 부산에 온 '나'는 직속 가족들이 있는 대구에 있는 것을 알고 대구로 왔다. 가족이 사는 공간은 "모 변호사 댁의 큰 저택을 둘러싸고 있는 넓은 한구

---

22) 이 소설의 모두 서술자 기능은 서술자 '나'가 전달 기능을 경험자아의 지각과 인식에 집중시키므로 서사 행위와 서사 경험의 거리가 단축되거나 소거된 점에서 내관전망 (內觀展望)으로써 내포작가의 메타 시점이 부각된 것으로 볼 수 있다. 김원희, 「1920-30년대 한국 단편소설의 冒頭 서술자 기능 연구」, 전남대학교 박사학위 논문, 2005. 178쪽 참조.

23) 홉스의 관점에서는 전근대적 인간관에서 마치 신적 지성을 지닌 것처럼 여겨졌던 인간도 자연의 섭리를 거스를 수 없는 자연물의 일부로서 자연법칙에 따라 운동하고 생존하며, 자기 보존을 위해 노력하는 자연체이다. 이준호, 「홉스의 인간론에서 정념과 이성」, 『철학연구』101권, 대한철학회, 2007. 253-271쪽 참조.

석에 끼어 있는 헛간"이었다. "내 사랑하는 아내와 귀여운 자식들의 방"을 바라본 안타까운 심정은 피난민 신세에 이런 방이나마 얻어 살게 된 것을 다행으로 여기며 피난지 현실 수용의 타자의식을 보여준다. 피난민 신세의 타자의식은 원래가 헛간인 용도인 춥고 음산스러운 방에서 애들이 날만 새면 손발이 얼면서도 밖으로만 나가야 하는 인고의 생활로 강조된다.

대구에서 피난살이의 현실 수용은 "이 집에서 몇 가지 주의하지 않으면 안 될 일"(67쪽)로 구체화된다. 변호사 장모되는 노파의 지시에 따라 지켜야하는 일은 물과 변소 사용과 관련된 금기사항이다. 먼저, 물의 금기는 저녁에 어슬해지면 절대로 안뜰에 들어와 물을 길어가서는 안 된다는 것, 아침에도 자기네가 한 바가지라도 먼저 길은 뒤에야 물에 손을 대야 한다는 것, 여하한 빨래도 일절금지로 할 수 없다는 것 등으로 요구된다. 주인 집 안뜰에는 수도도 있고, 우물도 있지만 남의 집에 신세를 지는 처지라 노파의 요구에 순종하는 타자의식을 보여준다. 물의 금기를 지키는 현실 수용은 점심을 뺀 두 끼의 식생활을 함으로써 아침에 물을 사용하지 않는 일, 물을 한꺼번에 길어다 한목에 빨래를 빠는 일, 미처 물을 떠다두지 못한 날 밤중에 애들 가운데 누가 목이 마르다하면 하룻밤 물 못 먹었다고 괜찮다고 달래는 일 등으로 피난지 타자수용의 트라우마를 보여주게 된다.

다음으로, 변소 사용의 금기로 요구되는 타자의식의 순종이다. 안뜰 변소에는 들어와 더럽혀서 안 되기 때문에 변소를 사용하지 못하게 하는 주인 노파의 각별한 지시에 따라 '나'의 아내가 손수 뜰 한구석 다복솔 뒤에 '거적닢'을 쌓아 변소를 만들어 사용해야 했다. 낮에 어른들이 들어가 쭈그리고 앉아 대소변을 보기가 민망했지만 그것조차도 피난민 신세에 어쩔 수 없이 생각하는 현실 수용으로 대소변을 봐야 했던 것이다. 이렇듯, "이 집에서 몇 가지 주의하지 않으면 안 될 일"은 피난살이 현실 수용에 따른 타자의식을 낙타의 '인고'로 강요한 비인간적 억압의 의미로 읽혀진다.

부산의 피난살이에서도 '집'의 문제로 인하여 갈등을 겪는 '일'이 되풀이된다. "우리의 생각으로는 부산 와서 방을 장만하기까지는 처제가 있는 집에 당분간 신세를 질 예정이었"(72쪽)지만, 뜻밖에 어려운 '일'을 겪는다. 부산에서도 모 변호사 댁에 신세를 지게 되었다는 진술에서부터 피난살이 타자의식이 드러난다. 경남중학교 뒤에 화양식 저택인 변호사댁 처제 네가 살고 있는 다다미방에서 가족 여섯 식구가 같이 살 것이라는 생각은 별안간 주인댁에서 방을 비워달라는 '일'이 생긴 탓에 가족이 분산해서 숙박하는 방법으로 피난지 타자의식을 수용하게 된다. '나'는 남포동 다다미 열장 방에 세 가구 식구가 열아홉 명이나 들어 사는 부모님의 방에 끼어 자고, 큰애들은 여섯 식구가 한 간 방에 사는 외가로 보내고, 끝의 두 애와 아내는 처제네 방에서 살기로 했다. 식구가 떨어져 사는 것보다 더욱 힘든 것은 매일같이 방을 비워내라는 심한 독촉이었다. 꽤 여러 군데 방을 알아보았으나 모두 허사였기에, 횡포에 가까운 집 주인의 독촉을 견뎌야 했다.

"당신네들도 인간인기요? 오늘 아침으로 당장 나가소. 여관으로라도 나가소."(75쪽) 처제 네와 한 방에 기거한 부인네가 자기 시삼촌한테로 옮겨간 이튿날 새벽, 변호사 영감이 예고도 없이 방문을 열고 폭언을 퍼부었다는 것이다. 염치가 없기에 사람도 아니라면서, 안 나가면 법으로 해결 짓겠다고 협박한 것이다. 무섭게 고함을 질렀던 변호사 영감 앞에서 아내와 처제는 노상이나 여관으로는 못 나가겠다고 하자 변호사 영감의 큰딸 둘과 부인 그리고 큰아들까지 와서 영감을 응원했다는 것이다. 서울 모 법과대학생이라는 주인집 큰아들이 폭력 행위까지 하려는 것을 집 주인이 법적으로 따져서 이래서는 안 되겠다고 생각한 듯이 젊은 법률가 아들을 떼어가지고 갔다는 말을 아내에게 전해들은 '나'는 그 어떤 폭력적인 말보다 '집'에서 나가라는 요구가 가장 큰 곤욕이자 고통이라고 생각하는 것으로 피난민 신세의 트라우마가 강조된다.

방을 비워달라는 요구에도 달리 방법이 없어 주인댁의 비위를 맞추는 '일'을 어쩔 수 없이 되풀이해야만 했다. 식모라던 여인 대신에 시골에서 돌아 온 주인 댁 할머니가 약값이 필요하다면서 집안사람 몰래 간장 두 병을 퍼가지고 와 사라고 하자 화자의 아내와 처제는 그 요구까지 들어줘야 했던 '일', 화자의 아내는 주인댁과 타협하기 위하여 큰 맘 먹고 한 달 방세 오만 원을 가지고 가서 사정하기도 했던 '일', 할머니와 같이 기거하겠다는 아내의 당부도 거절하며 방을 비워달라면서 금시계 정도로 방값의 심사를 드러냈지만 방세 오만 원만 돌아오지 않았으면 하는 바람에도 불구하고 이튿날 돈이 되돌아 온 '일', 아무도 없는 방에 들어와 있던 주인 집 딸들 둘이 이삼일 내로 방을 빼라면서 각기 한번 씩 '나'를 쳐다보고 나간 '일' 등이 열거된 것이다.

피난지 타자의 요구에 타협하는 '일'들을 수용하며 존재해야 하는 피난살이 처지에서 '낙타'와 같은 인고의 시간이 전후 사회 현실의 트라우마로 강조된 것이다. 주인집의 요구를 들어주기 위하여 '나'는 학교에서 동료들에게 방 얘길 해보았고, 상급생에게도 부탁하며, 학교가 파한 후에도 다방에 앉아 아는 친구를 붙들고 부탁하였지만 방을 얻을 수는 없었다. 대구에 이어 부산에서도 방을 막무가내 비워달라는 주인댁의 요구 앞에서 어쩔 수 없는 피난민 신세는 절박한 생존의 문제를 고민하며 주인의 요구를 감당해야 하는 '일'로 존재한 것이다. '그대 해야 한다'의 계율에 따라야 하는 피난민 신세에서 '낙타'의 인고와 맞닿는 타자의식의 트라우마가 읽혀지는 이유다.

(2) '사자'의 분노와 피난살이 현실 비판

"이쯤 되어, 변호사 댁 헛간에서 쫓겨난 우리 초라하기 짝이 없는 황순원 가족 부대는 대구 시내를 전전하기 수삼차, 드디어 삼월 하순께는 부산으로 오게까지 되었다."(71-72쪽) '황순원 가족부대'라는 '몸'의 사유에서는 '낙타'가 사막에 들어섰을 때, '사자'로 변하게 된 것과 같이 부조리한 인간성에 저항하겠다는 현실 비판의식이 드러난다. 우선, 대구 변호사 댁에서 '나'의 가족에게 요구한 생존의 고통과는 전혀 다른 차원에서 주인집 노파는 '집'의 편안과 여유를 누리는 부조리한 인간성에 회의를 품게 된 것이다. 주인댁에 드나든 노파들 또한 비슷한 옷차림에 인생의 어두움과는 거리가 먼 얼굴빛과 몸매들을 하고 있는 모습들에서 인생이란 이 정도라도 안일하게 늙어가야 할 종류임을 뽐내는 태도를 목격하며 참다운 삶을 고민하게 된다. 인간 생존의 기본조건인 물과 배설을 금기하는 폭력성과는 달리 주인 댁 노파에게 집은 여유롭고 편안하며 인생의 취미를 누리며 인생을 뽐내기 조차하는 장소인 점에서 삶의 진정성을 회의한 것이다.

한편, 딸 선아의 신발이 없어진 일에 의해 발생된 정념은 분노와 슬픔을 표출하는 대신에 자기 부정의식을 보여준다. 아홉 살 선아의 신발 한 짝을 찾을 수가 없어 생기는 의심은 "결국 이 댁 세퍼드란 놈이 어디 멀리 물어다 팽개쳤으리라는 결론"(69쪽)으로 무마하였다. 없어진 신발의 이유를 불안하게 추정하는 아내의 이야기를 듣고는, 근거 없는 미신이며 아무리 보잘것없는 사람의 자식이라 여겨도 그럴 리가 없다고 아내를 달랬으나, 불안스럽고도 노여운 감정이 들었던 것이다. 분노는 불안으로 이어졌다. "자기네 애가 귀하면 남의 자식도 귀한 법이다. 더욱이 우리의 선아는 네 애 중에 그중 약한 애다."(70쪽) 주인 댁 애가 나았다는 말을 듣고서야 선아가 앓아눕지 않았음을 다행으로 여기면서, 그 신발 한 짝은 이 댁 셰퍼드가 물어다 팽개친 것에 틀림없다는 생각에 이어 절에 가서 불공을 드리는 노파가 그리 몰인정하지 않았을 것이라는 생각으로 짐승과 달라야 하는 인간성의 성찰을 보여준다.

"이제 구공탄을 들이는데 이 방(실은 헛간)을 사용하여야겠다는"(71쪽) 핑계로 방을 비워 달라고 했지만 사실은 낮에 몰려왔던 노파 한 패 중 한 노파가 다복솔 뒤에 '거적닢 변소'를 발견한 것이 화근이었다는 것이다. 방을 비워달라는 결정적 이유를 전해들은 '나'는 그나마 노파가 "인간은 인간다운 행실을 해야 한다는 것"(71쪽)을 몸소 실천하였다는 근거를 진드기가 아닌 사람이 오줌똥 안 눌 수는 없기에 거기 대소변을 보지 않을 수 없다는 걸 잊지 않은 점, 그리고 사람이 살 방이 아닌 구공탄이나 들일 헛간이라는 걸 밝혀준 점 등으로 들어 참된 인간의 삶을 성찰하며 비인간적 태도를 비판한다.

부산에서 피난살이 현실 비판은 당장 방을 비우라고 다그치며 폭력적인 자세를 보인 주인댁의 비인간적 처사에 분노하는 부정의식으로 반복된다. 염치가 없다는 주인 영감의 비난에 대해서는 피난민의 신세니 염치없는 일도 있겠지만, 억울한 점이 없지도 않다는 근거가 열거된다. 처제가 그 동안 매달 이만 원 정도를 내었고, '나'와 아내가 보증금을 놓겠다고 말했지만 주인 네는 돈보다 방을 식모에게 줘야하니까 무조건 방을 비우라고 했던 것이다. "하여튼 우리가 염치없다는 건 우리가 방을 속히 얻는 재주가 없다는 데서 오는 것뿐이었다."(76쪽) 화자 '나'의 자조 섞인 자기부정은 방을 얻을 때까지 식구가 모여 살자는 아내의 말을 들으면서도 주인집 아들의 폭력을 떠올려야 했다. 서울서 봉직하던 학교가 보수 공원에서 격일 수업을 시작한 날부터 학교에서 동료들과 상급생들한테 '집' 문제를 부탁했고, 다방에서도 친구들에게 하소연을 했지만, 해결책을 찾지 못했다.

'나'는 저녁 무렵 노천 목로주점에서 술을 한잔 마시기 위해 부둣가로 나가 술 사발부터 비우고 방파제 너머에 범선 두세 척이 떠 있는 것을 보며 감탄한다. "아, 바다란 아무 때 봐도 좋다."(78쪽) 눈앞에 갈매기가 껑충인 모습이 멋들어져 보이지만, 바다와 갈매기에게 마음이 젖어들기는 커녕 생선 가시와도 같은 것이 가슴 속에 걸린 것 같은 불편함을 느껴야 했다. 공포와 불안이었다. 주인집 아들이 자기 아버지를 닮았으면 상당한 체구와 체력의 청년일 거라는 추측이 법과 대학생과 직면해야 한다는 불안과 공포를 불러온 것이다. 술 사발을 연거푸 마시며, 스물 안팎까지 숱한 싸움을 했던 것을 기억하고, 그 흔적이 얼굴에 남아 있다고 확신하지만, 세월 앞에서는 장사가 없었다. 사십 가까운 나이에 싸움의 기억이 전쟁과 같은 죽음의 트라우마로 엄습된 것이다.

"상대편이 먼저 도전해 오면 가만 움츠리고 앉았을 수만도 없지 않은가. 정당방위란 게 있다." 술 사발을 또 들이키며 상상 속에서 법학을 하는 주인 집 아들에게 정당방위로 맞서 그의 도전에 응하는 장면에서는 '해학의 정신[24]'이 엿보인다. "싸움이란 체력만으로 되는 게 아니다. 여기

---

24) "낙천적 성격의 이면에는 냉정하고 정확한 현실 관찰과 자기 초월의 의지"가 자리한

서 나는 거나하니 취해오는 술기운을 빌어, 그자가 이렇게 나오면 나는 이렇게, 그자가 저렇게 나오면 나는 또 저렇게 하고 이미 다 잊어버린 지난날의 싸움 솜씨를 들추어가지고 얼마든지 상대편을 거꾸러뜨리는 장면을 떠올리며 혼자 흥분하는 것이었다." 이처럼 '황순원 부대'를 이끄는 '나'의 인식은 부조리한 현실에 대한 '사자'의 저항과 부정 의식을 환기하는 심층에서 현실 극복의 힘을 키우는 정신의 징후[25]로 볼 수 있다.

"좋은 취미다. 인생이란 이렇듯 한 포기의 초목까지도 아끼고 사랑하면서 유유자적할 수 있는 생활을 해야 할 종류의 것인지도 모른다."(83쪽) 한 포기의 초목까지 아끼고 사랑하는 유유자적한 태도와는 상반된 주인 영감의 비인간적 처신 내지를 직접적으로 비난하는 대신에 피난민 가장으로서 겪는 수치와 불안에 대한 자기부정을 통하여 인생의 참된 의미를 반문하고 회의한 것이다. 초목을 아끼고 사랑하는 주인영감의 유유자적한 태도를 보면서 인생의 참된 의미를 곱씹는 태도에는 타인을 선악

다. 이보영, 「인간회복에의 물음과 해답」, 『황순원 연구 총서3권』, 2013, 465-467쪽 참조.

25) '나'의 분노는 낙타의 정신을 가진 유약한 자기 자신에 대한 자기 부정의 회의와 자기 경멸을 함축한다. 이러한 분노의 정념을 차라투스트라 말로 바꿔보면, 낙타의 정신에서 완전히 벗어나지 못한 분노는 유약한 불과 같은 연단의 경험으로 강물이 바다로 나아간다. 분노하는 나의 이성은 사자가 먹이를 갈망하듯 현실과 타협하는 지식을 갈구하는 것이 아닌가? 그것은 빈곤이며, 불결이며, 비참한 안락이기에 인간은 하나의 불결한 강물에 불과하다. 불결한 강물을 받아들이면서도 자신은 불결해지지 않기 위해서는 인간은 바다가 되어야 한다. '위버멘쉬'는 이러한 바다이며, 그 속에서는 크나큰 경멸도 가라앉아 버린다. F. 니체 지음, 박병덕 옮김, 앞의 책, 45쪽 참조. 이 부분에서 제시된 '위버멘쉬'에 이르기 위한 경험은 예수가 산상 설교에서 설파한 천국에 이르기 위한 대지 위 삶의 의미와 닮아 있다. 심령이 가난한 자, 애통하는 자, 온유한 자, 의에 주리고 목마른 자, 긍휼히 여기는 자, 마음이 청결한 자, 화평케 하는 자, 의를 위하여 핍박을 받은 자의 삶의 은유로 '위버멘쉬'에 이르는 자기부정과 경멸의 현실 수용과 비판을 이해할 수 있을 것이다.

의 기준으로 평가하지 않고 오히려 반면교사로 삼는 삶의 성찰을 엿볼 수 있다.

이와 달리, 아이들을 향한 주인댁의 불공평한 폭력 앞에서 '나'는 분노를 감추지 않았다. 남포동에서 장사를 간 아이들을 만나 집에 왔는데, 주인집은 훤하게 불이 들어왔지만, 방에는 불이 꺼져 캄캄하였다. 애들 엄마는 시장에서 우리를 기다리고, 애들 이모가 어린 아이들을 재우느라고 불을 껐을 것이라는 추측과는 달리 그 방에만 전등이 저녁부터 안 들어왔다는 것이다. 어두운 방에서 아이들 이모가 집에서 아이들이 노래를 부르거나 변소에 가려고 복도로 나가다 주인 집 일곱 살짜리가 노래할 때에 노래를 따라 해도 주인댁에서 고함소리를 쳤다고 말한다. "선아가 역시 계집애는 달라, 동생 애들이 주인한테 꾸지람 듣는 게 보기에 안 된 듯, 조금만 애들이 소리를 내도 안타까워하는 모양"(84-85쪽)을 처제가 울며 말하자 분노가 치밀어 오른 것이다.

"그러나 그들이 여하한 전술을 바꿔가지고 나오더라도 우리가 여기 있는 동안 참는 수밖에 없다."(85쪽) 주인댁의 폭력을 최대한 피할 도리로 전술을 강구하여 낮에는 방을 비워두기로 했다. '황순원 가족부대'의 생존을 위한 정념의 변화[26]가 사자의 '분노'와 자기부정의 저항에 따른 트라우마 극복의지가 읽혀지는 이유다.

---

26) "'니체 철학'과 '철학자 니체'가 흥미로운 이유는 경멸, 몰락, 번개, 광기, 웃음, 도취, 춤, 정오, 중력, 위, 소화, 소화불량 등과 같이 그가 인간의 존재를 탐구하며 제시한 비철학적 개념들 때문이다. 니체의 철학에서 '위버멘쉬'는 자신의 비철학적 조건들을 철학적으로 사유하는 존재에 대한 명칭이라는 것이다." 이상범, 「위버멘쉬와 그의 건강의 실존적 조건」, 『철학연구』150권, 대한철학회, 2019, 149-180쪽 참조..

2) '황순원 곡예단'의 혁신과 '위버멘쉬'의 현실 초극

서사의 후반에서 부각된 '곡예단'이라는 인식의 전환에는 '그렇다, 신성한 긍정이 필요한 것이다."라는 '아이'의 유희와 같은 자유의지로 '위버멘쉬'의 현실 초극과 맞물린 창조의지가 성취된 것이다. 이렇듯 '황순원 가족부대'로 경험된 피난살이 현실을 수용하는 '낙타'의 인내와 부조리한 현실에 맞선 '사자'의 분노를 초극하여 '황순원 곡예단'으로 깨닫는 트라우마 극복의 성장을 통해서는 마침내 '아이'의 순수한 자유의지에 이르는 '위버멘쉬'의 창조적이며 실천적 휴머니즘이 새롭게 인지된다.

(1) '아이'의 유희와 자유의지

"이렇게 해서 이들은 황순원 곡예단의 어린 피에로요, 나는 이들의 단장일 것이다."(88-89쪽) '황순원 곡예단'이라는 인식의 전환을 보여준 '몸'의 사유는 '아이'들과 소통하는 시간 속 공감으로 터득되었다. '아이'들의 놀이에 참여한, '아이'들과 유희로 현실 초극의 자유의지를 깨달은 것이다.

선아와 진아를 데리고 부모가 거주 하는 남포동 집에 가서 하루를 보낸 다음 날 늦은 밤에야 돌아 온 두 아이는 부모와 조부모 앞에다가 품속에 넣어 온 담배 보루며 껌 곽을 솜씨 빠르게 꺼내어놓았다. "도리어 그 익숙한 손놀림이 슬퍼서 눈길을 돌리고 말았."(86쪽)을 정도로 어린 나이의 아이들이 담배를 파는 시장의 생활에 익숙해진 것을 안타까워한 것이다.

'나'는 잠든 진아를 업고, 아내는 보퉁이를 이고 동아 극장 앞 큰 거리를 걸어 올라간다. 도중에 동아가 '나'의 곁으로 다가서면서 물건 살 때

"플리즈 쎌 투미"라고 말하면 잘 팔아준다면서 영어 회화를 하자, "쎌 투미가 아니고 쎌 투미"(86쪽)라며 정확한 영어 발음을 가르쳐 주기도 한다. 어떤 꼬마가 붙잡히니까 논바닥에 번듯이 나가자빠져 귀까지 잠기는 논의 물속에 들어가 아파하는 모양까지 상세하게 이야기한 남아의 이야기를 들으면서는, "내 옆에서 지껄여대는 우리의 이 남아도 몇 센트의 군표를 위해서는 지금의 꼬마처럼 그 지랄을 해야 할 걸 생각"(87쪽) 한다. 생존을 위한 꼬마의 고통뿐만 아니라, 그것을 흉내 내는 남아도 비극적 사회 성원으로 보는 내포작가의 전후 비극적 사회의식과 더불어 민족공동체 의식이 환기된 것이다.

"부성교에 이르러 화자의 우리는 오른쪽으로 꺾인다."(87쪽) 하늘에는 별이 총총한데 개천 둑길은 어두운 밤의 시간이다. 밤의 시간과 다리의 공간을 현실의 갈등을 해결하는 복선으로 보면, 어두운 밤은 전후 암담하고 절망적인 역사적 시간을, 부성교의 공간은 "삶의 목적이 건너가는 것에 있음"[27]을 환기하는 의미가 있다. "우리 노래 불러요" 남아가 제안하자 선아가 기다렸다는 듯 전우의 시체를 넘어… 노래를 부르기 시작한다. '나'는 변호사 댁에서 선아가 어린 동생에게 노래는커녕 소리 한 번 못 내게 주의시킨 일을 생각하면서 노래를 그만두라는 말을 차마 못한다. 남아, 동아도 노래를 따라 부른다. 남아가 "찌리링 찌리링 비켜나세

---

27) '부성교' 다리의 공간은 '나'의 정신이 위버멘쉬로 전환되는 복선으로 작용한다. 인간에게 있어서 사랑받을 수 있는 '위버멘쉬'는 인간이 '과도'이며 '몰락'이라는 것을 경험하는 것이다. '몰락'이 아니면 살아가 방도를 모르는 자들은 '몰락'하지 않기 위하여 또다시 건너는 대지 위에 삶으로 피안을 동경하는 화살과 같이 행하며 실천한다. 번개의 예언자이며, 먹구름으로부터 떨어지는 무거운 빗방울과 같은 영감과 숙명으로 '위버멘쉬'를 깨우치는 '몸'의 사유의 변화가 예고된 것이다. F. 니체 지음, 박병덕 옮김, 앞의 책, 47-59쪽 참조.

요...” 노래하며 자전거 탄 시늉을 하고 어둠 속을 달린다. “저기 가는 저 영감 꼬부랑 영감, 우물쭈물하다가는 큰일납니다.” 노래하며 아빠 사이를 돌아 나간다. ‘나’는 자전거에 치이지 않기 위해 비켜나고, 아이들은 순수한 동심으로 노래 부르고 율동하며 유희하였다.

‘나’의 등에서 잠자던 진아가 깨어나서 누나가 다시 부르기 시작한 “나비야 나비야 이리 날아오노라”를 부르자 선아는 율동까지 섞어가며 노래한다. 진아는 누나 노래가 끝나자 “산토끼 토끼야”를 노래한다. 토끼 뛰는 시늉을 하는 진아는 ‘나’의 어깨로 올라가 “깡충깡충 뛰면서 어디로 가느냐”를 부르면서 야단이다. “토실토실 밤 토실 주워서 올 테야.”(87쪽) 노래가 끝나고도 진아는 어깨 위에서 그냥 토끼 뛰는 시늉을 한다. 노래하며 율동하는 시간은 “춤의 정신”[28]을 통한 치유와 행복의 가능성으로 이 땅위의 ‘천국 잔치’[29]로 ‘디오니소스적 긍정’과 맞닿는 트라우마 극복과 치유의 현실 초극을 환기한다.

“토끼라고 하면 이 아빠도 엄마도 토끼띠지만, 이 아빠 토끼는 깡충깡충 산 고개를 넘어가 토실 밤을 주워오기는커녕 이렇게 어두운 개천둑에서 요맛 무게 요맛 움직임 밑에서도 비틀거리며 재주를 부리고 있는

---

28) “니체에게 “춤(Tanz)”은 인간의 실존적 건강을 대변하는 개념이다. 삶의 본질을 고통 속에서 이해하는 디오니소스의 비극적 관점은 춤을 통하여 삶 자체에 대한 긍정을 드러내게 된다. 이상범, 「니체의 철학적 메타포 “춤(Tanz)”에 대한 텍스트 내재적 분석」, 『철학연구』, 대한철학회, 2020. 151-177쪽 참조.
29) 아이와 같아야 천국에 들어갈 수 있다는 예수의 가르침은 ‘위버멘쉬’의 의미가 인간 예수의 삶으로 이해될 수 있는 구체적 근거다. 〈차라투스트라의 설교〉는 예수가 이 땅 위에서 천국에 이르는 삶의 의미를 설파하는 산상수훈의 내용과 비슷할 뿐만 아니라, 십자가를 짊어지고 너무나 짧은 생을 마감하여야 했던 예수의 고통에 대하여 안타깝게 생각하면서 인간 예수의 노년으로 위버멘쉬를 가정하였던 니체의 생각이야말로 아이러니하게도 ‘위버멘쉬’의 의미를 총체적인 권력의 관습적 폭력에 분노하며 저항한 인간 예수의 삶에서 탐색한 것으로 볼 수도 있기 것이다.

것”(87쪽)이라고 자책한 '나'는 불현듯 '곡예사'라는 말을 떠올렸다. 그것은 번개와 같은 영감으로 '위버멘쉬'를 체현하는 순간이다. 곧이어 '나'는 진아를 어깨에 올려놓고 곡예를 하고, 진아 또한 어깨 위에서 곡예 한다고 생각한다. 선아는 나비의 곡예를 했고, 남아는 자전거 곡예를 했다. 남아가 몇 센트의 군표를 위해 그 꼬마와 같이 지랄하는 흉내를 내는 것도 슬픈 곡예며, 동아의 "플리즈 쎌 투미"도 곡예였다. 신체부위에서 담배 보루며 껌 곽을 재빨리 꺼내고 넣는 행동도 훌륭한 곡예다. 여기에서는 아이들의 행동을 선과 악의 평가하거나 교훈을 주지 않는 대신에 아이들의 다양한 끼를 상대적으로 존중하는 곡예단장의 시각으로 미래지향적 성장을 열어보인 내포작가의 세계관을 엿볼 수 있다.

"이들은 황순원 곡예단의 어린 피에로요, 나는 이들의 단장인 것이다." 곡예단으로 가족을 바라본 '나'의 인식의 변화는 "지금 우리의 무대는 이 부민동 개천 둑."(88-89쪽)이라는 세계관의 변화로 이어진다. 세상을 싸움터가 아닌 무대로 바라본 혁신적 가치의 변화를 보여준 셈이다. '곡예단'이라는 인식의 변화에는 피난살이 위기를 아무 것도 구애받지 않는 '아이'들의 순수한 유희로 바라본 창조적인 자유의지[30]가 함축되었다. '아이'의 유희로 '곡예단'의 '위버멘쉬'적 현실 초극적 성장을 바라보는 이유다.

---

30) 부조리한 현실에 구애되지 않는 어린이의 자유정신은 인간 본연의 존재성을 인식하는 것이다. 인간 본연의 존재성을 과도(過渡)이며 몰락으로 깨닫고, 자기를 초극하는 자는 자기 몰락을 원해야 한다는 관점으로 보면, 인생을 곡예로 깨닫는 인식은 관객을 위한 창조적 정신으로 '몸'의 최종적인 통합을 보여준다. F. 니체 지음, 박병덕 옮김, 앞의 책, 47쪽 참조.

(2) '위버멘쉬'와 혁신적 휴머니즘

'위버멘쉬' 정신에 최종적으로 닿아 있는 '아이'의 메타포[31]로 보면, 비극적 현실을 극복할 수 있는 행복의 지속적 성취가 가능하다. "자기 내면의 힘의 느낌을 통해 경험할 수 있는 실존적 상승과 성장의 상태로 끌어올린 '위버멘쉬'의 정동"[32]으로 '아이'의 순수한 놀이를 보게 된 것이다. 이렇듯 '황순원 곡예단장'이라는 '몸'의 사유는 대지의 운명을 기꺼이 수용하였던 니체의 '디오니소스적 긍정'[33]으로, 예수의 '아이' 사랑[34]으로 땅위에 십자가를 짊어진 휴머니즘의 실천적 가치를 환기한다.

'황순원 곡예단장'은 쏘렌토를 부른 동아를 보면서 마음속으로 "그래 마음대로들 너희의 재주를 피워보아라."라고 어린 아이들을 격려한다. "나는 너희가 이후에 오늘의 이 곡예를 돌이켜보고, 슬퍼해할는지 웃음으로 돌려버릴는지 어쩔는지 그건 모른다." 인간의 한계성을 숙고한 태도는 아이들의 상대적 자유의지를 존중한다. "따라서 너희도 이 날의 너

---

31) 아이 메타포는 '무죄, 망각, 새로운 시작, 놀이, 스스로 돌아가는 바퀴, 첫 번째 운동, 거룩한 긍정' 등으로 해석되며. 이는 '위버멘쉬'적이다. 최정기, 「니체의 『차라투스트라는 이렇게 말했다』에 나타난 "아이"의 메타포 연구」, 원광대학교 석사학위 논문, 2018 참조.

32) 니체에 의하면 인간이 자신과 자신의 삶을 실재로서 느낄 수 있는 중요한 역할을 한 정동의 감정은 자신의 운명 자체를 사랑하는 영원에 대한 긍정이며, 행복이다. 이상범, 「디오니소스와 실재의 긍정에 대한 연구 : 니체의 "정동(Affekt)" 개념을 중심으로」, 『철학연구』20권 1호, 대한철학회, 2019 참조.

33) '위버멘쉬'는 대지를 의미한다. 지상적인 자기 초극의 의지는 참으로 창조적인 의지이며, 이 의지에 의해 비로소 대지의 의미가 주어진 것으로 보면, '곡예단장'이라는 인식은 지금-여기 대지의 삶으로 소설 창작의 창조적 의지를 보여준다. F. 니체 지음, 박병덕 옮김, 앞의 책. 44쪽 참조.

34) 니체와 예수는 인간 정신 안에 있는 대립의 극복, 자유정신 그리고 거룩함' 내자는 온전성의 메타포로 '아이'를 보았다. 최정기, 앞의 논문 참조.

희 엄마 아빠가 너희들의 곡예를 보고 웃었는지 울었는지 어쨌는지를 몰라도 좋은 것"이라는 배려에서는 소유가 아닌 존재로 아이들의 자유의지를 인정한 태도가 돋보인다.

자녀들을 존재로서 바라보는 아버지의 희망은 자녀들이 자신보다 더 나은 삶의 환경에서 자신들의 재능을 발휘하며 살아가기를 염원한다. "그저 원컨대 나의 어린 피에로들이여, 너희가 이후에 각각 자기의 곡예단을 가지게 될 적에는 모쪼록 너희들의 어린 피에로들과 더불어 이런 무대와 곡예를 되풀이하지 말기를 바란다."(89쪽) 이렇듯 "초월적 자의식을 통한 존재성의 재생을 향한 희망[35]에는 다음 세대의 성장을 위한 창조적 세계관이 반영되어 있다. 자녀들이 가정을 이루어 행복하기를 바라는 아버지의 사랑이 확장된 휴머니즘의 비전으로 겨레와 인류의 밝은 미래를 전망할 수도 있을 것이다.

관객을 향한 곡예 단장의 유머러스한 태도는 겸손하면서도 정중하다. "이거 대단히 실례했습니다. 쓸데없는 어릿광대의 넋두리였습니다.", "그러면 피에로 동아 군의 독창을 경청해주십시오"(89쪽) 한 걸음 떨어져 오던 아내가 가까이 와 한 팔을 '나'의 허리에 돌리자, "이 단장 부인은 남편 되는 단장의 곡예가 위태로워보였던 모양"이라며, 염려 말라고 아내의 손을 꼭 잡아준다. 변호사 댁이 있는 골목에 도착한 순간, 피에로 동아의 노래가 뚝 그친다.

"여러분, 오늘 밤 프로는 이것으로 끝막기로 하겠습니다. 준비가 없었던 탓으로 이렇게 초라한 곡예가 되어 부끄럽기 짝이 없습니다." 겸허한

---

35) 황순원은 불안과 부정의 전쟁 공간에서 벗어날 수 있는 이상적 세계의 초월적 자의식을 통해 존재성의 재생에 대한 희망을 말하였다. 강희영, 앞의 논문, 95쪽 참조.

태도로 다음 작품에 대한 기대 또한 잊지 않는다. "내일을 기대해 주십시오. 우리 곡예단을 이처럼 사랑해 주시는 데 대해서는 단을 대표해 감사의 뜻을 표해 마지않는 바입니다."(89-90쪽) 관객을 향한 오늘의 감사와 내일의 희망이야말로 미래세대의 창조적 성장을 향한 자유의지로 '신'의 존재성을 부활시켜 환대한 셈이다. 이렇듯 '곡예사'로 세상을 바라보는 근대 성찰적 몸의 은유는 인간과 인간 사이에 존재하는 신의 존재성을 한 세대와 또 다른 세대 사이로 열어 두며, 실천적이며 긍정적인 휴머니즘의 새로운 가능성을 환기한다. "안녕히들 주무세요. 굿바이!" '곡예사'라는 '몸'의 사유로 보면 세상이 무대가 되고, 관객의 자리에는 이웃 또는 신이 들어서게 되고, 인생은 감동을 줘야 하는 예술이 된다. 그 자리에 독자를 앉힘으로써 감동적인 황순원의 문학작품이 창작되었을 터이다.

독자를 긍정적 삶의 주체로 인도하는 황순원의 혁신적 휴머니즘은 대지 위에서 '사유의 사유'인 신의 존재성을 인식하며 그 존재성에 전후 현실의 트라우마를 극복한 자신을 성찰하며 문학 작품을 창작한 창조적 성장을 보여줄 수 있었다. 인간 사이에 '신'의 존재성이 들어서는 부조리한 현실 극복의 성장은 행복[36]에 닿아 있으며, 그 영향력은 시공을 초월하여 훌륭한 가치로 환기될 것이다. '황순원 곡예단'으로의 창조된 "인간은 동물과 위버멘쉬 사이에 놓인 밧줄-심연 위에 놓인 밧줄"[37]의 현실 초극의

---

36) "순수 관조가 '사유의 사유'인 신의 본질에 속한다는 점에서 순수 관조로서의 참된 행복은 유한한 인간이 불운한 삶 속에서도 치유하며 지속적으로 실현할 수 있는 행복의 잠재적인 가능성으로 볼 수 있다." 박병준, 「행복과 치유: 아리스토텔레스의 『니코마코스 윤리학』의 행복 개념을 중심으로」, 『철학논집』42권, 서강대학교 철학연구소, 2015, 9-38쪽 참조.

37) 건너가는 것도 위태롭고, 지나가는 도중도 위태롭고, 뒤돌아보는 것도 위태롭고, 그 위에 떨며 머물러 있는 것도 위태로운 일이다. 그러나 인간의 위대한 점은, 하나의 다리이지 목적이 아니기에 건너가는 실천에 있다. F. 니체 지음, 박병덕 옮김, 앞의 책,

자유의지를 통하여 황순원 문학이 실현한 위버멘쉬의 창조적 성장을 곱
씹는 이유다.

4. 맺음말

이 논문은 황순원 전후 소설을 근대 성찰의 관점에서 새롭게 살펴보기
위하여 황순원의 단편소설 「곡예사」에 집중하여 트라우마 극복의 창조
적 성장의 휴머니즘을 탐구하였다. 「곡예사」의 독창성을 니체의 '위버멘
쉬'에 이르는 세 단계 정신으로 들여다보면, 전후 현실 초극의 휴머니즘
의 가치가 새롭게 도출되었다.

현대소설에서 근대 성찰의 의미는 한국 사회가 당면한 이분법적 갈등
과 인간성 상실의 문제를 해결할 수 있는 중요한 가치다. 본 논문의 의의
는 황순원의 「곡예사」에서 천착된 전후 트라우마 극복의 성장을 '위버멘
쉬'의 현실 초극 의지로 논구함으로써, 작가 황순원의 실제 역사적 경험
이 문학성을 어떻게 성취하며 독자의 공감대를 확장하는가를 구명한 과
정에 있다. 니체는 '위버멘쉬'의 정신으로 근대 철학의 혁신을 설파하였
다면, 황순원은 피난지 현실 경험을 '몸'의 사유로 천착한 「곡예사」의 독
창성으로 문학의 창조성을 성취한 셈이다. 「곡예사」의 서사를 '위버멘쉬'
에 이르는 "정신의 세 단계 변화"로 분석하면, '가족부대'에서 '곡예단'으
로 변화된 '몸'의 사유는 '낙타'의 인고와 같은 타자의식의 수용을 거쳐,
'사자'의 분노와 같은 자기부정의 현실 저항을 넘어, 마침내 '아이'의 순

47쪽 참조.

수한 유희와 같은 자유의지를 발현하는 '위버멘쉬'의 혁신적 휴머니즘을 보여준다.

결과적으로, '위버멘쉬'의 현실 초극과 맞닿는 황순원의 실천적이며 혁신적인 휴머니즘을 통해 21세기 세계로 소통하는 한국 현대 소설이 직면한 근대 성찰의 답을 모색해 볼 수 있을 것이다.

제 2 부

———

전후 여성소설로 본
젠더정치성의 모멘텀

제
1
장

한말숙 전후소설로 본
젠더 정치성의 은유

「신화의 단애」로 본
젠더 정치성의 인지구성

1. 머리말

한말숙의 전후소설 「신화의 단애」는 전쟁 후 트라우마와 연동된 여성의 성장으로 새로운 젠더의식을 보여준다. 이러한 관점에서 필자는 소설에 함축된 몸의 은유와 맞닿는 전후 여성 성장 동력의 인지경로를 파악하는 방식으로 작가의 젠더 정치성을 조명하고자 한다.

1957년 〈한국문학〉에 발표된 한말숙의 등단작인 「신화의 단애」의 은유미학은 신화를 다시 쓰는 주체로서 여성의 성장을 전쟁의 트라우마를 극복, 치유하는 몸의 인지경로를 통하여 작가의 젠더정치성을 구현한 점에서 그 의미가 복합적이며 다층적으로 탐색된다. 주인공인 가난한 여대생 진영이 전후 어려운 현실을 겪고 비로소 자신의 꿈을 향한 신념을 다지며 그림을 그리는 일에 삶의 방향을 향한 꿈의 날개를 펼치는 과정을 보여주는 인지구성은 전후 여성 성장의 의미로 여성이 다시 쓰는 신화를 몸의 은유로 재현하는 효과가 있기 때문이다.

여성의 성장을 다층적으로 바라보는 차원에서 전후 소설에 드러난 몸의 은유는 우선적으로 젠더[1]의 측면이 탐구될 필요가 있다. 젠더의 시각에서 보면 여주인공 성장을 내포한 몸의 의미 작용은 단순한 남녀의 생물학적 차이가 아닌 사회적 의미를 내포한 젠더 역할을 수행하는 몸 담론[2]보다 포괄적이며 유연한 가치로 젠더정치성의 동력을 환기하는 효과가 있다.

소설 제목에서 살펴지듯이 여주인공 진영이가 도달하고자 하는 신화는 전후 현실의 고난을 극복하는 여성 성장 과정을 거쳐 인간과 세계의 조화로운 행복을 이루고자 하는 젠더 확장으로서 작가의 젠더정치성을 내포한다. 몸 담론을 통하여 '신화의 단애'를 쉽게 풀어보자면, 여성의 이상적인 꿈인 신화에 도달하기까지 험난하고 위험한 낭떠러지 즉 육화된 고난을 극복하고 자신의 꿈을 성취하고자 하는 진정한 삶의 희망을 보게 되는 성장과정이 인지된다. 소설에 함축된 진영의 성장 과정을 통한 새로운 희망의 신화를 읽어내자면 그것은 전후 현실의 고난과 시련을 경험하는 여성 서사로서 젠더 확장의 의미를 몸의 담론으로 재현하고 있음을 살필 수 있다. 한국 전쟁의 폭력은 사회 문화적으로 커다란 영향을 끼칠 뿐만 아니라 남녀 차이에 따라서도 다른 상처와 성장의 의미를 남긴 점에서 젠더 차이에 따른 경험을 간과할 수 없기 때문에 이 소설에 함축된

---

1) 몸 담론을 통한 젠더 읽기는 1995년 북경여성대회에서 남성과 여성이라는 성별 개념으로 생물학적 개념인 sex가 아닌 사회문화적 개념인 gender를 사용하기로 한 맥락에서도 전후 사회 문화적 특징에 대응하는 존재론적 의미를 다각적으로 해명할 수 있는 당위성을 확보한다. 송명희, 『섹슈얼리티, 젠더, 페미니즘: 송명희의 문화비평』, 푸른사상, 2000 참조.

2) 소설 텍스트에 나타난 몸 담론의 의미는 텍스트가 생산된 사회 문화와 연관된 존재의 일상적 행위와 의식이 작가의 비판적이며 창조적인 시각으로 변용된 점에서 작가의 젠더의식 내지는 젠더 정치성을 풀 수 있는 열쇠이다. 송명희, 「김훈 소설에 나타난 몸 담론」, 『한국문학이론과 비평』 제48집, 한국문학이론과 비평학회, 2010, 55-74쪽 참조.

작가의 젠더정치성은 특별한 의미가 살펴진다.

이처럼 한말숙의 「신화의 단애」에 내재된 몸 담론의 중심에는 전쟁의 폭력과 전후 문화의 폐단을 남성 작가와 다른 여성주의 관점으로 그려 냄으로써 인간성을 훼손하는 폭력과 억압에 저항하면서 주체적 인간으로서 여성의 가치와 회복을 꾀하였던 여성 작가의 젠더의식이 작용한다. 이 작품에 관심을 보인 앞선 평가를 살펴보면, 유인순은 "30년대에 이상이 기다리던 날개 돋기는, 50년대에 한말숙에게서 스케취 북이 되어 펼쳐진 것이다."[3]며 「신화의 단애」에 드러난 여주인공의 그림그리기를 향한 꿈을 높이 평가하였다.

이와 같은 입장에서 필자는 「신화의 단애」에 함축된 전후 트라우마를 극복, 치유하는 몸의 인지구성의 경로를 분석함으로써 작가의 역동적 젠더정치성을 들여다보고자 한다. 한말숙 소설에 대한 전반적인 평가는 "전후 세대적 요소와 실존주의적 기질, 자극적인 취재"[4]라는 관점이 압도하였다. 「신화의 단애」에 집중한 선행연구는 주로 "여성인물 형상화"[5], "여성작가의 글쓰기"[6], "성의 가치관"[7] 등으로 여성주의의 접근 방법이

---

3) 유인순, 「다시 읽는 한말숙의 〈신화의 단애〉」, 『한국언어문화』13, 한국언어문화학회, 1995, 75-93쪽.

4) 한말숙은 「별빛 속의 계절」과 「신화의 단애」가 김동리에 의해 『현대문학』(1957)에 추천되어 등단한 이후 많은 장단편을 발표했다. 김동리는 추천사에서 한말숙의 문단데뷔작이 보여준 특징이란 전후 세대적 요소와 실존주의적인 기질, 자극적인 것의 취재라고 지적한 바 있다. 김동리, 「추천기」, 『현대문학』, 1957. 6쪽. 257쪽.

5) 유인순은 이 작품에 드러난 여주인공의 그림그리기를 향한 꿈을 "이상이 기다리던 날개 돋기"의 희망으로 견주어 높이 평가하였다. 유인순, 앞의 논문 ; 방금단은 「신화의 단애」를 '모순되고 시대를 아름답고 따뜻하게 해 줄 수 있는 전망이 존재하는 소설'이라고 평가하였다. 방금단, 「전후소설에서 여성인물의 형상화 연구」, 『돈암어문학』19, 돈암어문학회, 2006.

6) 변신원은 「신화의 단애」는 실존주의적, 근원주의적 의문을 제기하였다고 평가한다. 변신원, 「한말숙 소설연구-결핍의 글쓰기로부터 자족의 세계로」, 『현대문학의 연구』19

시도되었다. 특히 여주인공 진영이라는 캐릭터에 주목해서는 "윤리의 부재"[8], "돈을 추앙하는 기회주의자"[9], "한국전쟁 직후 삶의 목표를 상실한 채 방황하는 극단적인 인간의 모습"[10] 등으로 비판적 시각을 보였다. 또한 실존주의적 측면에서 "실존에 대한 불안과 고뇌가 없는 실존성이 부재한 작품"[11]이라는 최혜실의 시각과 다른 각도에서 유수연[12]은 이 작품에 나타난 실존성을 탐색하였다. 유인순은 한말숙 소설이 "인색한 정도가 아니라 무례할 정도"로 오독되고 있음을 간파한 결과, 「신화의 단애」 다시읽기를 통한 문학적 성과로서 "전후 현실을 어둠과 부조리로 인식하지만 상처받은 사람에게 보다 소중한 것은 미래에 대한 꿈"을 제시한 작가의식이 식민지 시대 천재작가 이상의 '꿈'과 비견할 수 있음을 주장[13]하였다.

권, 한국문학연구학회, 2002, 227-254쪽.

7) 조미숙은 부르디외의 장과 아비투스 시각으로 「신화의 단애」가 성에 대한 가치관의 변화를 극명하게 보여주는 작품이라고 평가한다. 조미숙, 「지식인 여성상의 사적 고찰-여성작가들의 작품을 중심으로」, 『한국문학연구』28집, 동국대학교 한국문학연구소, 2005. 163-197쪽.

8) 정태용, 「20년의 정신사」, 『현대문학』, 1965,

9) 천상병, 「자기소외와 객관적 시선-한말숙론」, 『현대한국문학전집13』, 신구문화사, 1967.

10) 권영민, 『한국현대문학사』, 민음사, 1993, 166-167쪽.

11) 최혜실, 「실존주의 문학론」, 구인환 외, 『한국전후문학연구』, 삼지원, 1995.

12) 유수연은 「신화의 단애」에 나타난 실존성을 살펴보고 1950년대 실존주의 문학가로서 한말숙의 위상을 재정하고자 노력하였다. 유수연, 「한말숙 「신화의 단애」에 나타난 실존성 연구」, 『한국문학과 비평』제57집, 한국문학과비평학회, 2012, 371-390쪽.

13) "식민지 치하에서 젊은 지식인 이상이 날개가 돋기를 기다려 절망적 상황에서 벗어나려던 안간힘을 형상화한 것이 〈날개〉였다면, 전후의 궁핍하고 절망적인 상황에서 스케취 북 하나에 매달려 창조의 꿈을 꾸고 미래를 향한 문을 열어놓으려 한 것이 한말숙의 〈신화의 단애〉이다. 30년대에 이상이 기다리던 날개 돋기는, 50년대에 한말숙에게서 스케취 북이 되어 펼쳐진 것이다." 유인순, 앞의 논문, 92-93쪽 참조.

요컨대, 「신화의 단애」에 드러난 여성의 경험은 남성작가들의 소설 속 여주인공과는 다른 여성의 성장으로서 전후 젠더 확장의 혁신적 변화를 독자로 하여금 새롭게 깨우치게 하는 점에서 여성 작가 한말숙의 '젠더 정치성'[14]을 이해할 수 있는 객관적 준거로 작동한다. 「신화의 단애」에서 함축된 몸의 은유는 실제 현실을 살아가는 몸과 다른 언어 의미로 작품이 창작된 당대 사회 문화와의 접속 과정을 '변용'[15]하는 효과로 볼 수 있다. 그것은 실제 삶을 살아가는 현실 공간의 특수한 신체의 기호가 아닌 텍스트가 창작된 당대 보편적 사회 문화를 주체적인 시각에서 바라본 작가의 창조성을 내포한 담론이기 때문이다. 그러므로 「신화의 단애」에 함축된 전후 트라우마와 연동된 몸의 인지경로를 분석하는 방법은 전후 현실에서 더 나은 삶의 성장을 꾀한 작가의 젠더 정치성을 조명하는 길이 될 뿐만 아니라, 독자의 미래지향적 젠더 수행성을 모색할 수 있는 단초가 될 것이다.

---

14) 젠더는 존재론의 양식으로 젠더를 구성하는 정치적 매개변수들을 그려내는 계보학적 탐구의 대상이다. 젠더가 구성된다고 주장하는 것은 젠더의 허구성이나 대상이다. 젠더가 구성된다고 주장하는 것은 젠더의 허구성이나 인위성을 주장하기 위해서가 아니다. 여기서 이런 관점은 '실재인 것'과 '진정한 것'을 그 대립물로 대치시키는 이분법적 도식에 놓여 있는 것으로 생각된다. 젠더 존재론에 관한 계보학으로서의 이 같은 연구는 이분법 관계의 그럴듯함이 담론적으로 생산되었다는 사실을 파악하려 하며, 한편 젠더의 특정한 문화적 배치가 '실재적인 것' 대신에 자리잡고, 적절한 자기-당연시를 통해 자신의 헤게모니를 강화하고 확대한다는 점을 주장하고자 한다. 주디스버틀러 지음, 조현준 옮김, 『젠더트러블』, 문학동네, 2008, 147-148쪽.

15) 몸은 인간이 살아가는 구체적인 현실의 공간에서 어떤 방식으로든 그 세계의 사회 문화와 연결되면서 생을 살아가는 물질적인 육체의 실체이다. 이를 고려하더라도, 소설 속에서 몸은 살아내는 일상성의 의미를 통하여 담론으로 존재를 확인할 수밖에 없는 몸이다. 이러한 몸 담론의 의미를 메를로-퐁티는 '번역', 아서 단토는 '변용'이라고 표기하였다. 아서 단토에 의하면 예술은 평범한 일상의 변용에 있다. 아서 단토, 『일상적인 것의 변용』, 김혜련 역, 한길사. 2008, 55-58쪽 참조.

2. 아버지 부재의 인지경로와 자아각성의 젠더

소설에 함축된 전후 트라우마와 연동된 몸의 인지경로는 전쟁으로 인하여 아버지가 부재한 상태의 은유세계로 혼란한 사회 문화와의 상관성과 연관된다. 전후 궁핍한 현실에서 여대생인 진영이가 어떻게 살아가야 하는 가는가 하는 차원에서 바라볼 때, 텍스트에 부각된 트라우마와 연동된 몸의 인식에는 전쟁의 참상을 직접 폭로하기보다는 전후 일상으로 전쟁의 폐해를 간접적으로 보여주는 '아프레케르[16]'한 전후 작가의식이 작용한다. 전후 현실의 고난과 가난 속에 진영이가 어떻게 살아가야하는 가는가 하는 차원에서 살펴보는 몸 담론에는 전쟁의 폭력성과 더불어 아버지 부재로 은유되는 전후 열악한 경제 구조로 인하여 가난한 젊은 여성이 생존하기 위하여 얼마만큼 힘들게 살 수밖에 없었는지를 보여주기 위한 여성작가의 젠더 정치성이 작용한 까닭이다.

진영은 전쟁 후 서울에서 대학을 다니는 여대생이다. 그녀는 미술을 전공하지만 자신이 돈을 벌어 생활하고 공부도 해야 하는 열악한 경제적 여건으로 그림을 그릴 수 있는 시간적 여유조차 없다. 그 누구의 경제적

---

16) 〈신화의 단애〉는 전쟁을 체험한 젊은이들이 삶을 통해 기존의 가치에 대한 파괴와 부정의 몸짓으로 자기 확인의 과정을 보여주고 있다. 이는 당대의 시대적 상황과 관련지어 생각해 볼 수 있는데, 이 소설이 발표되는 시기는 종전 후부터 가속화되는 국가권력의 이완에 대한 반작용으로서 반공 이데올로기가 강제적 혹은 공격적인 성격을 띠게 되어 사회구성원의 정신에 내면화되는 시기이다. 전쟁의 참상을 클로즈업하기보다 전장이 소설의 후경으로 그려지는 소설이 주를 이루는 서사적 경향은 이 시기의 작가들이 현실에 직접적으로 대응한 양상이라기보다는 '아프레게르'한 전후 인식이 당대 작가들에게 더 큰 문제로 인식되었던 까닭으로 판단된다. 신종곤, 「1950년대 전후소설에 나타난 현실인식의 굴절 양상」, 『현대소설연구』제16호, 한국현대소설학회, 2002, 336-337쪽 참조.

지원이 없이 대학을 다니고 생활하여야 하기 때문에 어쩔 수 없이 클럽에서 댄서로 아르바이트를 하면서 춥고 배고픈 생활을 연명해야 되는 처지인 것이다. 스스로가 가장 역할을 하는 진영의 몸은 기존의 가족 제도에서와는 다른 경제적 독립적 입장에서 그림을 그려야 하는 여대생과 돈을 벌어야 하는 댄서로 존재의 정체성이 해체되어 있다.

소설 모두(冒頭) 인용문에서는 전후 서울의 늦은 밤거리에서 댄스 홀로 공간 이동이 시작된다. "새까만 거리에는, 헤드라이트의 행렬이 한결 뜸해졌다." 서울의 밤거리를 바라본 시각은 곧바로 호텔 댄스 홀로 이동되어 댄스홀의 장면을 보며준다. 밴드는 다시금 왈츠로 바뀌었고 시간은 마구 흘러간 상황이 진영의 지각으로 인지된다. "오늘 저녁을 먹고, 이 한 밤을 여관에서 자기 위한 돈이—그것도 단돈 이천 환이면 되지만— 필요한데 한 달 후가 다 무엇이냐."[17] 당장의 생존을 걱정하는 진영은 "한 달 동안 일을 한 연후에야 겨우 월급을 탄다는 것은 안 될 말이"라는 현실 비판의식을 보여준다.

여기에서 부각되는 진영의 몸의 의미는 전후 사회 문화와 더불어 경제적 교환의 주체로서 의식을 반영한다. 진영의 몸은 '헤드라이트', '밴드', '왈츠', '댄서' 등의 언어에서 살펴지듯이 전통 문화와는 다른 서구 문화에 노출되어 있다. 도시의 밤거리에서 호텔 댄스 홀로 공간이 이동되면서 클로즈 업 되는 진영의 의식에는 미술 공부를 해야 하는 대학생의 정체성보다는 댄서로 일을 하며 힘들게 먹고 살아야 하는 몸의 고단함이 기성의 해체적 의미로서 강조된다.

---

17) 텍스트는 김이석 외, 『실비명 외』(푸른사상, 2006)에 실린 「신화의 단애」로 삼는다. 김이석 외, 『실비명 외』, 푸른사상, 2006, 158쪽.

진영은 당장 돈이 필요해서 댄서로 취직하였지만 한 달 후에야 월급을 탈 수 있는 열악한 경제 상황을 비관하면서 댄서로 취직한 것을 잘못했다고 생각하기도 한다. "한 달 동안 일을 한 연후에야 겨우 월급을 탄다는" 사실이 노동과 돈의 불평등한 교환가치로서 여겨져서 못마땅한 것이다. 당장 저녁에 잘 곳도 마땅하지 않는 처지를 걱정한 진영의 고단한 몸은 가족의 경제적 지원이 없이 살아가야 하는 전후 부조리한 현실의 열악한 경제 상황과 연결되어 있다. 이처럼 여대생이지만 댄서의 몸으로 돈을 벌어야 하는 진영은 전후 열악한 경제 여건에서 젊은 여성이 자신의 생존을 전적으로 책임져야하는 상황이기에 전통적 삶의 질서에 따른 여성과는 다른 성 역할의 해체로서 젠더 확장의 변화를 보여준 것이다.

"팁은 얼마나 주려나."(159쪽) 댄서로서 진영의 몸은 진영의 의식에서 팁과의 교환가치로서 환산된다. 댄서로 몸이 지치고 힘든 만큼 돈을 벌 수 없기 때문에 춤추는 재미보다 팁에 대한 관심이 부각된 것이다. "리드는 서툴고 맘보는 재미없었"지만 "밴드에 맞추어서 열심히 춤을 추었"던 이유는, 생계를 유지하기 위하여 젊은 여성이 몸을 던져 돈을 벌어야 하였던 전후 현실의 절박하였던 생존의 문제와 연관되어 있다.

"열심히 춤을 추어서 추위나 덜어볼까" 하는 속셈이었지만 홀드는 차츰 가까워졌고 춤을 추는 남성의 술 냄새가 진영의 얼굴에 확 끼치며 뺨에 남자의 수염이 까칠까칠 닿았을 때도 진영은 오로지 팁의 액수만을 생각한다. 춤을 추는 남자의 성은 진영이가 여성으로서 욕망하는 성적 대상이 아니라 돈을 벌기 위한 대상인 셈이다. 진영의 몸은 춤을 추는 시간과 등가의 의미를 가지기에 춤을 추는 동안의 진영의 몸은 남성의 팁을 받아야 하는 교환가치로 환산될 뿐 만 아니라, 기성과는 다른 여성의 입장에서 성적 재미의 여부를 평가하게 된 것이다. 이처럼 댄서로 돈을 벌기 위한 주체로서 '재미'의 여부를 인식한 것은 수동적 여성의 섹슈얼리티와는 다른 각도에서 기성이 해체된 도발적 성인식을 내포한다.

전후 부조리한 삶의 경험으로서 진영이의 몸과 맞닿아 있는 전후 사회문화적 의미는 하룻밤 잠잘 곳과 먹을 것이 없어서 헤매고 다니는 도시 공간의 이동 경로로 해체된다. 진영이 춤을 추는 화려한 호텔 댄스홀과는 달리 진영이 생활해야 하는 공간은 열악하기 그지없다. 진영의 남자 친구인 경일의 자취방 역시 불도 때기 어려워 추위에 떨어야하는 전후 가난한 현실을 경험하는 공간이다. 전후 생존을 위한 일상생활의 공간에서는 진영이가 댄서로 아르바이트를 하는 호텔의 화려한 댄스홀과는 달리 궁핍한 가난이 부각된다.

이와 같이 진영이 아르바이트를 하는 호텔 댄스홀이나 생존을 위한 생활공간은 아버지의 법이 부재하는 공간으로서 몸의 의미를 기성이 해체된 문화로 보여준다. 열악한 생활공간과는 대비적인 화려한 도시 공간에서 떠돌며 돈을 벌어야 하는 진영의 시간은 전후 도시 속 훼손된 몸의 보편적 속성으로 기성의 해체를 반영한 것이다. 이러한 연유로 진영이 여대생이지만 전통적 생활과는 다른 방식으로 돈을 벌며 살아가는 것은 전후 문화와 밀접한 연관성을 갖는다. 아버지가 부재하는 전후 문화의 속성을 고려할 때, 호텔 댄서로 팁을 벌거나 기피자에게 성을 제공하는 방식으로 돈을 벌어 생존해야 하는 진영의 생활 방식은 여성의 성 윤리나 정조 관념으로만 재단하기보다는, 전후 불우한 현실을 극복하여야 하였던 젊은 여성의 생존 과정이 강조된 것으로 이해할 수 있다. 그 이면에는 전후 아버지가 부재한 현실의 열악한 경제상황과 더불어 전통적 삶의 여성 역할과 다른 환경에 노출되어 있는 젠더의 차이뿐만 아니라 남성과 다른 여성의 새로운 경험의 차이가 읽혀지기 때문이다.

　기성을 해체하는 진영의 몸의 은유는 소설의 말미에서 고흐의 소묘집의 날짐승, 까마귀에서 파란 불꽃과 명멸하는 별빛의 이미지에서도 재현된다. 진영은 거리의 책점에 들러 고흐의 소묘집(素描集)의 책장을 들춰보았다. 까마귀가 날고 있는 모습에서 사육(死肉)을 파먹고 사는 날짐승의 육체성을 금시에라도 썩은 물이 악취를 풍기며 뚝뚝 떨어질 것 같은 감각으로 인지한다. 자기 자신이 까마귀 같다는 진영의 느낌과 맞닿는 몸의 은유는 전후 아버지 부재의 사회 혼란 속 "볼통한 젖가슴이 육중하게 흔들린"의 육체성에 대한 공포와 환멸로 자신을 반성한다.[18] 팁으로 연명하는 그녀의 살이 까마귀의 살만 같다는 자기반성에 진저리를 치며 자신의 몸을 흔들어 본 행동을 통하여 혼란스럽고 무질서한 삶에 대한 자기성찰을 보여준 것이다.

　이렇듯, 진영은 기피자가 준 돈의 일부로 산 '고흐의 소묘집(素描集)'을 보면서 자신의 몸의 은유로서 생존의 가치를 반성한다. 당장 먹고 살기 위한 돈을 벌기 위하여 춤을 추고 기피자에게 성을 제공하기로 하였던 자신의 몸을 고흐의 소묘집 속 이미지로 성찰한 것이다. 뒤이어 진영은 자신의 몸을 "육중하게 흔들"리는 "불룩한 젖가슴"의 동물적 육체성으로 반성한다. 진영은 남자들의 주머니에서 나온 돈을 받기 위하여 실존하였던 자신의 몸을 "死肉을 파먹고 사는 날짐승" 까마귀 같음을 반성한다. "팁으로 해서 살아 있는 그녀의 살이 까마귀의 살만 같"은 자신의 몸에 대해 진저리를 친 것이다. 전쟁을 겪은 후 물질적 빈곤과 삶의 불안으로 인해 수단과 방법을 가리지 않고 돈을 벌어야 했던 몸의 은유를 고흐의 까마귀가 나는 밀밭 그림의 이미지에 빗대어 반성한 것이다.

---

18) 위의 책, 171-172쪽.

진영이 남성들에게 의존하여 돈을 벌어야 하였던 여성의 육체성은 동물적 이미지로 반성되는데 비하여, 그림 그리기와 사랑의 그리움을 환기하는 여성의 이상은 파란 불꽃과 명멸하는 별 빛의 이미지로 반영된 것이다. 고흐의 소묘집의 까마귀에서 파란 불꽃과 명멸하는 별 빛으로 반성되는 몸의 이미지야말로 진영이 기성을 해체하는 젠더 전복으로서 새로운 삶으로서 가치관의 변화를 보여주기 때문이다. 이와 같이, 여대생과 댄서 사이 정체성을 오가며 기성의 성 역할과 삶의 가치를 해체하는 몸의 인지경로는 전후 부조리한 문화를 바라 본 작가의 현실비판적 젠더 정치성에 뿌리를 두었다.

3. 현실 유희의 인지경로와 자율적인 젠더

당장의 생존으로 살아가는 진영의 경험으로서 환기되는 전후 현실극복의 의미와 맞물린 몸의 인지 경로는 전쟁의 폭력으로 인한 상실과 폐허를 딛고 전쟁 트라우마의 정신적 충격을 치유하여야 하는 새로운 신화 창조의 공간에 닿아 있다. 미래를 향한 전망이 없이는 삶의 절망을 극복하기 어려운 고난이 낭떠러지 바위처럼 펼쳐진 실존을 확인하게끔 하는 공간인 셈이다. 순간 아래로 떨어지면 죽음이 있는 공간과 맞닿는 몸의 은유는 필할 수 없는 상황이기에 즐기는 유희로서 저항의식을 환기하는 효과가 있다.

이러한 점에서 진영이 곱씹는 "죽으면 썩는 몸이다. 살아있는 순간 다시는 없을 이 지극히 소중한 순간"(163쪽)이라는 독백은 스스로 실존의 한계를 인식하는 절박함의 공간적 경험이다. 이러한 경험은 진영이 혼자

만이 겪는 고난이 아니라는 취지에서 관습적 약호로 공동체의식이 강조된 것이다. 이러한 효과는 진영의 독백을 넘어서 전후 현실의 공포와 절망을 반영하는 사회적 약호로 읽혀질 수 있다. 이러한 약호는 "피할 수 없으면 즐겨라"와 같은 현실극복의 사회적 의미를 유희하는 저항의 의지로 보여주는 효과를 낳는다.

이처럼 극단적 실존의 공동체적 인식과 맞닿는 현실을 극복하기 위한 신화적 상상력의 인지구조를 통한 몸의 은유는 현실을 유희하는 전복적 경험으로 저항의식을 환기한다. 이는 전쟁으로 인하여 세계와 자아의 조화로운 행복을 추구한 신화를 향한 삶의 희망이 끊어져버린 전후 삶의 공포와 불안 그리고 절망을 낭떠러지로 인식함으로써 살아남기 위해서는 낭떠러지 밑을 보지 않아야 하는 현실 유희의 의미를 내포한 성장의 과정으로 인지된다.

그러므로 현실을 유희하는 진영의 몸의 은유는 낭떠러지와 같은 두렵고 절망적인 삶을 견딜 수 있는 힘의 변용으로 전후 현실의 고난 극복을 향한 저항의식과 맞닿게 된다. 서사에 펼쳐지는 구체적인 현실 유희의 예는 진영의 일상과 의식에서 살펴진다. 진영은 남자 친구 경일이 있지만 하루 생존을 위하여 거리를 배회하면서 그녀에게 돈을 줄 남성을 찾기도 한다. 여대생의 입장에서 이러한 자신의 처지를 비관하거나 비판하기보다는, 돈을 벌기위하여 춤추는 시간을 따분하여 재미없어하면서도 생존을 위해 유희하는 자아가 강조된다. 또한 끼니를 해결할 수 없어 고구마로 허기를 메꾸고 따뜻한 방에 누워서도 "지금 나는 행복하다"는 자족의 심경의 유희를 보여주기도 한다. 하숙집에서 하숙비를 밀려 쫓겨난 후 하루 종일 아무것도 먹지 못한 배고픈 처지에서도 살아 있는 현실을, 슬퍼하고 절망하기보다는 유희하며 자족한 방식으로 충족한 셈이다. 당

장 먹고 잘 자리를 구하기 위해 낯선 남자와 춤을 추거나 계약 동거에 즉
흥적으로 동의하는 순간에도 자신의 삶을 비관하기보다는 그 순간을 즐
기며 유희하는 자기의식이 환기된다.

"어디로 갈까? 오백 환으로 재워줄 여관은 없다. 설혹 재워준다 하더
라도 불을 지펴줄 리 없다." 댄스홀에서 나온 진영은 잘 곳이 없어 어디
로 가야할 지를 고민한다. "이토록 추운 밤에 내 몸을 꽁꽁 얼려 재우다
니 죽으면 썩는 몸이다." 죽음에 대한 공포는 진영의 의식에서 전쟁의 그
림자처럼 드리운다. 전쟁이 남긴 죽음의 트라우마와 가난은 언제 죽음이
닥치지 모르는 전후 현실을 견디며 살아내야 하는 공포이다. "살아있는
이 순간, 다시는 없을 이 지극히 소중한 순간을 나는 내 몸을 하필이면 얼
려 재"울 수 없다는 간곡한 의지에서는 현실의 욕구에 충실할 수밖에 없
는 몸의 피동적인 의미가 드러난다. "그것은 안 될 말이다." 진영은 냉돌
에 재울 수 없는 자신의 몸의 소중함을 다시금 자신에게 확인시킨 셈이
다. 경일한테 가서 자리라고 생각하였지만 그 방도 냉돌임에는 틀림없다
는 것을 진영은 안다. 그럼에도 불구하고 진영은 혼자 견디기 어려운 추
위를 극복하기 위하여 같이 자는 공간성을 자문한다. "그래도 같이 자면
한결 따뜻할 것이 아닌가."[19]

여기에서 주목하게 되는 몸의 인식은 진영이 마치 타자처럼 자신의 몸
을 자신이 재운다고 하는 부분이다. 피동적인 몸의 의미가 특별하게 강
조된 것은 개인의 의지와는 무관한 전쟁의 공포를 경험한 몸의 훼손을
부정적으로 바라보는 작가의 현실인식과 상관된다. 이렇듯 진영이의 현
실 비판에 기반을 둔 진영의 존재의미와 인간관계는 순간적이며 유희적

---

19) 위의 책, 163쪽.

이다. 미래를 위한 오늘의 전망이 부재하기에 지금-여기 순간을 살아내야 할 만큼 전후 현실의 공포와 절망이 암울했던 것이다.

진영을 둘러싼 모든 인간관계 역시 즉흥적이고 유희적이다. 이는 전후 암담한 현실 공포를 극복하기 위한 작가의 현실 저항의식과도 밀접한 관련이 있다. 진영의 애인 경일 그리고 경일의 남자친구 준섭과 관계에서도 진지한 남녀관계나 친구관계보다는 장난과 같은 관계성의 유희가 드러난다. 진영은 호텔 댄스홀에서 나와 통금 사이렌이 울린 밤거리에서 경일이 집을 찾아 가기보다는 경일이의 친구인 준섭의 하숙집을 찾아가는 대목에서도 보통의 남녀관계와는 다른 파격을 보여준다. 진영이 자신의 애인인 경일의 친구인 준섭이 집을 찾아가는 이유는 단지 "경일의 하숙보다 가깝고 파출소보다는 갈만한 곳"(164쪽)이라는 것이다. 여기서도 상식적인 남녀관계를 벗어난 현실 유희의 관계성이 포착된다. 이와 같이 진영이가 자신의 애인의 친구 집을 찾아가서 잠을 자는 행동에는 진지한 생각이나 이유가 없이 즉흥적이다.

준섭이 또한 진영이가 자신의 친구 경일의 애인임에도 불구하고 밤늦게 찾아오는 진영을 한 점 망설임 없이 자연스럽게 맞아주는 남녀관계의 파격으로서 유희를 보여준다. 또한 평상시에는 자신의 친구의 애인인 진영에게 스스럼없이 연애편지를 습관처럼 지속적으로 보내기도 한다. 진영의 애인 경일이도 준섭이 집에서 자신의 애인인 진영이 잠을 잔 것을 알면서도 그 어떤 고민이나 진지한 행동을 보여주지 않은 채 현실을 유희하는 습관적 행위를 반복한다. 별 이유 없이 습관적으로 진영을 장난스럽게 때리기만 하는 현실 유희의 행동을 보일 뿐이다. 경일이가 자신을 때리는 행위에도 진영은 그것을 폭력이라고 생각하지 않고 가볍게 유희하기에 그 어떠한 반항도 하지 않는다.

　진영과 경일이 그리고 준섭의 관계에서 드러나듯이, 진영을 중심으로 발생한 모든 관계와 행동은 보통의 상식을 바탕으로 한 진지한 사유보다는 암담한 현실의 문제를 즐겨냄으로써 전후 현실의 절망을 극복하고자 하는 현실 유희적 측면이 부각된다. 이는 황폐한 전후 현실의 공포와 절망을 극복할 수 있는 그 어떤 해결책이 없기에 지금-여기 순간을 유희할 수밖에 없었던 전후 사회 문화와 연동된 작가의 현실 저항의식의 반영으로 볼 수 있다.

　이렇듯 작가의 현실 극복 의지에 뿌리를 둔 절망과 공포의 시간에서 탈주하기 위한 현실 도피적인 유희성은 진영과 기피자의 관계성에서도 드러난다. ""애당초에 삼십만 환은 너의 허리 때문이 아니야. 이걸 봐. 이렇게 죽음이 쫓아다니지 않아? 나는 일 년을 살 돈이 있으면 그것으로 우선 하루라도 살고 보아야 해. 살 시간이 없어. 바뻐." 하고 빙긋 웃으며 돌아선다." 경찰에게 잡혀가기 전 기피자와 진영이 나누는 대화는 즉흥적이며 유희적이다.

　"진영은 청년에게 바짝 다가섰다. 진영의 표정은 자못 심각해졌다. "가지 마세요." 청년은 웃으며 말했다. "나는 너를 사랑해."[20] 경찰에게 잡혀가는 기피자에게서 진영이 돈을 받으면서 순간적으로 사랑을 고백하는 부분이다. 진영에게 돈을 주는 기피자 청년은 "나는 너를 사랑해."라고 고백하면서 사라진다. 진영이 또한 앵무새처럼 그의 고백을 즉흥적으로 따라한다. 진영은 기피자의 말을 따라 "저도 사랑해요."라고 말을 하고 보니 "정말 사랑하는 것 같다."(170쪽)고 느끼기까지 한다. 기피자는 낭떠러지의 절박한 공간에서 진영에게 돈을 주고 경찰에게 잡혀간 것이다.

---

20) 위의 책, 169쪽.

진영이 받은 돈은 기피자의 절박한 삶의 마지막 희망일 수 도 있을 것이다. 별 뜻 없이 전하는 언어유희를 통하여 절대적인 삶의 순간으로 현실 저항의 가치가 환기되는 이유다.

일주일 동안의 계약 동거를 제의받은 대가로 기피자로부터 받은 돈으로 진영은 화구를 사서 그림을 그리고자 하는 욕망을 실현하고자 하는 의지를 드러낸다. 동시에 진정한 사랑의 의미를 곱씹게 되는 젠더의식의 변화를 보여준다.

그녀가 곱씹는 사랑이라는 말은 그녀의 의식에서 어떠한 의미를 생성하기보다는 단지 관습적으로 상기하는 추상명사숫자처럼 그녀의 머릿속에서 자동반응으로 나열될 뿐이지만, 미래를 향한 절망적 현실의 시간을 견뎌낼 수 있는 생산적 유희로 작용한다. "사랑이라는 말은 필요치 않았다."(172쪽) 전후 트라우마 극복으로서 언어유희는 현실의 절망을 극복하고자 하는 무의식적 저항을 환기한 것이다. 또한 기피자에게 돈을 받고 그 돈을 값비싼 음식과 물건을 사는 데 소비해버리는 진영의 행동에서도 현실의 절망을 피할 수 없기에 유희하는 태도가 부각된다.

그러나 피할 수 없기에 절망적인 현실의 순간을 즐기는 방식의 유희작용과 맞닿는 몸의 인지경로는 진영이 정말 하고 싶었던 그림을 그리고자 하는 욕망을 실현하고자 하는 의지로 현실 극복으로서 성장을 환기하는 효과로 이어진다. 미래가 약속 되지 않는 전후 현실의 벼랑 끝에서 그림을 그리고자 한 욕망을 실현하기 위해서는 험난한 길이 예고되어 있다. 그럼에도 불구하고 길을 걸어야 하는 새로운 신화 창조의 현실 유희는 낭떠러지 같은 전후 현실의 피할 수 없는 절망을 견디며 극복하는 주체적 삶을 향한 몸부림을 보여준 작가의 젠더정치성에 닿아 있다.

4. 이상 추구의 인지경로와 자아실현의 젠더

이 작품에서 궁극적으로 작가가 추구해보인 신화의 의미와 맞닿는 몸의 인지경로는 전후 트라우마를 극복하고 치유하며 자아를 실현하는 여성의 성장을 환기한다. 이렇듯, 신화의 단애로 은유된 몸의 인지경로는 예술과 사랑을 이루고자하는 전후 여성의 성장으로 자아실현을 보여준 작가의 젠더정치성에 뿌리를 두었다.

실존적 삶의 순간을 넘어 진영이가 추구하는 이상적 삶의 가치로서 신화는 그림 그리기와 사랑의 진정성을 실현하고자 하는 진영의 신념으로 확인된다. 미술을 전공한 여대생으로서 진영이가 그림 그리기와 진정한 사랑을 실현하는 이상의 추구로서 자아 정체성을 확인하는 궁극적 의미는 여성의 본격적인 자아실현으로서 전후 이상적 여성주의와 맞물린 젠더확장의 변용을 함축한 것이다.

공간 이동에 따른 진영의 몸은 타자에서 주체로 이동되는 자유의지로서 젠더의식의 전환으로서 확장을 다음과 같이 보여준다. 공간적으로는 클럽과 남자친구 집 그리고 호텔과 하숙집 그리고 쇼핑센터로 몸이 이동된다. 이러한 공간 이동에 따른 몸의 행동 변화는 다음과 같이 타자에서 주체로의 전환을 암시한다. "기다리다/춤추다/ 찾아가다(경일의 하숙집-준섭의 하숙집-다방-호텔-시장)/ 편지를 쓰다 /스케취 북을 들고 앉다 등[21]으로 파악되는 몸의 이동 경로에서는 주체적 자아의 공간적 삶으로의 가치 전환이 인지된다.

이와 맞물려 있는 진영의 몸의 의미는 생존해야 하는 현실 극복의 차

---

21) 유인숙, 앞의 논문, 81쪽.

원을 넘어 자아실현의 의미로서 젠더 확장을 보여준다. "진영은 위스키를 마셨다. 이내 몸이 상쾌해진다. 폭신한 베드에 엎드려본다. 기분이 여간 좋지 않다." 현실극복의 차원을 넘어서 자아실현을 추구하는 몸의 의미가 "상쾌해진" 변화로 환기 된 것이다. '상쾌해진' 몸은 "귀신이라도 농락해 보고 싶을 만큼 삶에 대한 자신이 강력히 솟구친" 역동적 생명력을 보여준다. "무서울 것도 꺼릴 것도 없다. 오로지 그려야 한다는 의욕만이 파랗게 불탈 뿐"[22]으로 환기되는 그림을 그리기는 진영의 확고한 삶의 목표로 설정된 것이다. 이와 같이, 이상적인 삶의 목표를 향하여 정진하는 몸의 은유는 자아실현으로 전후 여성의 성장을 보여 준다.

진영이 그림을 그리기 어려웠던 상황에는 남녀의 차별성이 작용하였다. 경일은 화가의 꿈을 성취하기 위하여 그림을 그리지만 진영은 댄서로 돈을 벌기 위하여 댄서로 일을 해야 한다. 진영은 "내일은 일찍부터 나가서 돈을 벌어야하지 않느냐고 그녀는 속으로 다짐"(166쪽)하면서 댄서 옷을 챙겨야 하는 상황에서 그림에만 몰두할 수 있는 경일을 부러워한다. 그리고는 자신도 그림을 그리겠다는 확고한 의지를 갖는 변화를 보인다. 여기에서 진영의 몸은 단순한 생존의 의미를 뛰어넘어 전후 양성 불평등한 사회 모순을 딛고 자신을 꿈을 실현하는 신화의 이상을 추구하고자하는 새로운 젠더 역할로서 실천적 열망을 보여주기에 이른다.

이러한 상황의 묘사를 통하여 작가는 양성이 불평등한 전후 사회적 환경을 고발한 데에 머물지 않고 전후 여성주의의 실천적 이상을 보여준 것이다. 여성의 시각에서 그림 그리기에 대한 진영의 꿈은 남성과 다른 환경 즉 남녀 불평등한 사회에 대한 작가의 비판의식과 맞물려 있다. 진

---

22) 김이석 외, 앞의 책, 172쪽.

영은 국전에서 입상한 경일이 보다 자신이 성적이 우수하지만 국적에서는 낙선했던 사실을 환기하면서 "시기와 비슷한 불길이 몸 어느 곳에서 부턴지 소리 없이 이는" 감정으로 "오로지 그려야 한다는 의욕만이 파랗게 불탈 뿐이다."라며 꿈을 향한 자유의지를 보여준다. 앞서 밝혔듯이 생존을 위하여 춤추고 성을 거래하였던 진영의 몸은 추악한 동물성의 이미지로 은유되었다. 그렇지만 삶의 원동력으로서 그림 그리기에 대한 이상을 추구하는 몸의 언어는 파랗게 타오르는 역동적 생명력의 이미지로 바뀌어 은유된 것이다.

여기에서 포착되는 감각적 언어의 인지적 표현은 작품 시작부분에서 보였던 팁을 생각하면서 춤추는 시간을 재미없어하며 지루해하였던 댄서 홀의 분위기와 연결되었던 몸의 외향적 접촉을 보여준 것과는 대비적으로 정인 자신의 주체적인 열정을 보여주게 된다. 오래된 꿈의 신화가 전후 현실의 삶으로 끊어져버린 절망에도 불구하고 진영은 미래의 비전을 새로운 젠더의식으로 환기하는 것이다. 그것은 다름 아닌 여성의 자아실현으로서 신화의 창조이자 사랑의 회복인 셈이다.

그림 그리기와 사랑을 추구하는 진영의 자유의지에는 몸에 대한 인식이 교환적 가치가 아닌 존재적 가치로 함축되어 있다. 진영의 몸의 이동은 생존의 도구로 성을 매매하였던 과정을 거쳐 전후 현실의 절망을 극복함으로써 자신의 신화로서 근원적인 생명력의 가치를 추구할 수 있는 그림 그리기에 대한 신념을 확인하게 된 것이다.

이에 따라 남성의 물질에 의존하여 성으로 거래되던 진영의 몸은 추악한 동물성의 이미지로 표현되었지만, 삶의 원동력으로서 그림 그리기에 대한 이상을 추구하는 몸의 언어는 역동적 생명력의 이미지로 표현된 변화를 보여준다. 진영은 기피자에게 받은 삼십만 환으로 호텔에 머무르며 경일에게 삶의 희망을 담아 사랑의 그리움을 전하는 편지를 쓴다. 그림 그리기의 열망에 이어 편지를 쓰는 행위에서 인지되는 몸의 은유는 진영이가 스스로 삶의 주체적 의미로서 자유의지를 획득하는 주체적 삶의 성장을 반영한다. 진영의 의식에서 예술을 향한 의욕이 파랗게 불타고 있다면 사랑을 향한 그리움은 어둠 속 별빛처럼 명멸하고 있다.

한편으로 진영은 진정한 사랑을 이루겠다는 이상을 보여준다. "사랑 사랑…… 진영은 그 말의 감각을 느껴보려 하였으나 그 추상명사가 마치 숫자처럼 그녀의 머릿속에서 나열될 따름이다." 아직까지 진영에게 사랑은 추상명사일 뿐이다. 사랑이라는 말은 필요치 않는 실천적 삶으로서 생활로서 사랑을 구체화하고자 한 진영의 의지가 확고하게 드러난다. 지금 경일을 포용하고 싶을 뿐이라는 생각으로 진영은 "경일씨 어세 오세요, 보고 싶어요" 라는 편지내용의 끝을 맺었다. "창밖은 밤이었다. 무수한 불빛이 어둠 속에서 별빛처럼 명멸하고 있다.[23) 진영이 침대에서 일어나 높은 창가에 스케치북을 들고 앉은 몸의 은유는 어둠을 밝히는 밤하늘의 별빛처럼 명멸하는 무수한 불빛의 존재성으로 새로운 삶의 목적을 환기한다.

진영이 추구하는 사랑의 가치는 세상의 어두움을 밝히는 실존의 가치로서 성장의 의미를 내포한다. 진영은 주체적 삶의 신념으로서 그림 그리기의 꿈과 더불어 자유로운 사랑을 추구하는 삶으로서 새로운 신화에 대한 열망을 보여준 것이다. 달리 표현하자면 진영은 생존의 도구로 성을 매매하였던 경험을 반성하고 전후 현실의 절망을 딛고 일어선 궁극적인 이상으로서 실존의 가치인 삶의 목적을 그림그리기에 이어 사랑의 실현으

---

23) 위의 책, 172쪽.

로 확인하는 자유의지로서 젠더 확장의 실천적 의미로 보여준 것이다.

요컨대, 신화의 단애와 맞닿는 몸의 은유는 명멸하는 무수한 불빛으로 새로운 삶의 목적을 밝히는 존재성으로 여성의 자아실현을 환기한 작가의 젠더정치성에 닿아 있다. 신화의 낭떠러지는 젊은 여성 진영이 겪어야 했던 성장을 향한 과정으로서 전통적 삶의 가치가 단절되고 양성이 불평등한 전후 현실의 절망인 셈이다. 전후 현실의 절망을 딛고 자신이 꿈꾸었던 그림 그리기의 희망을 확인한 의식의 변화는 현실의 고통과 절망을 통하여 진정한 삶의 이상을 추구하고자 한 여성 성장 의지를 보여준 것이다. 그림 그리기와 사랑으로 자신의 존재성을 확인하고자 하는 진영의 꿈은 주체적으로 이상을 추구하는 능동적인 여성의 젠더확장으로서 몸의 가치 지향을 보여준 셈이다. 또한 전쟁으로 인하여 훼손된 몸의 가치를 일의 열정과 사랑으로 회복하고자 하는 신념과 맞닿는 몸의 은유는 자아실현의 과정을 어둠을 밝히는 무수한 빛의 명멸하는 존재성으로 여성의 성장을 환기하는 효과를 낳는다. 전후 트라우마의 극복, 치유로 새로운 삶으로서 이상을 추구한 몸의 인지경로를 통하여 여성의 신화를 예고한 창조적 여성성[24]과 맞닿아 있는 미래지향적 젠더 정치성을 볼 수 있는 이유가 여기에 있다.

5. 맺음말

이 논문은 한말숙의 「신화의 단애」에 드러난 몸의 인지경로를 통하여

---

24) 김원희, 『한국문학과 창조적 여성성』, 푸른사상, 2013 참조.

남성 신화에 종속된 여성의 위치가 아닌 여성 신화의 주체로 전후 여성의 성장을 보여준 창조적 여성성의 젠더정치성을 다음과 같이 조명하였다.

첫째, 아버지 부재의 현실의 부정성을 '고흐의 소묘집(素描集)' 까치의 생존으로 인지하는 몸의 인지경로와 맞닿는 자아의 각성이 환기되었다. "死肉을 파먹고 사는 날짐승"인 까치의 생존을 부정적으로 인지하는 몸의 은유는 "팁으로 해서 살아 있는 그녀의 살" 즉 자신의 몸에 대해 진저리를 치면서 살아 있음을 반성하는 자아 각성으로 여성 성장을 환기한다. 이와 같이 전후 아버지가 부재하는 부정적 현실의 트라우마를 극복하는 입체적 자기각성은 독자로 하여금 진정한 인간의 삶을 심문하게끔 하는 작가의 젠더정치성에서 비롯되었다.

둘째, 전후 트라우마 극복의 의지와 맞닿는 몸의 경로는 현실 유희로 저항의식을 환기한다. 당장의 생존으로 살아가는 진영의 경험으로서 환기되는 전후 현실극복의 의미와 맞물린 몸의 은유는 전쟁의 폭력으로 인한 상실과 폐허를 딛고 전쟁 트라우마의 정신적 충격을 치유하여야 하는 새로운 신화 창조의 공간이다. 순간 아래로 떨어지면 죽음이 있는 공간과 맞닿는 몸의 은유는 필할 수 없는 상황이기에 즐기는 유희로서 저항의식을 환기하는 효과가 있다. "피할 수 없으면 즐겨라"와 같은 보편적이며 상대적인 몸의 은유와 맞닿는 공간 지향성의 현실 유희를 통하여 전후 현실극복의 자율적 젠더의식과 맞닿는 여성의 성장이 인지되었다.

셋째. 이상 추구의 과정을 보여주는 몸의 인지 경로는 어둠 속 명멸하는 빛의 존재성으로 자아실현을 향한 전후 트라우마 극복을 통한 여성의 성장으로 새로운 신화를 환기하는 효과를 낳는다. 전후 트라우마를 극복하는 여주인공이 추구하는 그림그리기의 열정과 진정한 사랑의 의지야말로 전후 트라우마를 극복하는 성장인 셈이다. 이 소설을 통하여 오래된 남성의 신화가 아닌 신화의 주체가 여성으로 자리바꿈한 새로운 성장을 보여준 작가의 창조적 젠더정치성을 볼 수 있는 이유가 여기에 있다.

결과적으로 본 논문은 「신화의 단애」를 통하여 트라우마 극복의 몸의 은유로 전후 여성의 성장을 아버지 부재의 자기각성, 현실유희의 자립의식, 이상추구의 자기실현 등의 다층적 인지경로를 보여준 여성 신화 다시쓰기의 은유미학을 작가 한말숙의 젠더 정치성으로 새롭게 조명하였다.

제 2 장

강신재 전후소설로 본
젠더정치성의 은유

「해방촌 가는 길」로 본
젠더정치성의 인지구성

1. 머리말

전후 여성소설[1]은 남성 작가에 비해 여성 작가의 작품이 상대적으로 많지 않지만, 전쟁의 폭력은 양성 모두에게 큰 해악을 끼칠뿐만 아니라 여성의 새로운 젠더 수행을 모색케 한 점에서 그동안 소홀하게 다루어졌던 전후 여성 소설 연구도 다각적인 측면에서 천착될 필요가 있다.

강신재[2]의 전후 소설에 드러난 감각적이며 서정적인 인지구성에 심층

---

1) 이 글에서 전후 여성소설은 여성작가에 의해 씌어졌으며 전후 사회문화와 연결되어 있는 여성의 경험을 보여주는 심층에서 여성 작가의 미래지향적 젠더의식까지를 해명할 수 있는 소설로 규정한다.

2) 강신재(1924-2001)는 1949년 《문예》지에 단편 「얼굴」과 「정순이」로 등단했다. 단편집 『회화』(1958), 『여정』(1959), 『임진강의 민들레』(1962), 『젊은 느티나무』(1970) 등 60편의 단편과 30여 편의 장편을 발표하였다. 1960년대 발표된 「젊은 느티나무」는 세련된 감각으로 남녀관계의 애틋한 사랑과 인간 심리를 치밀하게 묘사한 작품으로 주목을 받았다. 이와 다른 각도에서 1958년 발표된 「해방촌 가는 길」은 전후 여성의 체험을 여성의 몸을 인습과 편견에서 해방하고자 하는 모색으로 젠더 확장을 실현하였다. 김이석 외 『실비명 외』, 푸른사상, 2006, 200쪽 참조.

에 저항적이며 전복적인 젠더의식이 작동한다는 관점에서 살펴보면, 한국 전쟁 직후 여성의 실존의식을 독특한 경험으로 육화한 강신재의 몸의 은유는 독자로 하여금 전후 문화의 변화를 반성하고 올바른 여성해방의 길을 고민하게끔 하는 면에서 주목할 만하다. 이렇듯 강신재의 전후 소설세계에는 서정적인 주제의식과 감각적인 기법과 동시에 현실 저항적이며 젠더 전복적인 정치성이 나타난다. 이러한 입장에서 필자는 강신재의 대표적 전후소설로 꼽을 수 있는 「해방촌 가는 길」[3]에 함축된 몸의 은유를 전쟁의 폭력성에 뿌리를 둔 전후 문화의 폭력적 시선에 대응한 여성의 젠더정치성으로 조명하고자 한다.

강신재 소설에서 나타난 여성의 저항적 경험은 여성의 몸을 구속하는 모든 전근대적 금기에 대한 문제의식과 금기로 대립된 현실 극복의 의지뿐만 아니라 그 너머 우주적 소통을 향한 다름과 차이의 봉합으로 근대적 젠더를 정립하는 몸의 은유를 환기한다. 전후 혼란한 사회 문화적 상황 속에서 개인의 내면적인 갈등과 정서적인 상황을 주제의식으로 삼고 있는 소설들은 사회의식이 결여되고 있다는 이유로 비판을 받았다. 그러나 강신재의 전후소설을 깊이 들여다 보면 현실을 도피하는 것에서 그치지 않고 부조리한 현실을 고발하는 여성의 젠더의식을 보여주고 있다. 또한 이러한 과정은 무엇보다도 인물들의 성(性) 의식을 통해서 구체적으로 나타나고 있으며, 특히 당시 여성의 섹슈얼리티와 더불어 젠더 역할에 대한 고찰을 가능하게 한다. 이와 같이 강신재 전후소설에는 여성

---

3) 「해방촌 가는 길」은 1957년 8월 『문학예술』8호에 발표되었지만 여러 작가들의 전후 소설과의 차이를 비교할 수 있는 차원에서 이 논문의 텍스트는 '한국 소설의 얼굴'로 기획된 『실비명 외』(김이석 외, 『실비명 외』 푸른사상, 2006)에 실린 「해방촌 가는 길」(200-228쪽)로 삼는다.

주체가 몸의 경제적인 효율성을 의식하고 생존 전략을 획득하는 모습을 객관적으로 조망할 수 있도록 미학적으로 배려하는 작가의식이 웅숭그린다.[4)]

이 점에서 강신재 소설에 나타난 몸의 은유는 여성이 쾌락의 대상이 아닌 쾌락의 주체로 남성을 텍스트로 탐구하며 그 존재성의 의미를 그와 나의 경계를 지운 융합의 사랑으로 내면화하여 반성화고 형상화하는 과정으로 여성 성장의 젠더 정치성에 뿌리를 둔 것으로 볼 수 있다. 특히 「해방촌 가는 길」에는 여성의 성장을 가로 막는 사회적 금기가 여성의 폭력적 시선으로 부각된다.

이러한 측면에서 살펴볼 때, 다른 작품들에 비하여 「해방촌 가는 길」에서 선명하게 부각된 여성의 역동적 경험은 여성의 몸에 가해진 전후문화의 폭력성과 밀접한 관련이 있다. 텍스트에 재현된 폭력의 문제는 전후 사회변화의 구조적 모순과도 맞물려 있을 뿐만 아니라 남성 작가들의 소설에서는 찾아보기 힘든 전후 여성 특유의 젠더의식과 맞물려 있다.

기존 연구사를 살피면, 강신재의 소설에 대한 평가는 가장 여성스러운 감수성을 발휘한 여류작가라는 평을 공통분모로, 여성적 감성과 생활을

---

4) 섹슈얼리티에 관해 논의 하는 것은 몸과 자기 정체성, 그리고 사회 규범이 연결되는 지점을 살펴보는 것을 통해서, 근대적인 이데올로기의 중추를 이루는 관계망을 파악할 수 있는 방법론 중의 하나라고 할 수 있다. 따라서 섹슈얼리티에 관한 문제는 쾌락의 서열화와 더불어 사회적으로 승화된 젠더의 범주를 생각할 수 있게 하고, 또한 담론과 이데올로기가 욕망을 통제하고 생산해 온 과정을 고찰할 수 있게 한다. 그리고 강신재의 작품들은 전쟁 후 급격하게 변화된 여성의 의식과 섹슈얼리티를 섬세하게 나타내고 있으며, 이것을 통해 여성들이 사회의 억압적인 측면에 대해서 대응하는 모습들을 살펴볼 수 있게 한다. 또한 그의 작품 속에서 나타나고 있는 여성 인물들은 전쟁 후 피폐화된 현실 속에서 섹슈얼리티에 대한 자각과 실천을 통해 자신의 정체성을 형성하는 모습을 보여주고 있다. 최수완, 「강신재 소설의 여성 섹슈얼리티 연구」, 이화여자대학교 석사학위논문, 2006. 참조.

예리하게 포착하였다는 긍정적인 평가와 현실과 동떨어진 주관적인 자의식이 강조됨으로써 편협한 세계관을 보여주었다는 부정적인 평가로 엇갈린다. 비교적 최근에 진척된 선행 연구[5]에서는 강신재의 소설 세계가 오랜 동안 여성적 감수성으로 해명되었던 편향성에서 벗어나 당대 구체적인 현실감각을 보여준 작가의식을 해명하고자 하는 노력이 돋보인다.

이러한 선행연구에서 살펴지듯이 강신재는 전쟁의 폭력성과 비극성을 직접적으로 고발하기보다 전쟁 후의 피해로 인한 여성의 구체적 일상과 이로 인한 젠더정체성의 변화를 보여준다. 1950년대에 발표된 강신재의 초기소설 「관용」, 「해결책」, 「해방촌 가는 길」에서는 당대 '양공주'로 회자되었던 여성인물을 다각적으로 형상화하여 가부장제 질서에 의한 젠더 권력으로부터 일탈하는 여성들을 긍정적인 인물로 묘사[6]함으로써 전후 새로운 젠더의 관점을 보여준다. 특히 「해방촌 가는 길」에서는 전후 문화의 폭력적 시선에 대응한 여주인공 기애의 역동적 경험을 다각적으로 보여준다.

버틀러는 젠더정체성의 개념을 단일한 정체성을 부인하는 방식의 젠

---

5) 강신재 전후 소설을 대상으로 한 선행연구를 개괄하면 다음과 같다. 김복순, 「1950년대 여성소설의 전쟁인식과 '기억의 정치학'-강신재의 초기 단편을 중심으로」, 『여성문학연구』10호, 2003, 32-66쪽; 이선미, 「한국전쟁과 여성가장: '가족'과 '개인' 사이의 긴장과 균열」, 『여성문학연구』10호, 2003, 88-116쪽; 송인화, 「강신재 소설의 여성성과 윤리성의 문제」, 『한국문예비평』 제19집, 200.4, 133-158쪽; 최수완, 「강신재 소설의 여성 섹슈얼리티 연구」, 이화여자대학교 석사학위논문, 2006; 김정화, 「강신재 소설에 나타난 기법고찰 : 서정성을 부여하는 기법을 중심으로」, 『한국어문학연구』 제48집, 2007, 257-288쪽; 곽승숙, 「강신재 소설의 여성성 연구」, 『어문논집』 제64집, 2011, 189-215쪽; 서재원, 「1950년대 강신재 소설의 여성 정체성 연구」, 『한국문학이론과 비평』, 제154집(16권1호), 2012, 277-296쪽; 오은엽, 「강신재 초기 소설에 나타난 '양공주'의 형상화 연구 : 〈관용〉, 〈해결책〉, 〈해방촌 가는 길〉을 중심으로」, 『현대소설연구』, 50호, 2012.8, 261-297쪽.
6) 오은엽, 위의 논문 참조.

더 수행성 이론으로 구체화한다. 버틀러는 현존하는 권력구조 안에서 우리가, 우리를 구성하는 섹스화된/ 젠더화된/인종화된 정체성을 취하여 주체가 되는 과정을 추적한다. 버틀러의 '주체'는 어느 한 개인이 아니라, 형성 중인 언어적 구조이다. '주체성'은 주어진 것이 아니며, 주체는 언제나 끝없는 생성 과정에 참여하고 있기 때문에, 여러 방식으로 주체성을 다시 취하거나 반복할 수 있다. 이처럼 버틀러는 모든 젠더 정체성을 규제적 허구이며 환상적 토대 위에서 구성되는 상상적 이상이라고 본다.[7] 이러한 시각으로 바라보면, 「해방촌 가는 길」에서 파악되는 금기를 내포한 폭력의 시선은 전후 사회 문화를 반성하는 작가의 비판적 현실인식과 이상적 감각의 젠더가 수행되는 근거로 작용한다.

강신재의 「해방촌 가는 길」에 드러난 여성정체성의 변화 요인으로 볼 수 있는 여성의 몸에 가해진 폭력적 시선[8]과 그에 대응한 역동적 경험을 파악하는 작업은 '역사적 사회적 문화적 구성물[9]'로서 여성작가의 젠더

---

7) 구성주의적 관점에서 바라보는 버틀러의 젠더정체성은 비본질주의에 입각한 구성주의적 여성 정체성을 전략적 논의 기반으로 하는 점에서 현실 정치적 이슈에 따라 가변적이면서도 임시적으로 구성되는 주체의 입장이 강조된다. 이에 따라 그의 젠더정체성은 패러디적 양식으로 원본을 부정하고, 행위 중에서 수행적으로 구성되며, 권력에 역설적으로 복종하면서, 자신의 내부에 자기 부정성을 안고 있는 우울증적인 것이다. 주디스 버틀러 지음, 조현준 옮김, 『젠더 트러블』, 문학동네, 2008 참조; 사라 살리 지음, 김정경 옮김, 『주디스 버틀러의 철학과 우울』, 앨피, 2010 참조.

8) 이 글에서 '폭력적 시선'은 전후 사회문화와 연계된 폭력의 상징적 의미를 몸의 보편화된 시각으로 강조하는 만큼 여성의 삶에 구체화되고 편재된 전후 문화의 폭력성을 함축한다.

9) 젠더정체성은 본질론에 입각한 성의 시각보다는 구성론에 입각한 젠더의 시각의 측면에 무게를 둔다. 성에 관한 논의는 본질론과 구성론의 오래된 이원적 관점을 생각할 수 있다. 페미니즘에서 성담론은 구성론의 영향을 받고 있다. 즉, 남성의 성이 규범이 되는 것에 반대하며, 성의 영역에도 젠더 불평등과 권력관계가 작용하는 것으로 파악한다. 여성에 대한 사회적 불평등은 가부장제를 통하여 여성을 성적으로 통제하고 지배해 왔다고 보는 것이다. 하지만 루빈(Rubin)은 젠더 억압을 곧바로 섹슈얼리티의 억압

의식을 심도 있게 해명하는 방법이 될 것이다. 이러한 입장에서 필자는 「해방촌 가는 길」에 드러나는 몸의 은유로 작용한 여성들의 역동적 경험을 트라우마와 맞닿는 폭력적 시선의 인지경로로 파악함으로써 전후 강신재의 젠더정치성을 새롭게 조명하고자 한다.

2. 소비문화의 인지경로와 전복적 젠더

「해방촌 가는 길」에서 드러난 전후 소비문화의 인지경로는 여주인공의 몸에 가해지는 폭력의 트라우마로 작동한다. 기애는 젊은 미혼 여성이지만 전쟁으로 궁핍하여진 가정형편으로 인하여 미군 부대 사무실에서 타이피스트로 근무하며 가족의 생활비를 벌어야 했다. 가난한 집안의 가장 역할을 해야 하였기 때문에 직장에서도 검소한 옷차림을 할 수밖에 없었던 기애의 검소한 의복을 바라보는 직장 동료들의 시선은 전쟁 후 가난을 이해하기보다는 조롱하는 차원에서 폭력적이다. 기애는 자신을 비웃는 직장동료들의 폭력적 시선을 자각한 후 미군과의 성적 관계[10]를 맺으며 경제력을 확보함으로써 근대적 소비문화의 주체로 부상하게 된다.

으로 동일시하는 것은 한계가 있다며 젠더와 섹슈얼리티를 구분해야 한다고 주장하기도 한다. 루빈과 같은 이론에도 불구하고 페미니즘에서 성은 자연에 의해서 고정된 생물학적 결정론에 반대하며, 역사적 사회적 문화적 구성물로 이해하고 있다. 그래야 여성에 대한 성적 억압을 종식시킬 수 있는 변화 가능성의 토대를 찾을 수 있기 때문이다. 송명희, 『섹슈얼리티, 젠더, 페미니즘』, 푸른사상, 2000, 18-19쪽.

10) 텍스트에서 기애는 미군과 성적 관계를 맺고 동거하며 경제적 이득을 취한다. 오은엽과 같은 관점으로 서재원 역시 당대 회자되었던 양공주란 용어를 사용하여 기애의 정체성을 양공주로 기호화하였다. 오은엽, 앞의 논문 참조. 서재원, 「1950년대 강신재 소설의 여성 정체성 연구」, 앞의 논문, 289쪽 참조.

"'제비' '미스 제비' 그렇게 불리고 있는 것이 바로 자기이고, 그리고 그것은 취직 이래 하루같이 입고 다니는 자기의 곤색 옷에 연유하는 별명이라고 알았을 때 기애는 부끄러움으로 사지가 뻣뻣해지는 것을 느꼈다."(204쪽) 기애가 미군과 동거를 하게 된 동기는 직장 내 폭력적 시선을 구체적으로 알아차릴 수 있게 하는 단서다. "부지런히 빨아 다리는 흰 블라우스와 함께 내리 석 달은 입어 온 기애의 진곤색 슈트"는 기애가 다니는 부대 내에서 많은 사람들의 입에 오르내리며 소문난 명물이 되어버린 것이다. 기애는 단벌옷을 매일 입고 다니는 자신의 별명이 '제비', '미스 제비'라는 것을 알아차린 후 부끄러움과 굴욕감을 견딜 수 없다. 가난한 집안의 가장 역할을 해야 하기 때문에 검소한 생활을 할 수 밖에 없던 기애는 자신의 검소한 생활을 무교양으로 조롱하는 폭력적 시선을 극복하기 위한 방편으로 미군과의 성적 관계를 갖게 된 것이다.

기애의 검소한 생활력마저도 직장 내에서 무교양으로 치부하는 시선에는 동료의 고달픈 생활을 이해하기보다는 조롱하는 근대 소비문화의 폭력성이 작용한 것이다. 검소한 자신의 옷차림이 '제비'라고 불리며 조롱받는 폭력적 시선을 깨닫게 된 기애의 분노는 미군과의 성적 관계를 통해 이전과는 다른 소비문화의 주체로 부상하게 된 것이다. 이와 같이 검소한 옷차림을 무교양으로 조롱하는 소비문화의 폭력에 대응한 기애의 감정 변화는 가난을 수단과 방법을 가리지 않고라도 극복하겠다는 결연한 의지를 끌어내게 된다.

"기애는 무모한 짓을 하였다. 그리고 그 대가의 하나로서, 언제나 어떤 종류의 비감함과 결부되어서만 생각되는 서울의 가족과의 결별이 있었다."(205쪽) 궁핍의 노예가 되는 되지 않겠다는 판단의 결과 기애는 미군과 성적 관계를 맺는 대신에 경제적 이익을 취한다. 그리고 가족과도 결별한 것이다. "죠오보다 자기가 불순하다는 생각은 기애의 마음에 들지 않았다. 기애는 죠오보다 자기가 내민 '거래'가 불순하다는 생각을 하며 스스로 환멸을 느낀다. 그러다 죠오에게 진정한 사랑을 느끼면서 지속적인 사랑을 나누려고 했지만 갑작스레 죠오가 본국으로 송환되어 떠나버리자 기애는 혼자 남겨져 절망할 수밖에 없었다. 죠오는 떠나기 전 기애에게 달러를 주며 기애에게 낙태를 권유한다. 기애는 죠오와의 이별 후 죠오가 던져준 달러로 뱃속의 아이까지 지워야 하는 아픔과 절망으로 죽음까지 생각한다. 처음에는 순수하지 못한 거래로 시작하였던 관계였지만 가족과 결별하면서까지 동거를 할 만큼 죠오를 진심으로 사랑하였기 때문에 이별의 슬픔과 상실의 아픔은 고통을 넘어 분노로 치닫기까지 했다.

비감한 심정으로 괴로워하던 중 기애는 육친의 정을 위로처럼 떠올린다. 육친과 결별하면서까지 무모하게 지키고자 했던 죠오와의 사랑이 깨어진 아픔을 위로하듯 눈물을 흘린 것이다. 서울 해방촌 집으로 돌아온 기애는 자신의 비극적 삶이 위로받기보다 어머니에게마저 자신의 삶을 부끄러워하는 갈등을 경험하는 한편 자신도 어머니의 고루한 삶을 수용하지 못하는 한계를 직시하게 된다.

전후 소비문화의 주체가 되어버린 기애의 외적 변화는 어머니 장씨가 싫어하는 기애의 외양과 어머니 장씨의 옷차림의 비교를 통해서 부각된다. 기애는 어머니가 "자기의 더부룩한 머리 모양이며 너들너들 늘어진 플레어스커트며 어깨까지 헤벌어진 얼룩덜룩한 블라우스며를 남들에게 보이기 싫어하는 것을 알고 있었"(210쪽)지만 모른 척 했다. "그래도 순간적으로 장씨에게 동정적인 기분이 되기도 하여 사흘째 되는 엊저녁에는 머리도 감아 빗어 동여매고 꺼내 주는 치마저고리로 얌전하게 꾸며 보이기도"(212쪽) 하며 어머니가 요구하는 외양과 옷차림으로 어머니와의 갈등을 무마하려고도 한다. 하지만 어머니를 바라보는 기애의 시선에는 어머니에 대한 연민이 작용할 뿐 어머니와 동질감을 회복할 수는 없는 소비문화의 차이가 드러난다. 또한 기애는 노쇠한 어머니의 얼굴이 심약하게 자기의 낯빛만 엿보는 습관이 전보다 더 심해진 것을 보고도 "이상하게 배짱이 생겨난 것"(210쪽)처럼 자신의 삶을 신뢰하지 못하는 어머니를 무시할 수 있는 용기까지 얻는다. 기애는 "국방색 몸빼에 흰 당목 적삼을 입고 비를 맞으며"(209쪽) 진일을 하는 어머니의 궁핍한 모습을 싫어할 뿐만 아니라, 어머니의 옷차림과 외양을 마땅치 않게 생각한다. 어머니의 옷차림과 궁핍한 모습을 고루하게 여기며 마땅치 않게 생각하는 기애의 시선에는 근대적 소비문화의 전복된 입장의 차이가 드러난다.

이와 같이 "기애는 미군과 동거 생활을 하는 성적 관계를 통해 경제력을 확보하는 측면에서 성적 욕망의 대상인 동시에 경제적 주체로 부상"[11] 하는 소비문화 위치의 변동을 보여준 셈이다. 미군과의 성적관계를 통하여 근대적 소비문화의 주체로 부상한 기애의 외모와 옷차림의 변화에는 소비문화의 폭력적 시선에 대한 저항을 넘어서 근대적 소비문화를 수용한 젠더 확장의 의미가 전달된다. 전후 소비문화의 폭력의 대상이었던 기애가 오히려 소비문화의 폭력적 시선으로 어머니의 전통적 생활 문화에 비판을 가하는 측면에서 전통적 여성과는 다른 전복적 젠더의식을 보여준 것이다.

---

11) 서재원, 앞의 논문, 289쪽.

3. 배타주의의 인지경로와 도전적 젠더

강신재 전후 소설에서 부각되는 가부장적 봉건적 질서가 와해된 근대 사회 문화적 갈등과 맞닿는 배타적 또는 편견에 대한 몸의 인지경로는 도전적 젠더의식을 환기하는 효과로 이어진다. 「해방촌 가는 길」에서 우선 기애가 전후 어려운 현실을 살아가며 자아를 찾아가는 과정에서 기애 어머니를 비롯한 근수 그리고 해방촌 이웃들의 배타주의 시선은 대립적 갈등의 요인이다. 폐쇄적 인습에 뿌리를 둔 배타주의 시선은 기애가 성장을 꾀하는 모색하는 데 있어 극복해야 할 현실이다. 이처럼 혈연적 가족과 지연의 이웃의 관계성은 기애의 성장을 위한 입사의 공간으로 몸의 은유를 환기한다. 텍스트에 상정된 '해방촌의 장소성'[12]은 실제적 공간으로 고정시켜 보기보다는 미군과 동거를 한 여성의 근대적 갈등을 집약시켜 재현하는 차원에서 자유와 대립된 구속에서 해방을 내포한 장소성의 재현을 봄으로써 작가의 상상력이 작동하는 몸의 은유를 한층 더 풍부하게 이해할 수 있을 것이다.

이러한 맥락에서 살펴보면 전통적 관습에서 이탈하여 미군과의 동거했던 기애를 바라보는 어머니 장씨와 근수를 비롯한 해방촌 이웃들의 시선에서는 여성의 몸에 성적 순결을 인종의 구분으로 강요하는 전통적 인습의 폐쇄성이 드러난다. 이러한 측면에서 기애의 몸은 미군 부대에서와는 다른 배타적 민족주의[13]에 뿌리를 둔 성의 완강한 폐쇄성과 편견이 작

---

12) 이 작품에서 드러나는 전후 '해방촌'의 장소성은 아이러니하게도 역사의 진정한 해방으로서 자유로운 삶의 의미보다는 가난과 소외로 인하여 자유롭지 못한 구속적 삶을 은유한다.

13) 민족주의와 민족이 주로 공적인 정치영역의 부분으로 논의되면서, 공적 영역의 장에서 여성이 배제되고 또한 그 결과 공적 영역의 담론에서 여성이 배제되었다. 니라 유

동하는 대립적인 장소로 해방촌의 폭력성을 인식한 것이다. 기애는 죠오가 본국으로 떠난 후에도 근수와 결혼하지 않고 하인리와 다시 동거에 들어가는 방식으로 해방촌에서 강요된 배타적이며 국수적인 성문화의 순결성에 도전하는 몸을 억압하는 폐쇄된 인습에 저항한다.

기애는 어머니가 자신을 바라보는 시각에서 소외를 느낀다. "장씨의 이런 기분은 또 그냥 기애에게 반영되고, 그러니까 장씨에게 느끼는 무엇인지 비굴한 그 느낌은 곧 기애 스스로에게 느끼는 비굴감이기도 하였다."(211쪽) 자식의 존재보다 사회적 시선을 더 의식하고 중요하게 생각하는 어머니에게 자신과 무관한 타자를 본 기애의 의식을 반영하여 내포작가는 기애가 초점화하는 어머니를 '장씨'라고 호명한 것으로 이해된다.

딸의 입장을 이해하지 못하고 인습에 편승한 어머니의 태도를 객관적으로 비판한 작가의식과 맞닿아 있는 몸의 은유는 딸을 떳떳하게 여기지 못하는 어머니의 비굴한 태도를 섭섭하게 여기는 기애의 입장으로 어머니와의 좁혀지지 않은 거리감으로 사회 편견과 인습에서 소외된 젠더의식을 환기한다. "장씨에게 느끼는 무엇인지 비굴한 그 느낌은 곧 기애 스스로에게 느끼는 비굴감"이 되어버린 것이다. 기애가 집에 돌아온 날도 장씨는 딸을 본능적으로 반기기보다는 당황해한다. "단정하지 못한 기애 차림새에 남의 눈을 꺼리고만 싶은 장씨의 기분은 무의식중 그런 데에까지 걸쳐져 있는"(210쪽) 부끄러움이 기애에게는 굴욕감으로 감지된 것이다. 딸을 걱정하면서도 부끄러워하는 장씨의 비굴한 태도에서 기애는 굴욕감을 느낀다. 그것은 딸의 삶과 고통을 이해하기보다는 오랜 인습에 따라 체면을 우선시하는 어머니에 대한 서운한 감정에 다름이 아니다.

발-데이비스 지음, 박혜란 옮김, 『젠더와 민족』, 그린비, 2011, 17쪽.

기애가 어머니에게서 느끼는 모욕감은 어머니 장씨가, 기애가 주는 돈을 반가워하면서도 그 돈을 마련한 딸인 자신을 부끄럽게 바라보는 이중적 시각[14]으로 강조된다. 기애는 죠오와 살면서 만든 돈으로 꾸준히 생활비를 보내며 집안의 살림이 나아졌으리라고 기대하였지만 어머니 장씨는 변함없이 초라한 모습이다. 그리고 기애의 눈치를 살피며 딸의 변화된 모습을 인정하고 수용하기 보다는 부끄럽게까지 여기며 숨기려고 한다. 이러한 어머니의 이중적 태도에 기애는 "자기의 실태實態가 끊임없이 그리고 전면적으로 모욕당하고 있는"(212쪽) 기분을 어찌할 수 없다. 이처럼 장씨의 배타적 의식에는 기애의 경험과 상처를 이해하고 감싸기 보다는 부끄러워하고 부인하고자 하는 폐쇄적 인습이 자리한 것이다.

해방촌 집을 찾아온 기애는 "외국군인과의 동서 생활이 별 거리낄 일로 치부되지 않고 때로는 오히려 어떤 긍지조차 부여하고 있는, 거기는 또 그런 윤리가 지배하는 부대 안"(203쪽)과는 다른 폭력적 시선을 감당해야 했다. 이러한 관점으로 볼 때, 기애에게 해방촌의 삶은 자신의 상처를 위로받기 어려운 억압과 폭력이다. 기애의 어머니를 '어머니'라는 호칭 대신에 '장씨'로 명명하는 이유 또한 모녀간에도 서로 믿고 소통할 수 없는, 깨어진 부조리한 관계성을 폭로하기 위한 내포작가의 입장으로 해석될 수 있다.

전쟁 전부터 기애에게 호감을 보낸 근수는 전쟁 전에는 부잣집 아들이었으나 전쟁으로 가족을 잃고 왼팔 부상까지 입었다. 근수는 막무가내

---

14) 어머니와 해방촌 이웃들이 기애를 바라보는 폭력적 시선에서는 성적 거래 관계에 관한 윤리성이 작용한다고 볼 수도 있지만 텍스트에 구체화된 어머니의 이중적 위선적 행동에서는 미군과의 성적 거래를 비판하는 윤리성보다는 배타주의 성 문화의 구속성에 더 큰 무게를 두고 있음이 포착된다.

미군기관에 취직하기가 싫다는 방식으로 기애에게 취직도 못하고 팔조차 장애를 가진 자신을 기애가 무시하고 경멸한다는 자격지심을 보인다. 근수에게 청혼을 받은 기애는 근수에게 남성으로서 성적인 끌림을 갖지만, 그러한 감정을 스스로 억제한다. 대신에 눈에 띠는 야한 화장과 옷차림 그리고 매니큐어를 바른 손톱을 내보이며 담배를 피우는 행동으로 자신이 근수의 보수적 삶과 어울리지 않은 여자임을 환기한다.

기애와 근수가 서로를 이해할 수 없는 입장 차이가 기애는 근수의 입가에 아픈 미소를 보지 못하고, 근수 역시 기애의 두 뺨 위로 눈물이 흐르는 것을 보지 못한 장면으로 강조된다. 근수는 기애와 결혼하기를 원하지만 기애는 미군과 동거하고 변화된 자신이 근수와 결혼할 자격이 없다며 청혼을 거절한다. 근수는 전후 변화된 현실을 수용하지 못한 채 자살하고 만다. 근수가 자살한 뒤 기애는 한동안 자책하며 괴로워하지만, 미군인 하이리와 다시 동거를 시작하며 더욱 당당하게 살아가려고 다짐한다. 어머니와 근수 그리고 이웃과의 관계에서 드러나듯 기애에게 해방촌은 배타주의 폭력적 시선이 자리하는 공간이기에 기애는 그 곳을 박차고 나와 다시 미군 하리이를 적극적으로 유혹하여 동거하게 된다.

소설의 말미에서 기애는 자신이 선택한 하이리와의 성적 관계를 당당하게 여기며 변화된 삶의 의지를 보여준다. 기애가 두 번에 걸쳐 보여준 미군과의 동거는 '혼종적 정체성'[15] 즉, 혼종의 젠더정체성으로 이해될

---

15) 혼종적 정체성이란 민족의 순수성을 상상하는 공동체에서 타민족의 남성과 관계를 맺은 여성을 피가 섞인 '더럽혀진 존재'로 인지하는 데에서 나온 개념이다. 여성은 실제로 폭력의 회생자로서 민족사의 일부를 구성한다. 그렇지만 남성들에게 폭력의 피해자인 이런 여성들은 민족을 지켜내지 못한 남성들의 수치심을 떠올리게 하기 때문에 망각되어야 할 존재일 뿐이다. 이희원 외 『페미니즘』, 문학동네, 2011, 165쪽. 동일한 입장에서 서재원은 기애를 양공주로 기호화하고 그의 여성정체성을 '혼종적 정체성'으

수 있다. 해방촌으로 돌아와 그녀를 가장 괴롭힌 주위의 배타적 시선들에 저항하는 방법으로 기애는 아이러니하게도 사람이 아닌 개에게 신뢰를 보낸다. "보아가 날 지켜줄 테니깐요. 도적으로부터 못난 녀석들로부터 그리고 꼬부랑 할머니들 눈과 입으로부터……"(225쪽) 기애는 수군덕거리는 주위의 배타적 시선에 대하여 굴하지 않을 용기를 갖게 된 것이다. 기애가 겪었던 죠오와의 동거와 임신, 낙태, 이별과 다시 하리이와 동거하는 과정은 진정한 사랑과 경제적 생산의 측면에서 철저한 자기 검증이 요구된다. 그럼에도 불구하고 전후 암담한 여성의 삶을 고려할 때, 기애가 당당하게 선택한 하리이와의 동거를 통해서는 폐쇄된 성의 인습과 민족이데올로기로 여성의 성 정체성의 금기를 강요한 편견과 억압을 극복하는 방법으로 여성의 해방을 보여준 작가의 비판적 현실인식과 맞닿는 도전적 젠더의식을 엿볼 수 있다.

4. 남성중심의 인지경로와 포용적 젠더

「해방촌 가는 길」 소설 심층에 작동하는 전후 폭력적 시선과 금기의 트라우마로 인한 균열과 상처를 수용한 몸의 인지경로는 타자성의 차이를 봉합하는 작가의 포용적 젠더의식에 닿아 있다. 「해방촌 가는 길」에서 전쟁의 트라우마를 치유하고 근대적 갈등과 맞닿는 타자성의 차이를 봉합하는 강신재 작가의 융합적 젠더의식을 엿볼 수 있는 이유가 여기에 있다.

로 파악한다. 서재원, 앞의 논문, 279쪽. 그러나 강신재는 이 소설에서 양공주라는 호칭을 한 번도 사용하지 않았다는 사실을 전제로 할 때 기애의 성적 정체성으로 반성되는 여성의 해방을 민족이데올로기의 억압이나 구속에서 자유로운 상태로 볼 수 있다.

먼저 「해방촌 가는 길」에서 반복되는 남성과의 만남과 남동생을 향한 기애의 헌신에는 남성중심의 억압된 삶을 간과할 수 없다. 기애는 미군 죠오가 본국으로 떠나버리자 근수와 결혼을 거절하고 미군장교 하리이와 또 다시 동거를 시작하는 방식으로 미군의 경제력에 의존한다. 이처럼 기애는 아버지가 부재한 가정에서 자신이 가장 역할을 해야 했지만 미군과의 통한 경제력을 확보한다. 여성으로서 기애가 경제적인 독립을 온전히 하지 못한 이유는 전후 현실의 열악한 사회 구조와도 무관치 않다.

소설의 말미에서 하이리가 떠나도 홀로 설 수 있다는 의지를 확고하게 드러내긴 하지만, 그 또한 주체적인 삶으로서 지침을 구체적으로 보여주지는 못한 점도 같은 맥락에서 이해될 수 있다. 그러므로 남성중심의 폭력적 시선에 대응한 기애의 선택적 한계는 전후 현실의 절망적 갈등의 균열을 부각시키는 차원으로 이해될 수 있을 것이다.

"그악스런 폭우가 서울에도 퍼부었던 모양이었다." 여성의 해방을 향한 길이 고난과 역경을 기애의 몸으로 환기하는 측면에서 작품의 모두(冒頭)에서 기애가 가랑비 내리는 날 해방촌 비탈길을 힘겹게 올라가는 모습이 부각된다. "좁다란 언덕길"은 "굴러내려 데글거리는 돌멩이들" 때문에 "험한 골짜기"와 같다. "맑은 물이 돌돌 흘러내리고" 있는 길에 뾰죽한 돌부리들은 기애에게 짓궂은 악의를 가진 해방촌 이웃의 폭력적 시선처럼 느껴진 것이다. 그 돌부리에 "발목을 젖히려 들거나 호되게 복숭아뼈를 때려 치거나" 할 때마다 눈에서 불이 튀어 나온 것처럼 아픈 통증에 고통스러워한 것이다. 눈에서 불이 튀어나도록 아픈 고통은 다른 감각으로 변하는 것을 감지되기도 한다. "그 지긋한 한 줄기의 감각은 곧 울상이 되려다 말곤 하는 기애의 마음속과 썩 잘 어울리는 것"[16]으로 해방촌 가는 길이 인지된다. 해방촌 가는 길이야말로 전후 여성의 트라우마 극복과 치유의 인지경로인 셈이다.

이러한 맥락에서 기애에게 해방촌에서 생활은 폭력이며 아픔으로 인지된다. 미국으로 떠나면서 죠오가 준 달러로 무면허 의사에게 중절수술을 받은 후 서울 해방 촌 집으로 고통스럽게 돌아오는 모습이 기애의 의식에 맞춰 묘사된 것이다. 다시 비가 쏟아지는 험한 고갯길을 올라가야 하는 고통스러운 감각은 '굴러내리는 돌'의 무게로 전달된다. 불편한 구두로 인한 발의 고통은 기애를 향해 "미친 듯이 껑충대며 더할 수 없이 포악하게 으르렁대"(208쪽)는 세퍼드의 시끄러운 소리와 포악스런 모습으로 기애의 분노를 반영한다.

기애는 죠오가 떠난 슬픔과 성적 피해 의식에 분노와 광기를 보이다 직장에서 쫓겨나 어머니와 남동생이 살고 있는 해방촌 판잣집으로 돌아온다. 죠오와 동거를 시작한지 2년만이다. 본국으로 송환된 죠오와의 이별을 임신중절 수술까지 하며 감당해야 하였던 기애의 아픔과 분노에는 남성중심의 폭력적 시선이 작용한다. 근수의 자살로 인해 기애는 또 다시 절망하다가 미군장교 하리이와 동거생활에 들어가면서 또 다시 가족의 생활비와 남동생의 학비를 대고 남동생 욱이가 똑바로 성장하여 성공하기 위하여 자신이 헌신하겠다고 다짐한다. 하리이와 동거하면서 남동생이 똑바로 성장하여 성공하도록 헌신하겠다는 기애의 다짐에는 미군의 경제력에 의존한 여성의 취약한 경제력이 노출된다. 이와 더불어 젊은 여성가장으로서 가족의 생활비와 남동생의 학비를 보내야 했던 책임

---

16) 김이석 외, 앞의 책, 200쪽.

감에는 가부장제 남성중심의 폭력적 시선이 작용한다.

　기애가 생활전선에 뛰어들 수밖에 없는 상황은 아버지의 부재와 궁핍한 생활을 야기한 전쟁의 폭력성에 뿌리를 두고 있다. "이사 올 때 누르고 달래이던 굴욕감은 여전히 그대로 굴욕감이었다. 그것 자체가 죄악처럼 피해야만 하는 일이었다."(209쪽) "부친의 생존시에 그들은 이런 생활을 하지 않았고, 장씨가 지주였을 때만 해도 그들은 체면을 유지하며 살았다. 지금은 기애의 책임인 것이었다." 기애는 가난한 집안의 가장역할을 하여야 하는 책임감 때문에 미군부대에서 직장 생활을 했으며, 미군과 동거함으로써 가난을 어느 정도 극복하게 된 것이다.

　소설의 끝에서 해방촌을 바라보는 기애의 모습은 텍스트 시작부분과는 다른 긍정적 변화를 보여준다. 여성가장 역할을 해야 하는 기애의 욕망[17]은 자신만의 행복을 추구하는 욕심이 아니라, 남성중심의 문화적 갈등을 봉합하는 상생의 가치를 확보한다. 이와 같이 작품의 시작부분에서 포악하게 으르렁댄 개를 향하여 보냈던 기애의 분노는 작품의 끝에서야 해소된다. "여지껏 본 개 중에서 으뜸 사나운"(225쪽) 새퍼드 보아의 "흉포한 모습을 보고 그 소리를 듣기를 좋아한" 기애의 태도는 작품의 시작부분 해방촌 가는 길에서 새퍼드를 만나 자신의 분노를 반영한 모습과는 다른 변화로서 공존하는 삶의 의지를 보여준다.

---

17) 욕망과 분리할 수 없는 폭력은 또한 자유의 존재이기도 하다. 폭력, 의식의 자유의 조건. 의식은 무엇보다도 욕망이다. 그리고 욕망은 폭력의 원천이다. 아니면 그것은 폭력 그 자체이다. 왜냐하면 욕망으로서의 의식은 독립된 생명체로서 그 앞에 현존해 있는 타자의 제거를 목표로 하기 때문이다. 그러나 욕망은 지극히 빨리 타자의 욕망과 만난다. 대상에의 욕망은 타자의 욕망에 대한 욕망, 즉 타인에게 사랑받고 존중되며 인정받고자 하는 욕망이 된다. 이때 타인에게 인정받기 위한 투쟁, 폭력적 투쟁이 시작된다. 프랑수아 스티른, 이화숙 옮김, 앞의 책, 31쪽.

기애는 여성가장으로 경제적 책임과 더불어 가부장제[18] 남성중심의 세계에서 성적 고통을 반복적으로 경험하였지만, 그러한 고통의 과정을 통하여 오히려 스스로 우뚝 서는 힘을 길렀다. 그녀는 근수처럼 자살을 하지도 않고, 어머니처럼 종교에 빠지지도 않는 방식으로 현실에 발을 딛고 욱이의 장래를 위한 상생을 결심한다. "똑바로 자라나다오. 그것은 누나처럼 근수처럼 그리고 어머니처럼 되지 않는 일이다. 다른 무슨 방법을 발견하는 일이다. 너는 그것을 해낼 소질이 있을 듯해 보인다......"(227-228쪽) 기애가 욱이에게 하는 당부에는 남성중심의 폭력적 시선을 공존과 상생의 삶으로 수용한 포용력뿐만 아니라 자신보다 어린 동생에게 희망을 주는 미래지향적 젠더의 역할이 읽혀진다.

"하리이가 지금 당장 어디루 가버린댔자 나는 꿈적도 하지 않을 걸......"(228쪽)이라는 마지막 문장에서 엿볼 수 있듯이 기애는 하이리도 다시 혼자가 되더라도 좌절하지 않겠다는 삶의 변화된 의지를 드러낸다. 하이리가 떠나도 홀로 설 수 있다는 기애의 자신감은 남성중심의 갈등을 극복하였다기보다는 전후 사회 절망과 갈등의 균열을 미래지향적 공존과 상생의 의지로 융합하는 젠더정체성의 변화로 읽혀질 수 있는 이유다. 더 이상 남성과의 이별에 상처받지 않고 홀로 설 수 있다는 기애의 의지는 현실의 약자이지만 미래의 주역인 남동생의 성공을 바라는 새로운 희망을 낳기에 전후 사회 남성중심 문화적 갈등과 균열을 봉합하는 상생으로서 젠더정체성을 엿볼 수 있다. 또한 '개'를 바라보는 시각의 변화에 투영된 공존의 젠더의식은 전후 인간 사회의 절망적 갈등의 균열을 우주적

---

18) 가부장제 사회는 모든 중요 기관에서 여성을 배제하고 주변화했지만, 동시에 극히 사적인 영역에서는 여성의 신체를 성적으로 지배한다. 와카쿠와 미도리 지음, 김원식 옮김, 『전쟁과 젠더: 사람은 왜 전쟁을 하는가』, 알마, 2006, 68쪽.

생명의 조화로움으로 봉합하는 효과로 확대될 수 있다.

이와 같이, 전후 격동의 시대 파란 많은 전후 여성의 경험을 통하여 엿볼 수 있는 강신재의 젠더정치성은 전후 사회 절망을 딛고 남성중심의 문화에서 야기된 갈등과 균열을 우주적 생명력의 조화로 봉합하는 차원에서 전후 남성작가 또는 다른 여성작가들의 작품과는 차별된 독창성으로 경계를 초월하는 상생과 공존의 존재론적 사유로 전통적 여성의 금기를 깨는 젠더정체성의 수행을 보여준 것이다.

5. 맺음말

이 논문은 강신재의 대표적인 전후소설로 꼽을 수 있는 「해방촌 가는 길」에 함축된 여성의 근대적 갈등과 경험의 인지구성에 주목하여 전후 사회 문화의 폭력성에 대응한 강신재의 역동적 젠더정치성을 탐구하였다. 전후 사회 문화의 폭력적 시선에 굴하지 않고 꿋꿋하게 자신의 젠더정체성을 확장한 여주인공 기애의 서사에는 전후 근대적 여성의 사회적 역할을 다음과 같이 확장하는 효과와 더불어 윤리적 자기성찰이 숙고되지 못한 한계가 복합적으로 작동함에도 불구하고 전후 여성의 성장을 다음과 같이 확장하는 미적 효과가 밝혀졌다.

서사에서 전후 사회 문화의 폭력성에 대응하는 기애의 복합적 경험은 다음과 같이 젠더정체성을 확장하고 있음을 살필 수 있었다. 첫째, 미군 부대 직장 내 소비문화의 폭력적 시선에 대응한 측면에서 미군과의 동거를 통해 소비문화의 주체적 입장의 차이를 전복하였다. 둘째, 어머니를 비롯한 해방촌 이웃의 배타주의 폭력적 시선에 대응한 측면에서 능동적인 성의 혼종을 선택하였다. 셋째, 남성중심 폭력적 시선에 대응한 측면에서 남동생의 미래를 위한 상생의 의지와 더불어 세퍼드를 반려견으로 바라보는 공존하는 문화를 선도하는 젠더확장을 추구하였다.

결과적으로, 강신재는 「해방촌 가는 길」을 통하여 전후 사회 소비주의 문화, 배타주의 문화, 남성중심 문화 등의 트라우마에 대응하는 여성 경험을 독창적 서사로 재현함으로써 전후 새로운 여성 정체성을 확장하였지만, 주체적 여성해방을 위한 올바른 실천적 방안과 윤리성의 성찰은 독자의 몫으로 남겨두었다. 전후 상생과 공존의 삶으로 젠더정체성을 확장한 작가의 젠더정치성은 '해방촌 가는 길'의 은유로 인지되는 것처럼 완성되지 않은 진행형이다. 그 최종적 도착은 독자의 미래지향적 젠더수행과 삶의 혁신적 과업으로 남겨진 셈이다.

제
3
장

박경리 전후소설로 본
젠더정치성의 은유

전후 '사랑서사'로 본
젠더정치성의 인지구성

1. 머리말

박경리의 전후 장편소설[1]에는 전후 문화와 연동된 '사랑서사'가 관류한다. 이러한 관점으로 필자는 박경리의 전후 장편소설 '사랑서사'[2]를 몸의 은유로 파악함으로써 작가의 전후 현실 인식과 맞닿아 있는 젠더정치성을 구명하고자 한다.

박경리 소설세계는 초기 단편소설에서부터 최후의 대작 『토지』에 이

---

1) 박경리는 『민주신보』(1958)에 『애가』를 발표하면서 본격적인 장편 창작의 길로 들어선다. 본 논문의 텍스트는 다음과 같다. 『애가』(마로니에북스, 2013); 『은하』(마로니에북스, 2014); 『내 마음은 호수』(『조선일보』, 1960.4.6.-12.31); 『내 마음은 호수』(마로니에북스, 2014; 『표류도』(『현대문학』, 1959.2-11); 『표류도』, (나남출판, 1999); 『성녀와 마녀』(인디북, 2003); 박경리, 『그 형제의 연인들』(마로니에북스, 2013); 『가을에 온 여인』(마로니에북스, 2014)

2) 이 논문에서 '사랑서사'의 용어는 김은경이 언급한 "박경리 소설의 한 수사학의 의미"를 포함할 뿐만 아니라, 사랑 이야기와 그 의미가 서사화 되는 '낯설게 하기'의 문학적 형식 전체를 포괄하는 개념으로 확장한다. 김은경, 「박경리 문학의 한 수사학, 사랑 서사」, 박경리 『녹지대』2, 현대문학, 2012, 329쪽 참조.

르기까지 네 단계로 구분된다. 선행연구를 돌아보면, 물론 박경리의 문
학의 최고봉인 『토지』 연구[3]가 가장 활발하다. 그리고 첫 번째 단계인 단
편소설 연구[4]와 세 번째 단계의 소설 연구[5] 등의 성과는 박경리의 전쟁
경험과 가족관계의 변화를 고려한 점에서 의의가 있다. 또한 박경리 소
설 전반에 걸쳐 파악되는 주제 또는 작가의식[6] 내지는 다른 여성작가 작
품과 비교 연구[7] 또한 진척을 거두었다.

---

3) 『토지』에 대한 선행 연구는 워낙 방대하기에, '사랑서사'의 통속적 전략과 비교하는 측
   면에서 『토지』의 통속성을 고찰한 논문을 검토한다. 손용문, 「토지의 통속성 고찰」, 광
   운대학교 석사학위논문, 1998.
4) 조지혜, 「박경리 문학에 나타난 상호주관성 연구」, 서울대학교 대학원 문학석사 학위
   논문, 2017. 2; 이금란, 「가족 서사로 본 박경리 소설 연구 : 초기 단편을 중심으로」, 『현
   대소설연구』 19권 19호, 한국여성문학학회, 2003, 313-334쪽.
5) 장미영, 「박경리 1960-70년대 장편소설 연구 : 가족관계의 갈등과 화해를 중심으로」,
   『여성문학연구』 26권 26호, 한국여성문학학회, 2009, 273-298쪽; 서재원, 「박경리 초
   기소설의 여성가장연구-전쟁미망인 담론을 중심으로」, 『한국문학이론과 비평』제50
   집, 한국문학이론과 비평학회, 2011.03; 이상진, 「운명의 패러독스, 박경리 소설의 비극
   적 인간상」, 『현대소설연구』 56호, 한국현대소설학회, 2014, 373-408면; 오혜진, 「전근
   대와 근대의 교차적 여성상에 관해 : 박경리의 《김약국의 딸들》,《시장과 전장》,《토지》
   를 중심으로」, 『국제어문』 47권, 47호, 2009, 323-352쪽.
6) 김혜정, 「박경리의 여성성 연구」, 충북대학교 대학원 박사학위 논문, 1999; 김현숙, 「박
   경리 작품에 나타난 죽음과 생명의 관계」, 『현대소설연구』 17권, 17호, 한국현대소설학
   회 2002, 309-329쪽; 조윤아, 「박경리의 '소설가 주인공 소설' 연구 – 〈내 마음은 호수〉,
   〈영원한 반려〉, 〈겨울비〉를 중심으로」, 『비평문학』 29호, 한국비평문학회, 2008, 4415-
   440쪽; 김은경, 「박경리 문학에 나타난 지식인 여성상 고찰」, 『여성문학연구』 20권 20
   호, 한국여성문학학회, 2008, 20권 20호, 221 – 255쪽; 고지혜, 「박경리 소설의 낭만적
   특성 연구」, 고려대학원 대학원, 2009; 이금란, 「박경리 소설에 나타난 가족 이데올로기
   연구」, 숭실대학교 대학원 박사학위논문, 2006; 서재원, 「박경리 초기소설의 여성가장
   연구-전쟁미망인 담론을 중심으로」, 『한국문학이론과 비평』제50집, 한국문학이론과
   비평학회, 2011.03; 유임하, 「박경리 초기소설에 나타난 전쟁체험과 문학적 전환」, 『현
   대문학의 연구』 46호, 2012, 481-508쪽.
7) 이선미, 「한국전쟁과 여성가장 : '가족'과 '개인' 사이의 긴장과 균열 : 1950년대 박경리
   와 강신재 소설의 여성가장 형상을 중심으로」, 『여성문학연구』, 10호, 2003, 388-116
   쪽.

반면에 최초의 장편소설인 "『애가』로부터 『표류도』, 『가을에 온 여인』 등으로 이어지는 일련의 연애소설로 구성되는" 두 번째 단계의 연구[8]가 가장 미진할 뿐만 아니라, 이 시기 장편소설에 대한 대부분의 평가는 대중소설 내지는 통속소설의 관점으로 소설 속 남녀 간의 사랑이야기에 주목하였다.

그런데 "박경리의 문학적 사유가 후기에 제출한 '생명 사상'이 상호주관성에 대한 그의 모색이 도달한 결론이라면, 그에 이르기까지 그리고 그것을 뒷받침하는 것으로 소통의 문제와 주체들 사이의 사랑이라는 최고 형태의 상호주관적 관계에 대한 탐구가 지속적으로 이루어졌다"[9]는 점을 숙고할 필요가 있다. 박경리 소설세계의 연속성을 밝히는 측면에서 그 어느 때보다 많은 작품을 발표한 두 번째 단계 전후 장편소설을 관통하는 '사랑 서사' 연구는 박경리의 독창적 문학성뿐만 아니라, 독자를 향한 전후 소통의 가치를 발견하는 측면에서 그 의미를 결코 간과할 수 없다.

이러한 문제의식에서 출발한 이 논문은 신문이나 잡지에 연재하거나 문예지에 발표된 장편소설의 '사랑서사'에 주목하여 박경리가 『토지』를 창작할 수 있었던 저력과 박경리 전후소설의 성과를 조명하고자 한다. 손용문[10]은 『토지』가 대중 예술로서 성공한 요인을 '도식성'과 '자극성'에 기초한 통속성으로 분석하였다. 도식성은 통속 소설을 읽을 때 첫 장을 넘김과 동시에 마지막 장을 예견할 수 있는 것이라면, '도식성'을 가진 통속 소설은 즉각적이고 직접적인 '자극성'이란 특질을 동시에 갖는데 『토

---

8) 이상진, 「탕녀의 운명과 저항 : 박경리의 『성녀와 마녀』에 나타난 성 담론 수정 양상 읽기」, 『여성문학연구』 17권, 17호, 한국여성문학학회, 2014, 289-324쪽. 2007.

9) 조지혜, 「박경리 문학에 나타난 상호주관성 연구」, 서울대학교 대학원 문학석사 학위논문, 2017. 2.

10) 손용문, 「토지의 통속성 고찰」, 광운대학교 석사학위논문, 1998.

지』의 통속성은 '도식성'과 '자극성'을 통해 독자들에게 재미를 느낄 수 있게끔 한다는 것이다.[11] 박경리 전후 장편소설의 '사랑서사'에서 자주 발견되는 "클리쉐Cliche"[12]야말로『토지』의 통속적 전략과 닮아 있다.

이러한 관점으로 필자는 박경리 전후 장편소설『애가』,『은하』,『내 마음은 호수』,『표류도』,『성녀와 마녀』,『그 형제의 여인』,『가을에 온 여인』 등에 드러난 '사랑서사'의 인지구성에 따른 몸의 은유를 경험주의 시각[13]으로 보고자 한다. 상대주의에 뿌리를 둔 경험주의 시각은 우리의 경험과 이해가 신체적 활동에서 비롯되고 그것들로 인하여 제약된다고 본다. 또한 존슨의 이론에 따르면 몸의 은유는 '그릇', '힘', '균형', '경로', '중심-주변' 등과 같은 영상도식의 작용방식을 통하여 세계의 다양성을 이해할 수 있게끔 도움을 준다.[14]

특히 레이코프와 존슨의 개념적 은유는 "예측이 아닌 동기 부여를 지니고 있다"[15]는 점에서 박경리 전후소설의 방법론으로 장점이 있다. 개념적 은유[16]로 접근하면 박경리의 전후 장편소설은 전후 훼손된 인간성

---

11) 손용문, 위의 논문, 5-17쪽 참조.

12) 대중문화나 영화에서 부각되는 클리쉐Cliche 효과는 박경리 전후 장편소설에서 통속적 전략으로 이해된다. 조윤아, 「근대와 전근대 사이에서 방황하는 대학생들의 낭만적 고뇌」, 박경리, 『은하』, 작품해설, 앞의 책, 275-276쪽 참조.

13) 은유가 인간 경험을 보여주고 어떤 경우에든 인간 경험을 구성한다는 사회적 구분에 따라 개은유가 다를 것으로 예상하는 측면에서 필자는 개념적 은유로 전후소설의 심층의미로 자리한 작가의 경험을 읽게 될 것이다. G, 레이코프 · M. 존슨, 노양진 · 나익주 역, 『삶으로서의 은유』, 박이정, 2006; 졸탄 커베체쉬, 『은유』, 한국문학사, 2003참조.

14) G, 레이코프 · M. 존슨, 위의 책, 21-27, 392쪽 참조; M; 존슨, 노양진 역, 『마음 속의 몸: 의미, 상상력, 이성의 신체적 근거』, 철학과현실사, 2000, 5장 참조.

15) 우리는 모든 언어에서 정확히 똑 같은 은유를 기대할 수 없지만 기대할 수 없지만, 보편적인 인간체험을 부정하는 은유 역시 기대할 수 없다. 졸탄 커베체쉬, 이정화 외 공역, 『은유』, 한국문학사, 2003, 135쪽 참조.

16) 레이코프와 존슨의 은유 이론은 오늘날 인지언어학이라는 은유의 새 지평을 연 성과

복원이라는 목표영역에 도달하기 위하여 '사랑서사'라는 근원영역을 끌어들여 전후 문화와 연관된 신체적 경험을 다각적으로 사상(Mapping)하는 '삶으로서의 은유[17]'와 환유의 상호작용에 다름이 아니다. 그러므로 이 논문은 전후 인간성 복원에 도달하기 위한 '사랑서사'와 연동된 몸의 인지구도로 전후 문화와 연동된 젠더의 허무의식, 사회의식, 실존의식 등으로 몸의 은유를 조명할 것이다.

2. '사랑서사'의 시간구성과 전후 역사적 젠더수행

박경리의 전후 장편소설에 함축된 '사랑 서사'의 시간성은 몸의 은유는 여행의 경로와 상관된 속도의 관성으로 환기된다. 교통수단인 자동차나 기차 역 공항 등에서 환기되는 속도의 관성은 여정의 시간성을 허구세계의 관심과 흥미로 증폭시키는 거리에서 독자로 하여금 현실을 직시하게끔 하는 효과를 낳는다. 허구세계에 몰입하는 거리를 통하여 독자는 작가의 전후 역사의식과 맞닿게 된다.

먼저, "사랑은 여행이다"의 시간성의 구조에 따른 교통수단의 신체적 경험으로 속도의 관성이 살펴진다. 구조적 은유로서 시간성에는 전후 허

가 크다. 특히 레이코프는 일반적인 사건과 행위에 은유를 살펴보고, 그것들이 근원영역인 움직임과 힘에 의해 구조화된다는 것을 발견하였다. 이러한 과정은 근원영역으로 작용하는 '사랑서사'를 통하여 작가의 전후 현실의식을 구조화하는데 도움이 된다. 졸탄 커베체쉬, 위의 책, 40쪽 참조.

17) 수많은 은유 이론에서 특별하게 레이코프와 존슨의 개념적 은유로 접근한 까닭은 그의 이론이 작중인물들이 경험하는 일반적인 사건과 행위에 편재된 은유를 환유의 구조과정으로 파악하는 데 도움이 되기 때문이다. G, 레이코프 · M. 존슨, 노양진 · 나익주 역, 앞의 책 참조.

무의식이 내포되어 있다. 이 점에서 '사랑서사'에 내포된 허무의식은 전쟁의 공포와 아픔을 사랑의 슬픔으로 전달하는 효과가 있다. 전후 신체적인 모든 사랑의 경험에는 전쟁의 어둡고 허무한 그림자가 전후 트라우마로 반영되었다.

『애가』에서 민호가 버스를 타고 서울에서 바닷가 마을로 이동하는 시간 구조는 설희와의 만남과 결혼을 거쳐 다시 진수를 향한 사랑의 시간적 관성이 허무의식으로 작용한다. 『은하』에서도 낭만적 사랑과 속물적 사랑이 대비되는 시간적 관성에서 허무의식이 드러난다.

인희를 향한 진호의 낭만적 사랑은 인희가 고향으로 떠날 기차역을 향한 택시의 속도감으로 절박하게 전달된다. 기차를 타고 가는 인희를 붙잡으려고 진호가 기차역으로 달려간다. 택시를 타고 기차역으로 가면서 "빨리 좀 갈 수 없소?"라고 운전수에게 속도를 재촉한다. 택시에서 내려 기차를 붙잡으려고 하지만 기차가 떠나는 순간 독자의 긴장은 고조된다. "기차에서 몸을 내밀고 손을 흔드는 여자"를 발견한 진호가 떠나는 기차를 따라 달려갈 때 독자는 안타까움과 슬픔을 경험할 지도 모른다."[18] 낭만적 사랑을 독자의 공감으로 확장시키는 거리에서 독자의 감정이 정화되는 효과를 기대할 수 있다.

이와 대비된 속물적 시간성은 인희와 성태가 결혼 후 서울로 여행을 떠나는 기차 안의 속도로 인지된다. 인희의 아버지를 자신의 재력과 권력으로 압박하여 인희와 결혼 한 성태는 인희를 단지 성적 욕망의 대상 내지는 소유물로 바라본다. 강진호가 보여준 낭만성과 다른 속물성이 읽

---

18) 조윤아는 이 장면을 클리쉐(Cliche)로 설명한다. 그리고 남녀의 삼각관계는 물론이고 우연하게 일어나는 교통사고 등과 같은 익숙한 장치들이 곳곳에 포진해 있는 점에서 『은하』를 클리쉐가 많이 들어있는 대중소설로 본다. 조윤아, 앞의 글, 275-277쪽 참조.

혀지는 이유다.

인희의 계모와 인회 남편 성태가 택시를 타고 불륜의 현장인 산사로 가는 자동차 안의 속도에서는 섹슈얼리티에 탐닉한 속물적 욕망이 전달된다. "자동차는 쾌속으로 달라기 시작하였다. 길변의 가로수가 휙휙 달아난다." 성태와 계모의 욕망이 자동차의 빠른 속도와 진동으로 폭로된 것이다. "시식덕거리는 것이 하도 아니꼬웠는지 운전수는 개나리 봇짐을 지고 가는 사람이 앞에 어른거리자 팡팡하고 클랙슨을 누른다."(164쪽) 운전수가 클랙슨을 팡팡 누르고 달리는 자동차의 속도에서는 속물적 욕망에 비판하는 작가의식을 엿볼 수 있다.

이에 비하여, 『성녀와 마녀』에서 '사랑서사'의 시간성은 파티가 끝나고 형숙과 하란이 각각 타고 가는 자동차 장면의 차이로 각기 다른 사랑의 운명을 환기한다. 안박사가 수영에게 형숙과의 결혼을 만류하면서 자신의 출생 비밀을 이야기하는 것을 듣고 형숙은 기절하였다 깨어난다. 수영의 권유를 뿌리친 채 자동차를 홀로 타고 간 형숙의 시간성은 수영과의 결혼이 이루어지지 못한 동기로 작용할 뿐만 아니라, 수영을 대신하여 총을 맞고 홀로 죽게 되는 운명의 관성으로 작용한다.

이와 달리, 『표류도』에서 자동차 안에서 속도감은 사랑하는 상현을 바라보는 현회의 내면의식으로 인지된다. "사랑하지만 적당한 거리를 두고 다만 사랑하는 분위기만을 마시며 자동차의 속도에 흔들리고 있는"(47쪽) 현회의 절제된 감정은 흔들리면서 사랑의 신뢰감을 확보하는 시간성으로 작용한다. "조금도 흐트러지지 않는 그의 태도"를 바라보는 현회의 의식은 "하얗게 눈에 뒤덮인 넓은 가로"를 스치는 자동차의 속도감으로 환기된다. '남편'이라는 이름으로 일상을 함께 하며 위로받을 수 없는 아쉬움에도 불구하고, "인간에 대한 신뢰감"으로 상현을 바라본 현회의

의식이 반영된 것이다.

이렇듯 사랑하는 남성을 믿음으로 바라보는 현회의 시간성은 『은하』에서 남성들의 속도감과는 다른 젠더의 차이를 함축한다. 『은하』의 서사 후반에서 성태가 인희를 자동차에 억지로 태워 집으로 가는 중에 운전사에게 속도를 재촉하는 시간성은 인희의 분노를 고조시키는 남성의 폭력으로 작용한다. 자동차 안에서 성태는 속도를 재촉하고 속도가 빨라지는 만큼 인희의 증오는 고조된다. "인희는 죽을 수밖에 없다고 생각했다. 차라리 이 사나이를 따라가느니보다 혀를 깨물고 죽어버리는 편이 나을 것 같았다."(259쪽) 전근대적인 결혼에 대한 작가의 비판의식이 인희의 분노로 표출된 것이다.

마지막에서 "운전수! 빨리 병원으로!" 강진호는 인희를 안고 언덕을 기어 올라간다.(260쪽) 군용트럭에 탄 사람들이 내려서 운전수와 성태를 트럭에 운반하는 동안에도 진호는 운전수를 재촉하면서 인희를 구하고자 한다. 인희에게 가해진 성태의 폭력성은 성태의 죽음으로 파국을 보여준다. 같은 차를 탔지만 인희에게 폭력을 휘두른 성태는 죽고 인희는 강진호의 도움으로 살게 된다. 이는 전근대적 정략결혼에 대한 비판의식을 강조하는 효과가 있다.

또한 진호가 병원에서 "또 그 소리, 때려줄까?"하면서 "인희의 뺨을 소리 나게 때리고는 스스로 놀라며 무안한 듯 픽 웃는"(265쪽) 시간성에는 성태가 인희의 뺨을 때린 폭력성과 구별되는 자기반성의 태도가 부각된다. 인희에게 정신 차리라는 의미에서 뺨을 때린 후, "스스로 놀라며 무안한 듯 픽 웃는" 진호는 순간적으로 휘두른 자신의 폭력성에 대하여 주체적인 반성을 보여준 것이다.

남성의 폭력성과 관계 깊은 자동차의 속도감은 남성의 자기반성 여부에 따라 욕망의 차이를 낭만과 속물로 달리 드러낼 뿐만 아니라, 그것을 수용하는 여성의 태도에 따라 각기 다른 운명의 결과를 맞이하는 시간성의 은유로 작용한다. 서사의 끝에서 성태가 죽음으로 파국을 맞이한 것과는 달리, 진호는 인희로 하여금 사랑의 여정을 새롭게 시작할 시간성을 밤하늘 어둠을 밝히는 우주의 시간성으로 보게끔 한다. 자기반성과 상호존중의 태도로 성숙한 사랑에 이르는 시간성을 보게 되는 이유다.

『내 마음의 호수』에서는 교통사고의 시간성이 부각된다. 처음과 끝에 배치된 자동차의 속도감은 '사랑은 여행이다'는 구조적 은유에 따른 관성을 보여준 것이다. 소설의 처음에서 부각된 교통사고는 소설가 혜련이 권태로운 일상을 새로운 갈등으로 추동하는 동기로 작용한다. 소설 마지막 장면에서 자동차의 속도감은 혜련과 영설 그리고 명희의 사랑이 정리되고 진수와 병림의 새로운 사랑의 출발을 예고한다.

시누이 문명희와 올케 유혜련이 탄 자동차에 영설이 뛰어든 사고가 일어나기 직전 차 안에서 혜련은 "왜 문학을 하는가"라는 명희의 질문에 "권태" 때문이라고 말한다. 그리고 일어난 교통사고는 소설가의 권태를 깨뜨리는 갈등의 동기로 작용한다. 소설의 끝 장면에서는 자동차가 속력을 내어 달리는 장면으로 사랑의 새로운 미래를 암시한다. "자동차는 속력을 내어 달린다. 가로수와 산이 마구 달아난다. "일단은 해결이 되었군." 혼잣말처럼 준이 중얼거렸다."(625쪽) 마치 자동차 사고가 난 일을 해결한 것처럼 준은 진수와 병림을 태우고 자동차의 속력을 내면서 혼잣말처럼 중얼거린 것이다. 그것은 차 안에 같이 탄 진수와 병림의 새로운 사랑의 앞날을 "가로수와 산이 마구 달아"나는 자동차의 속력으로 예기하는 효과가 있다. 그들의 사랑 앞에는 영설과 혜련의 사랑도, 병림을 향한 명희의 사랑도 더 이상 부담이나 위험이 될 수 없다는 것을 "가로수와 산이 마구 달아"나는 자동차 속도감으로 예기한 것이다.

"명희는 진수에게 잠시 눈을 주었다. 그러나 아무 말없이 돌아섰다가 트랩을 밟는다. 비행기 안으로 들어가기 전에 명희는 돌아보며 손을 들었다."(264쪽) 공항의 이별로 병림을 향한 명희의 사랑이 아쉬움을 뒤로 하고 일단락된다. 작품의 마지막 장면은 자동차 사고 같은 영설과 혜련의 사랑이 혜련의 죽음으로 정리된 지점에서 그들의 딸 진수와 병림의 사랑을 예고한 것이다. 또한, 공항의 이별 장면은 『애가』, 『두 형제의 여인들』 등에서와 같이 슬픈 사랑의 운명을 은유한다.

『가을에 온 여인』에서는 자동차 속도감이 위태로운 신체적 경험으로 부각된다. 바다 낭떠러지 아슬아슬한 길과 공중을 나는 듯한 자동차의 속도감은 오부인의 죽음을 암시한다. "어때요? 핸들만 한번 돌리면?" 성표에게 건네는 그녀의 말은 자동차가 바다로 떨어지는 공포만큼이나 위태로운 사랑의 운명을 은유한다. "고기밥이 되겠죠."라는 성표의 무심한 반응에 오부인은 "무섭지 않으세요?"(237쪽)라고 묻는다. 이 장면은 서사의 마지막에서 강사장을 죽이고 난 후 오부인이 성표와 운전수 앞에서 권총으로 자살한 비극의 복선으로 기능한다.

오부인은 강사장을 총으로 쏴 죽이고 자신을 배반한 성표에게 누명을 뒤집어씌우려 계획하였지만, 그것이 수포로 돌아간 사실을 고백하고 자신의 미간에다 권총을 쏘고 자살한다. "살인범 신성표! 연극의 차질"에 함축된 신체적 의미는 오부인의 '두뇌의 실수' 즉 이성적 판단의 잘못이 아니고 '심장의 잘못'(516쪽)으로 사랑의 열정을 환기한다. 끝까지 성표를 죽일 수 없었던 운명에는 오부인의 열정적 사랑이 작용한 것이다.

한편, 상현이 미국으로 떠난 후 상현과의 만남을 꿈꾸는 현회의 의식 속 공항의 시간성은 『애가』, 『두 형제의 여인들』의 이별이나 『내 마음의 호수』에서 미래를 예고하는 장면과는 다른 사랑의 환상을 보여준다. 이렇듯 각기 다른 '사랑서사'의 시간의 인지경로에 함축된 슬픈 사랑의 허무의식을 통하여 전후 부정적 현실을 폭로한 작가의 새로운 젠더정치성을 엿볼 수 있다.

3. '사랑서사'의 공간구성과 전후 사회적 젠더수행

박경리 전후 장편소설에서 부각되는 공간적 관성의 인지경로는 '사랑서사'의 후경으로 배치된 작가의 실제 경험과 허구세계와의 다른 차이 즉 현실과 상상이 상호작용하는 신체적 경험으로 작가의 젠더 수행성을 함축한다. 작중인물의 관계와 갈등을 내포하는 공간적 관성은 작중인물의 신체적 경험의 일정한 방향성으로 작가의 사회의식을 반영한다. 전후 부조리한 삶을 고발하는 작가의 젠더수행의 방향성을 탐색할 수 있는 이유다.

먼저, 『애가』 텍스트에서 부각된 공간성의 인지경로는 현실 공간인 서울과 바닷가 마을로 대비된다. 이는 실제 공간성의 의미뿐만 아니라 삶과 죽음, 만남과 이별을 상징하는 공간 지향적 의미로 작가의 전후 현실 인식의 방향성과 상관을 갖는다. 작중인물의 슬픈 사랑이 영화 〈길〉의 장면으로 이동되는 공간 지향성을 통하여 독자는 전후 부조리한 현실을 비판하는 트라우마 극복의 젠더정치성을 엿볼 수 있다.

영화 〈길〉에서 환기되는 여주인공의 죽음은 설희의 슬픈 사랑을 반영한다. '접촉-분리'의 방향성은 만남과 헤어짐의 대비적 공간성을 보여준다. 진수와 동거했던 미군 장교가 떠난 공간에서 진수는 민호와 사랑에 빠지게 되고 진수를 오해하는 지점에서 민호는 설희와 결혼한다. 민호가 다시 진수와 사랑하게 되는 지점에서 설희는 죽음으로 민호와 이별한다.

이와 같이 『애가』에서 공간성은 작중인물의 만남과 이별을 각기 다른 '길'의 방향성 즉 '접촉-분리'의 차이로 환기된다. 진수는 병원에서 의사인 민호를 만났고 민호는 바닷가 마을에 위치한 설희 오빠의 병원에서 설희를 만난다. 민호가 설희를 만나서 결혼을 결심하게 된 장면은 영화 〈길〉의 장면과 오버랩된다. 빨래를 너는 설희 모습에는 이탈리아 영화 〈길〉의 전후 공간성이 투영된다. 비극적 사랑을 연상케 하는 전후공간의 방향성이 작중 인물의 경험으로 환기된 것이다. 그리고 오형박사와 민호가 보는 영화 〈길〉에서 여주인공이 부르는 슬픈 노래가 영화 속 여주인공이 빨래를 널며 부르는 공간의 슬픈 노래로 재현된다.

"설희는 참말, 상화의 말대로 그의 시 구절 구절에 살아 있었다. 입김이라도 느껴질 지경으로 생생하게 살아 있다. 목소리, 머리카락, 눈동자 같은 것도……"(288쪽) 작품 제목이기도 한 윤상화의 시집 〈애가〉는 "연인이 살았을 때에는 발설되지 못했던 윤상화의 사랑"[19]을 담고 있다. 〈애가〉를 통하여 설희는 민호의 기억 속에 다시 살아난다. 영화 〈길〉의 슬픈 노래로 환기된 전후사회의 공간적 관성이 〈애가〉의 의미로 작용하는 것이다. 같은 맥락에서 독자는 전쟁의 슬픔과 아픔을 위로하고 치유하는 트라우마 극복으로 작가의 젠더정치성을 이해할 수 있다.

『은하』에서 '사랑서사'의 공간 지향적 관성은 영화 〈무분별〉의 장면을 통하여 환기된다. 영화 〈무분별〉의 공간 지향성은 비오는 날 인희와 진

---

19) 최유찬, 「죽음을 넘는 사랑의 노래」, 박경리 『애가』, 작품해설, 마로니에북스, 2013, 301쪽.

호의 만남으로 '사랑서사'의 방향성을 환기한다. 인애는 "영화는 〈무분별〉이란 제목으로 인희가 좋아하는 잉그리드 버그만이 나오는 가벼운 오락물"이지만 인희는 지루한 마음으로 영화 감상을 하다가 도중에 몇 번이나 눈을 감고 끝까지 영화를 보지 않는다.(94쪽) 인희가 끝까지 보지 않은 영화 〈무분별〉에 함축된 공간 지향성은 인희의 불행한 결혼을 예고하는 관성으로 작용한다.

진호가 인희에게 우산을 받쳐주는 만남에서는 인희가 고난과 시련을 피할 수 있는 사랑의 대상으로 진호의 역할이 예고된다. 인희는 자신이 겪는 첫사랑의 상처 때문에 진호의 존재를 미처 생각하지 못한다. "자기 바로 옆에 한 남성이 우산을 받쳐주며 같이 걷고 있"는 진호와의 첫 만남에서 진호를 사랑의 동반자보다는 자신의 첫사랑의 친구로만 생각한 것이다. 이러한 인희의 무분별함이 영화 제목으로 예고된 것이다. 인희가 자신의 주체적인 판단보다 아버지의 부탁을 무분별하게 수용하는 입장에서 불행한 결혼의 방향성이 결정되기 때문이다. 〈무분별〉을 끝까지 보지 못한 공간 지향성의 의미는 인희가 진호와의 사랑을 깨닫기까지 반복되는 갈등과 불행의 경험에 다름이 아니다.

『내 마음은 호수』에서는 〈애인 줄리에트〉라는 영화 스크린의 공간 지향성을 통하여 예술과 인생 그리고 사랑을 각기 다른 각도에서 바라보는 작중인물들의 시각으로 전후 작가의 소설쓰기와 연동된 젠더의식을 암시하는 효과가 있다. 영화를 보고 난 후 펼쳐 보인 혜련과 명희 그리고 준의 시각의 차이는 '중심-주변'과 상응하는 사회의식의 전체 체계로서 갈등의 방향성을 환기한다.

"준은 언니 소설을 지금도 좋아해?"라며 명희는 준에게 묻는다. "글쎄, 전에 좋아했지, 그렇지만 유혜련 씨는 싫다. 존경할 수는 있어도 사랑을 받을 여성은 아닌 것 같애."(87쪽) 준은 혜련의 소설에 대한 느낌의 변화와 동시에 소설가와 여성으로서 혜련의 정체성을 대비시킨다. "난 언니 소설이 싫어. 좀 색다르지만 이내 염증을 느끼거든, 소설이란 위안을 주고 피로를 풀게 해야지." 명희는 올케인 혜련의 소설이 직접적으로 독자에게 위안을 주거나 오락의 기능을 하지 못한 데 대한 불만을 토로한다.

"옛날 같음 명희 말에 항의하겠다만, 문학이 어디 오락물이냐구, 이젠 시시하고 열도 식었다."(87쪽)는 반응에는 전쟁을 겪고 난 후 문학에 대한 열정마저 사라진 사회의식이 드러난다. 여기에는 혜련의 소설의 '우울'과 '피로'를 영화의 환상적 '흥미'와 '재미'로 비교하는 미학적 경험과, 어떠한 문학도 창작할 수 없을 만큼 피폐해진 전후 인간성 훼손을 바라보는 차이의 각기 다른 젠더의식이 읽혀진다.

영화 〈애인 줄리에트〉의 정보체계는 "〈푸른 수염〉이라는 전설"을 영화화한 "환상적인 불란서 영화"로 전달된다. "언니, 영화 좋죠? 아주 환상적이고 장면이 모두 시 같아요."(88쪽) 명희는 영화의 예술성을 시적 문학성으로 높이 평가한다. "아무리 인생을 각색해봐도 그것이 그것이지 뭐니? 태어나고 사랑하고 죽고, 이질적이란 그다지 의의 있는 것이라곤 생각 안 해." 여기에서는 영화나 문학의 예술성을 인생의 보편성을 전달한 형식의 미적 거리로 보는 방향성이 인지된다.

"인생은 네 말대로 보편적인 것인지 몰라도 개개인 모두 이질적인 존재야." 예술의 보편성과는 다른 각도에서 준은 예술의 다양성을 강조한다. "다만 개성이 너무 강하면 또 그것이 작품에 반영되었을 때 반역적일 수도 있고, 몽상적일 수도 있고, 예언적일 수도 있지."(87쪽) 준은 인간 개개인의 이질적 존재성이 반영된 경로뿐만 아니라 그것을 수용하는 시대적 특수성을 반영하여 보편적 예술성에 대한 반론을 피력한다. 창작자의 개성과 그것을 수용하는 입장의 상대적 상호작용으로 예술성의 방향을 다각적으로 인지하는 미적 경험을 통한 예술적 성장의 젠더수행으로서 전후 작가의 소설쓰기와 방향성을 인지할 수 있는 이유다.

준은 혜련의 문학성을 예술의 다양성으로 들여다보더라도 "결코 그렇게 높이 평가할 수는 없"다고 평가한다. "그분의 문학은 자신의 일기 같은 가치밖에 없는지도 모르지."(87쪽) 다음 세대에 재고의 가치가 없는 개인의 일기 수준으로 혜련의 소설을 폄훼한 것이다. 여기에는 사적 경험의 공간성보다 공적 경험의 공간성을 지향하는 문학관이 강조된다. 이에 비해 명희는 환상적 블란서 영화의 보편적 감동과 비교하면서 혜련의 소설세계의 '피로'와 '우울'을 평가 절하한다. 이에 비하여, 준은 혜련의 사적 경험의 공간 지향성을 예술의 다양성의 요소로 보긴 하지만 다음 세대에 재인식되는 공적인 소통의 가능성을 부인한다.

이와 같이 현실과 예술성의 상관관계는 〈애인 줄리에트〉 영화에 대한 공간지향성에 함축된 전후 작가의 젠더의식을 다각적으로 반영한다. 준은 블란서 영화와 미국 영화의 상호 간의 체계로 '깊음-얕음'의 예술성의 방향성을 보여준다. 전후 문화와 연관된 영화의 전체 체계를 장사속이 '드러나지 않음-드러남'의 가치 지향성을 평가하는 경로가 작중 인물 시각에 반영된 것이다. 뒤이어 세 사람은 망각과 행복의 상관성에 대하여 이야기를 나눈다.

세 사람이 행복과 망각을 바라보는 경로는 각기 다른 공간 지향성을 보여준다. 망각과 행복의 상호 간의 체계를 '안-밖' 또는 '앞-뒤'로 바라보는 공간 전체의 방향성은 전쟁 트라우마의 의미로 읽혀질 수 있다. 혜련이 망각을 보는 관점에는 과거의 아픈 기억이 현실을 지배하기에 행복할 수 없는 현실 인식의 공간적 방향성이 암시된다. 혜련이 인지하는 현실에는 행복이라는 안과 뒤의 공간 지향성이 확장되기에 피로하고 우울한 것이다. 혜련이 현실의 행복을 위하여 억지로 과거의 기억을 지울 수 없다는 망각의 방향성에는 전쟁 트라우마가 자리한 전후 부조리한 사회의식과 연동된 작가의 젠더수행성이 포착된다.

한편 명희는 단순한 망각과 행복의 상호 작용으로 낙관적 세계인식을 보여준다. 명희는 자신의 행복을 위한다면 과거의 기억에서 완전히 자유로울 수 있는 사회의식을 망각이 '있다-없다'와 체계에서 망각이 '있다'의 공간 지향성으로 트라우마 치유의 낙관적 현실의식을 보여준 것이다. 이들의 대화를 듣고 "약간 미간이 흐려지는 듯했으나 그것은 순간적인 것"에서 드러나듯이 준의 반응은 그리 단순하지 않다. 혜련과 명희가 나눈 대화에 비판의식을 갖지만 그것을 내놓고 드러내지 않는 표정에서는 상대성을 배려한 젠더의식이 인지된다.

이런 준에게 혜련이 "강 선생은 지금도 글을 쓰세요?"라고 묻는다. 준은 "먼 옛날에 집어치웠습니다. 재주도 없거니와 동란 속에서 목숨을 부지하는 일만으로도 저에겐 벅찼으니까요."(89쪽)라고 자조 섞인 목소리로 대답한다. 전쟁 속에 준이 포기한 글쓰기의 의미는 동족상잔의 고통으로 인간성이 훼손된 공간성의 폭로로 확장된다.

"체험이 다 나중에 작품에 재료가 되겠지." 명희의 위로 같은 조언을 준은 부정한다. "재료? 천만에. 문학 하는 것보다 생활하는 게 더 중요하다고 느꼈으니까, 이제는 문학 애호가는 될 수 있어도 문학가라는 데 매력을 안 느껴." 문학 창작에 대한 허무감에 혜련 또한 동의한다. "그렇습니다. 문학보담 인생이 더 중요합니다."(89쪽)라고 말하는 혜련에게 "그럼 언닌 왜 문학을 하세요?"라고 명희가 묻는다. "약하디약한 웃음"으로 "저는 인생을 잃었기 때문에."라고 혜련은 인생의 허무의식을 드러낸다.

"잃은 게 아니고 발견을 못했겠죠." 명희는 올케인 혜련이 인생을 잃었다는 대꾸를 "오빠 명구와의 애정을 부정하는 것"(90쪽)으로 인식하고 반론한 것이다.

이렇듯 영화를 본 후 세 사람이 나누며 영화를 보고 소설을 창작하는 예술관과 맞닿는 망각과 행복의 전후 트라우마 극복과 치유의 각기 다른 가치 지향성을 통하여 작가는 전후 부조리한 사회의식이 소설 작품에 입체적으로 반영된 경로를 환기한다. 〈애인 줄리에트〉라는 영화를 본 작중 인물들의 각기 다른 사회의식을 통하여 한 인간으로서, 소설가로서, 여성으로서 박경리의 실천적 삶의 방향성을 다각적으로 탐색할 수 있는 까닭이다.

다음으로 살펴지는 '사랑서사'의 공간적 관성은 집, 백화점, 호텔 등과 대응한 비판적 사회의식과 연동된 전후 젠더수행성을 함축한다. 『은하』에서 배치된 호텔과 백화점 등의 공간 지향성에서는 전후 자본주의 물화된 경험이 우연성으로 환기된다. 인애는 성태와 결혼 후 서울에서 호텔에 머무는 동안에 성태와 같이 미도파 백화점에 가서 여러 가지 물건을 사다가 진호의 약혼녀 성자를 우연히 만난 적이 있다. 인애는 미도파에서 성자와의 불쾌했던 기억이 떠올라 미도파가 아닌 신신백화점에 들어갔다 나오는 길에 우연히 진호를 만나게 된다. "강진호는 얼른 인희를 알아보지 못했다. 인희는 백화점 쇼윈도 옆으로 몸을 사리며 외면을 했다. 그러나 강진호는 친구들과 같이 웃다가 쇼윈도에 비친 인희의 얼굴을 보았다."(206쪽) 진호의 약혼녀를 우연히 만났던 미도파 백화점을 피하여 들어간 신신백화점에서 우연하게 진호와 만나게 된 것이다. 우연한 만남을 반복하여 보여주는 공간의 방향성에는 물화된 가치 지향으로 전쟁의 트라우마를 망각한 부조리한 사회의식을 보여준 작가의 젠더수행의 방향성을 엿볼 수 있다.

『성녀와 마녀』에서는 대비적 여성이미지를 통한 가족의 질서에 따른 공간적 지향성의 가치가 전후 가족이데올로기로 환기된다. 성녀와 마녀의 캐릭터를 배치한 대립적 공간성은 인물 상호 간의 체계 즉 '위-아래' 또는 '안-밖'의 관계와 갈등을 중심으로 가정이라는 전체 조직의 의미를 구체화한다. 소설이 시작되는 부분에는 장충단 공원의 개나리가 지기 시작한 늦봄의 일요일 정오 저명한 외과의 안박사 자택의 공간성이 배치된다.

안박사의 딸 수미의 스물 두 번째 파티를 준비하는 안박사 자택에서 가정부 신여사는 안주인의 역할을 한다. "안박사의 부인이 육이오사변으로 돌아간 후 가정부로 와 있는" 신여사의 지휘아래 하인들은 분주하게 움직인다. "오래 묵혔던 홀의 페치카에는 불을 지펴 실내의 온기를 조절하고 식당에는 풀기가 빳빳한 식탁보, 냅킨을, 분홍빛 카네이션을 꽂은 유리병도 군데군데 배치되었다. 신여사의 온화한 취미를 살려 젊은이들에게 알맞은 분위기를 마련하고서 손님들이 오기를 기다리고 있는" 분위기에서 물화된 가치를 추구하는 신여사의 주도면밀한 성격과 안박사 자택에서 신여사의 위치가 확인된다. 또한 "수미의 약혼자 허세준을 비롯한 여러 친구들을 초대했고 음악대학의 강사이며 젊은 작곡가인, 수미의 오빠 수영의 친구들이 오게 되어 있었다."(7-8쪽) 파티에 초대된 작중인물의 소개에도 신여사의 관점이 포착된다. 수미의 생일 파티를 준비하는 질서정연한 분위기는 작품 마지막에서 가정의 형식적 질서를 부각시키는 공간적 관성으로 작용한다.

"수영은 형숙의 영상을 안고 하란은 허세준의 추억을 간직한 채" 가정이란 질서 속에 마주 해야 하는 차가운 공간 지향성이 파티를 준비하는 첫 장면과 대비적인 식당 분위기로 전달된다. 가정이란 질서가 사랑의 상처를 각자 간직한 가정이란 질서가 '조용히'라는 차가운 분위기로 함축된 것이다. "상반된 인간과 인간이 모인 가정이란 질서"를 보여주는 하란의 시각은 작품 첫 장면에서 포착되었던 신여사의 주도면밀함이 작용하였던 식탁과 공통된 '질서 속에서' 관습적인 가족이데올로기를 지향하는 공간성을 반영한다.

소설의 끝 부분에서 부부가 아픈 과거를 각자 간직한 채 식당에서 조용히 대면하는 가정의 공간 지향성은 냉철하고 차분한 성녀의 캐릭터로 마녀의 열정과 대비되는 여성의 제도적 권력과 맞물린 신여사의 신체적 경험에 따른 젠더수행성을 함축한 것이다. 똑 같은 집 안 대조적인 식탁의 분위기 속에서도 '질서'라는 공통된 공간적 지향성이 작용한다. 앞서 생일파티를 설레는 흥분으로 기대하는 분위기에 비하여 작품의 마지막 장면에서는 각자의 상처를 안은 채 "가정이란 질서 속에서" 조용히 대면해야 하는 가정의 의미를 하란의 시각으로 보여주는 것이다. 그것은 남편 수영을 "돌아왔다. 허울만이 돌아왔다.'"(275쪽)고 바라보는 하란의 관점에는 관습적이며 제도화된 가족이데올로기가 반영된 것이다. 그리고 하란과 수영이 가정의 질서와 조용히 대면할 수밖에 없는 결정적 동기는 그들의 결혼을 적극 주선하였던 안박사의 행동 뒤에 하란을 성녀로 바라본 신여사의 전통적 젠더권력이 작용한다.

한편, 성녀 캐릭터로 묘사되는 하란의 공간 지향성은 하란이 결혼 전 입원하였던 병실의 하얀 색 차가움의 이미지로 부각되는 데 비하여 마녀 캐릭터로 묘사되는 형숙의 공간 지향적 젠더 수행성은 '요부의 피'와 같은 빨간 색 뜨거움의 이미지로 부각된다. 하란이 지켜낸 가정의 질서는 각자 추억을 조용한 침묵으로 간직해야하는 백색의 차가움의 이미지로 몸의 의미를 환기하게 된다. 이에 비하여 수영을 대신하여 총을 맞아 붉은 피를 콸콸 흘리며 수영이 지켜보는 가운데 죽어간 형숙은 순수한 사랑의 정열을 붉은 색 이미지로 몸의 의미를 환기한다. 형숙이 총에 맞아 죽게 되는 장면에서 부각되는 붉은 색 피의 공간 지향적 이미지는 『가을에 온 여인』의 마지막 장면에서도 부각된다.

『가을에 온 여인』에서 첫 장면은 신성표가 간밤에 꾼 꿈을 회상하는 장면으로 시작된다. 신성표가 회상하는 나쁜 꿈자리는 "벌판에 우거진 수풀이 물속에서 썩은 것처럼 온통 거무칙칙한 수박색"의 이미지다. "불쾌한 꿈의 뒷맛을 씹는데 어젯밤의 여자가 연상"된 것으로 푸른 별장의 오 부인과의 비극적 만남이 예고된다. 또한 푸른 별장의 화려한 삶이 오페라 무대의 화려함과 조응된다면, 앞으로 성표가 살아가야할 현실은 오페라 무대 뒤의 분장실과 재즈곡이 거슬리는 다방의 소박함과 조응된다. 배신과 복수, 위험과 자학 등을 화려함으로 숨겨 보여주는 오페라 무대 같은 푸른 별장의 그로테스크한 공간성과 상반된 저속한 현실의 삶은 다방의 "따끈한 커피 맛"으로 환기된 소시민적 따뜻한 정이 있는 전후 사회의 공간지향성과 맞닿는 인간성 회복을 보여준 작가의 젠더수행에 닿아 있다.

한편 『그 형제의 여인』에서는 일상적 공간 지향성으로 '사랑서사'의 경험을 보여준다. 두 형제가 겪게 되는 사랑의 갈등이 일상적 공간성의 갈등으로 강조된 것이다. 형 인성이 근무하는 병원의 공간적 지향성은 의사로서 인성이 성실하게 근무하는 일상 속에서 특별한 사랑을 경험하는 의미로 전달된다. 병원의 공간성에서 특별한 사랑을 경험하게 인성이 아내를 바라보는 갈등을 통하여 평범한 삶의 가치를 보여준다.

"인성은 환자나 간호사 가릴 것 없이 인성 근처에 있는 모든 여성에게 질투를 보이는 아내의 경박함에 눈살을 찌푸리고 아내에게 애정을 느끼지 못하지만, 출산으로 힘에 겨워하는 아내의 얼굴을 보면서 아름답다고 생각하고 아버지로서 흐뭇한 기분을 갖기도 하는 평범한 행복을 보여주기도 한다."[20] 이러한 일상성은『가을에 온 여인』에서 푸른 별장의 특수한 공간성과는 대비적인 각도에서 행복을 구체적으로 보여주는 전후 트라우마 극복의 의미가 있다. 또한『그 형제의 여인』에서 부각되는 병원의 공간 지향성은『성녀와 마녀』에서 명의로 소문난 안박사가 형숙의 죽음을 무능력하게 목도해야 했던 공간 지향성과 대비적인 평범한 일상을 보여주는 방향으로 전후 트라우마 치유의 공간적 방향성을 내포한다.

『표류도』에서는 현회가 운영하는 다방 '마돈나'의 공간 지향성이 부각된다. 첫 장면에서 강현회의 의식에 초점을 맞춰 그녀가 운영하는 마돈나 다방의 분위기와 마돈나의 종업원 그리고 마돈나를 찾는 손님들의 소개된다. 다방 마돈나를 운영하며 생계를 유지해가는 현회의 경제적 상황에는 전후 자본주의 사회인식의 공간 지향성과 맞닿는 물적 교환가치로서 젠더수행이 반영되었다.

이와 달리 현회가 사랑하는 상현을 바라보는 내면의식으로 환기된 자연적 공간 지향성에는 순수한 사랑의 절대적 가치로서 젠더수행이 반영되었다. "얼음의 무늬는 울밀한 수림도 되고 묘방한 바다도 되고 신기루 어른거리는 사막도 된다." 상현과의 사랑을 꿈꾸는 현회의 의식에는 '얼음의 무늬'가 '울밀한 수림'. '묘방한 바다', '신기루 어른거리는 사막'을 만들어 낸 자연의 공간성으로 '푸른 섬'을 보여준다. "전설과 우리들과 서로의 입김, 속삭임이 있고 푸른 섬 안의 우리들의 집"도 있는 '그곳'의 자연

---

20) 조윤아, 「타성을 벗어나게 하는, 관습을 넘어서야 하는 그 형제의 사랑」, 박경리『그 형제의 사랑』, 앞의 책, 466쪽 참조.

지향성은 예술적 공간 지향성으로 확장된다. '농담濃淡의 각종 채색彩色'과 '은은히 번져가는 음흄'을 통하여 "바람소리, 파도 소리까지도-그것은 내 내부 속에서 종합된 위대한 사랑의 예술"(21쪽)로 창조되는 사랑을 보여준 것이다. 또한 현회가 상현과 사랑의 행위를 반추하는 공간성에는 자연의 풍요로움이 드러난다. "강물이 흘러간 곳에 이루어진 삼각주 같은 것"으로 환기되는 사랑의 공간 지향성에는 '홍수'가 '풍요한 수전'을 이루어 '범람하는 홍수의 미래'(181쪽)로 나아가는 풍요와 부흥을 전망하는 전후 트라우마 극복의 젠더정치성이 인지된다.

이와 같이 박경리 전후장편소설 '사랑서사' 공간 지향성에 따른 몸의 은유는 전후 현실의 부조리함을 비판적 현실의식으로 훼손된 인간성 복원 작가의 젠더정치성에 닿아 있다. 사랑서사와 맞닿는 몸의 은유를 통하여 전쟁의 트라우마 극복과 치유를 동력으로 삼아 소설쓰기에 정진하였던 작가 박경리의 젠더수행의 경로를 인지하게 되는 이유다.

4. 사랑서사의 존재구성과 전후 인간성복원의 젠더수행

존재론적 은유는 물리적 대상이나 물질에 대한 경험으로 추상적인 사건, 활동, 정서 생각 등에 대한 심오한 근거를 제공하는 방식으로 다양한 목적을 충족시킨다.[21] 전후 '사랑서사'의 존재론적 은유는 "물리적 대상이나 물질에 대한 경험"을 트라우마 극복과 치유로 확장하여 전후 인간성 복원을 꾀한 사랑과 성장의 의미로 읽혀진다. 전후 인간성 복원에 도

---

21) G, 레이코프 · M. 존슨, 노양진 · 나익주 역, 앞의 책, 21-71쪽 참조..

달하는 신체적 경험으로 독자와 소통하는 사랑과 맞닿는 작가의 젠더정치성에 닿아 있다.

이에 따르면 박경리 "물리적 대상이나 물질에 대한 경험"에 내포된 '사랑서사'의 전후 존재론적 의미와 맞닿는 몸의 은유는 인간과 자연 그리고 우주까지 확대되는 유기적체로서 생명의식으로 사랑과 성장을 환기하는 효과가 있다.

『애가』에서 드러나는 '사랑서사'의 존재론적 은유는 "물리적 대상이나 물질에 대한 경험"을 트라우마 극복 내지는 치유로 함축하는 작품 표제 '애가'의 눈물 즉, 액체의 속성과 맞물려 있다. '애가' 즉 '슬픈 노래'에 대한 경험은 영화 〈애가〉와 시집 〈애가〉의 심층에서 사랑의 역동적 생명력을 보여준다. '사랑서사'의 존재론적 은유에 따른 신체적 경험의 속성은 '슬픈 노래'를 추동한 사랑의 의지로 파악된다. 슬픈 사랑의 의미는 서사 전반부에서 오형박사와 민호가 보았던 전후 이탈리아 영화 〈길〉에서 여주인공이 빨래를 널면서 불렀던 '슬픈 노래'로 설희의 죽음을 환기한다. 남편의 배신으로 죽음을 선택한 설희의 존재론적 의미는 윤상화가 설희에 대한 사랑을 담은 시집 〈애가〉에서 새로운 사랑의 생명력을 트라우마 극복과 치유의 사랑과 성장으로 보여주게 된다. 작품 제목으로 메타화된 시집 〈애가〉의 존재론적 은유를 통하여 전후 인간성 회복을 신체화된 경험의 '슬픈 노래로 환기하며 전후 독자들의 아픈 삶의 치유를 꾀하였던 작가의 실천적 젠더수행을 인간성복원을 위한 생명사랑의 성장으로 바라볼 수 있는 까닭이다.

『은하』에서 드러난 '사랑서사'의 존재론적 은유는 밤하늘 어둠 속에서 빛나는 '은하'의 우주의 어둠을 밝히는 별빛의 속성으로 인지된다. 작품의 말미에서 진호가 인희에게 건네는 사랑의 언약은 우주의 어둠을 밝히는 '은하' 즉 수많은 별무리 중 하나의 별로 사랑의 가치를 환기한다. 그것은 고난과 시련을 딛고 삶의 의미를 우주로 확장하는 사랑의 가치로 사랑의 의지를 투영한다.

"어떠한 장애물이 앞을 가로막고 있다 할지라도 서로가 깊이 사랑하고 있다는 일만은 아름다운 일이다." 소설 전반부에서 서술자 목소리로 전달되는 "서로가 깊이 사랑하고 있다는 일"의 존재론적 의미는 "고난을 극복하는 아름다운 일"이며, "살아가는 보람이며 축복받을 일"(21쪽)의 가치로 환기된다. 그것은 인희가 결혼의 대가로 받은 돈을 할멈에게 건네는 연민과도 닮아 있다. 사랑의 가치가 남녀 간 사랑뿐만 아니라 인간애로 환기되며 밤하늘 어둠 속에 빛나는 '은하'를 통한 우주의 빛의 의미로 확산되는 이유이다. 그러므로 진호가 인희에게 건넨 사랑의 언약이야말로 인희가 할멈에게 보았던 고난을 견뎌낸 삶의 귀중한 보람이자 축복에 이를 수 있는 사랑의 의지인 셈이다.

『내 마음은 호수』에서 존재론적 은유는 '호수'의 물의 속성으로 인지된다. '호수'의 자연성은 물을 담고 있는 그릇이며 하늘을 반영하는 거울로 사랑의 의지를 내포한다. 이는 독자로 하여금 전쟁으로 잃어버린 인간성과 낭만을 회복하게끔 하는 작가의 젠더수행성과 맞닿는다. 물과 하늘을 포용하는 '호수'의 존재론적 의미는 '바다'로 향하는 역동적 사랑으로 인간성 복원의 의지를 보여준다.

『내 마음은 호수』에서 준이 어두운 바다를 바라보며 명희에게 전쟁의 참상과 그로 인하여 겪어야 하였던 "피비린내 나는 진실의 광장"을 이야기 하는 장면에서는 '호수'의 물이 '바다'에 이르는 사랑과 성장의 탈영토성이 '피'의 액체성을 통과한 물질성으로 인지된다. 준의 경험을 통하여 작가는 "무수한 생명들이 그리구 죽음이 와글거리구 있었"던 전쟁의 진실을 고발한 것이다. 전쟁의 참상은 무수한 생명들과 죽음이 와글거리는, "아무 의의도 없는, 마치 태양 아래 뻗어진 지렁이와 같은 진실"에 다름이 아니다.

준은 "마치 태양 아래 뻗어진 지렁이와 같은" 신체적 고통으로 전쟁의 실상을 폭로한 것이다. "산산 골골의 하늘밖에 원망할 줄 모르는 어진 백성들은 죽음의 대열로 채찍질 당하구 아녀자들의 썩은 시체는 까마귀 밥이 되구 독재자들의 성벽은 황금으로 높아지기만"(147쪽)한 동족상잔의 비극이다. "적의를 강요하는 독재자들은 먹다 남은 고기로 사냥개를 기른" 폭력성이 "낭만하는 생활이 아름답게 보이는 기만마저 박탈당한 전쟁의 폐해"(147쪽)를 초래하게 된 것이다. 이와 같이, 전쟁의 비극을 함축한 존재구성의 물질적 인지경로를 통하여 전후 인간성 복원을 위한 생명사랑의 성장으로서 작가의 전후 젠더정치성을 엿볼 수 있다.

작품의 표제에서부터 함축된 호수의 존재론적 은유는 김동명의 시 「내 마음은 호수요」뿐만 아니라, 그의 시를 가사로 한 가곡 〈내 마음은 호수〉를 통한 작가의 전후 소설쓰기의 탈영토성을 내포한다. 이는 사랑의 의지를 호수에만 가둬두기보다는 바다로 확장하는 사랑과 성장으로서 전후 트라우마 극복과 치유의 의지를 물의 물질성으로 메타화한 것으로 볼 수 있다. 시가 노래가 되고 그 노래가 소설이 되는 새로운 예술의 의미 생성의 경로는 동족상잔의 아픔을 직시하고 인간성 회복에 도달하는 사랑과 성장의 의지에 다름이 아니다. 호수에 담긴 남녀 간의 사랑의 존재론적 의미가 바다로 확산되는 의미 생성 과정을 통하여 독자는 전쟁의 아픔과 고통을 치유하고 성장하는 인간성 회복의 실천적 가치를 모색할 수 있다. 요컨대 시가 노래로, 노래에서 소설이 창조되는 경로를 거친 '사랑서사'의 존재론적 은유로 환기된 물의 액체성을 통하여 독자는 남녀

간의 사랑의 가치를 역사의 질곡을 넘어선 인간성 회복의 가치로 확장한 작가의 젠더 정치성으로 들여다 볼 수 있다.

이에 비하여 『가을에 온 여인』에 내포된 '사랑서사'의 존재론적 은유는 오부인의 비극적 운명을 통하여 사랑의 의지를 심장으로 강조된 피의 액체성으로 부각된다. 서사 마지막에서 오부인이 성표와 운전수 앞에서 권총으로 자살하는 장면에서는 두뇌보다 심장에 따른 사랑의 의지가 드러난다. "살인범 신성표! 연극의 차질"에 반영된 오부인의 죽음에 내포된 심장의 존재론적 의미는 신성표에게 누명을 씌우기보다 자신의 죽음으로 사랑의 의지를 보여준 것이다. '두뇌의 실수'가 아닌 '심장의 잘못'으로 선택된 오부인의 운명이야말로 성표를 향하였던 사랑의 눈물로 액체성을 환기한다. 심장의 경험 즉 열정적 피의 속성인 액체적 물질성으로 전후 트라우마 극복의 사랑과 성장을 극적 카타르시스로 보여준 것이다.

한편으로 『표류도』에서 '사랑서사'의 존재론적 은유는 섬을 움직이게 하는 역동적인 물의 속성으로 환기된다. 이 작품 내포된 존재론적 의지는 현회가 운영하는 다방의 이름 '마돈나'의 전후 서구문화의 속성과 그 다방 입구에 자리한 청도자기 꽃병으로 은유된 전통문화의 속성 사이를 오가는 복합적 삶의 힘이다. '표류도'의 존재론적 의미는 현회가 사랑을 꿈꾸는 세계로 그려진다. "빙판을 이룬 유리창"에 "수증기가 묘한 모양으로 얼어 있"는 모양을 본 현회의 의식은 "이상한 상상도"를 떠올린다. 그녀의 머리속에 그려진 "이상한 상상도"는 '마돈나'의 상업적 관계성과는 다른 사랑과 성장의 의지를 섬을 움직이게 하는 바닷물, 유리창의 성에, 수증기 등으로 변하는 물의 속성으로 트라우마 극복과 치유의 사랑을 보여준다. 사랑의 역동성이야말로 '표류도'의 존재론적 은유와 맞닿는 액체의 물질성으로 전후 인간성 복원의 감동을 꾀한 작가의 소설쓰기의 젠더수행인 셈이다.

　망막한 인생 바다를 헤쳐갈 수 있는 원동력으로서 사랑의 의지가 현회의 환상 속 '표류도'에 투영된다. '표류도'는 '얼음의 무늬'가 '울밀한 수림'. '묘방한 바다', '신기루 어른거리는 사막'과 조화를 이루는 '푸른 섬'이다. "전설과 우리들과 서로의 입김, 속삭임이 있고 푸른 섬 안의 우리들의 집"도 있는 '그곳'에는 자연과 인간의 어울림이다. 그 사이 전설은 예술이 된다. '농담濃淡의 각종 채색彩色'과 '은은히 번져가는 음音'을 통하여 "바람소리, 파도 소리까지도—그것은 내 내부 속에서 종합된 위대한 사랑의 예술"로 변화되는 것이다. 자연과 인간 사이 전설을 위대한 사랑의 예술로 변화되게 하는 감동의 힘이야말로 사랑과 성장의 존재론적 가치를 액체의 정화작용으로 환기한 전후 작가의 젠더정치성에 뿌리를 두었다.

　"사랑한다는 것은 이런 것이다. 무한한 환각 속에서 내 피가 따뜻하게 맴돌고 있는 이러한 것이다."(21쪽) '표류도'에 내포된 사랑의 속성은 모든 인간이 외로움을 잊고 살아가도록 피를 따뜻하게 맴돌게 하는 역동적인 생명력이자 성장이다. 인간은 모두 외롭고 고독할 수밖에 없는 섬이지만 그것을 견디며 살아가게 하여 움직이며 세상을 변화하게 하는 힘은 따뜻한 사랑이다. "피가 따뜻하게 맴돌고 있는" 생명력으로 우주를 바라볼 수 있는 이유다. 사랑의 생명력이야말로 '나'와 '너' 사이 외로움과 고독을 건너 "위대한 사랑의 예술"로 세상을 변화시킬 수 있는 눈물, 피와 같은 액체성의 존재론적 은유인 것이다. 같은 맥락에서 "어떠한 폭풍의 예측도 우리의 행위를 막지는 못한다."는 결연한 의지에서는 사랑의 영원한 가치로 인간성 복원의 감동으로서 소설쓰기를 수행한 전후 박경리의 젠더정치성이 읽혀진다.

　요컨대 박경리 전후장편소설 심층에 자리한 작가의 실존의식을 통하여 독자는 훼손된 인간성 복원을 사랑과 성장의 의지로 도모한 작가의 실천적 젠더수행을 인지할 수 있다. 전후 인간성 복원의 감동을 꾀한 젠더 수행의 존재론적 은유를 통하여 작가의 젠더 정치성을 '생명사상'에 이르는 '생명사랑'의 각성적 성장으로 볼 수 있는 까닭이다.

5. 맺음말

이 논문은 박경리의 전후 장편소설 『애가』, 『은하』, 『내 마음은 호수』, 『표류도』, 『성녀와 마녀』, 『그 형제의 여인』, 『가을에 온 여인』 등의 '사랑서사'와 맞닿아 있는 몸의 구성의 경로를 통하여 전후 작가의 젠더정치성을 구명하였다. 전후 역사, 사회, 문화와 깊은 관련을 보여준 작중인물의 경험으로 보면, 박경리 전후 장편소설 '사랑서사'와 연동된 몸의 은유는 전후 시간성과 공간성 그리고 존재성을 반영한 우리 역사적 아픔을 들여다볼 수 있는 거울이자 전후 훼손된 인간성 복원을 꾀한 작가의 전후 젠더의식과 소통할 수 있는 통로이다.

이러한 관점에서 필자는 박경리 전후 장편소설 '사랑서사'의 인지구도에 따른 젠더의식을 전후 허무의식과 사회의식 그리고 생명의식으로 파악함으로써 전후 인간성 회복을 꾀한 작가의식을 입체적으로 조명하였다. '사랑서사'의 인지구조와 맞닿아 있는 몸의 은유는 다음과 같이 젠더 정치성을 환기하는 효과가 있다.

첫째, 전후 '사랑서사'의 시간적 구도와 맞물린 허무의식이 환기된다. "사랑은 여행이다"의 구조적 은유와 맞닿아 있는 전후 부조리한 시간의 인지 경로는 호기심과 긴장감을 증폭시키는 거리에서 독자로 하여금 현실을 직시하게끔 하는 전후 트라우마 극복의 효과가 있다. 둘째, 전후 '사랑서사'의 공간적 구성에 따른 전후 대중문화 내지는 예술의 공간적 지향성에 따른 사회의식이 전후 트라우마 극복과 치유의 방향으로 환기된다. 전후 현실의 부조리함을 간파한 작가의 비판적 현실인식과 맞닿는 몸의 은유는 전후 독자들의 상실과 아픔을 위로하고 치유하는 입체적 사회의식을 반영한다. 셋째, 전후 '사랑서사'의 존재론적 인지구도에 따른 심층적 의미가 생명사랑을 생성하는 효과가 있다. 이는 전후 현실의 부조리함을 고발하며 독자들의 아프고 고단한 삶을 위로한 작가의 실천적 삶의 가치로서 문학적 감동이 작가가 최종적으로 추구한 '생명사랑의 성장'에 닿아 있음을 환기한다.

이와 같이 박경리 전후 장편소설을 관통하는 '사랑서사'의 인지구성에 따른 몸의 은유는 남녀 간의 통속적 사랑의 차원에만 머물지 않고 전후 현실에 바탕을 둔 작가의 실천적 삶으로서 문학적 감동으로서 사랑의 차원을 시간성과 공간성 그리고 존재성 등의 복합적 의미로 전후 역사의식과 사회의식 그리고 실존의식을 확장하는 효과를 낳는다. 그 심층에서 독자는 전후 인간성 복원을 향한 작가의 소설쓰기와 맞닿아 있는 젠더정치성으로서 '생명사랑'의 성장을 향한 실천적 가치를 엿볼 수 있다.

제 3 부

전후 트라우마와
민중문화의 모멘텀

제 1 장

장용학 전후소설로 본
민중문화의 은유

「요한 시집」으로 본 민중문화의 인지구성

1. 머리말

이 글의 목적은 1950년대 장용학 소설 「요한 시집」[1]에 함축된 몸의 은유체계를 트라우마 극복의 인지구성으로 분석하는 방법으로, 전후 민중문화를 새롭게 전망한 작가의식을 구명함으로써 분단현실의 미래지향적 방향성을 고찰하는데 있다. 「요한 시집」은 표제에서부터 드러나듯이 은유의 특징이 서사 전반에 걸쳐서도 복합적으로 드러난다. 텍스트에서 내포된 트라우마 극복의 은유는 수사법의 의미뿐만 아니라 인식의 변별적 원리 또한 포괄하는 방법[2]으로 확장됨으로써 그 의미가 다각적으로 파장된다. 그러므로 「요한 시집」 텍스트를 은유적 시각으로 바라보는 접근 방법은 작중인물의 타자성이나 작중인물들 간의 관계 내지는 작가의 시각으

---

1) 「요한시집」은 1955년 『현대문학』에 발표되었지만, 본 논문의 텍스트는 장용학, 「요한 시집」, 『20세기 한국소설-김성한 장용학 외』(창비, 2005)를 텍스트로 삼는다. 본문 인용은 괄호 안 쪽수로 표기한다.
2) 김욱동, 『은유와 환유』, 민음사, 1999 참조.

로 보여주는 한국전쟁의 역사적 의미에 국한되지 않고 독자수용의 입장에서 21세기 분단현실과 인생의 참된 존재 가치를 반성하는 새로운 의미[3]로 확장할 수 있다.

언어의 은유적 표현은 은유적 개념과 체계적인 방식으로 연결되어 있기 때문에 우리는 은유적인 언어 표현을 사용해서 은유적 개념의 본질을 탐구하고, 또 우리 활동의 은유적 성질을 이해할 수 있다.[4] 이러한 관점에서 살펴볼 때,「요한 시집」에서 장용학은 한국전쟁이라는 부조리한 상황 속에 놓여 있는 분열적 자아를 통해 이데올로기와 전쟁이 안고 있는 허상을 음울하지만 날카로운 시선으로 조명하고 있다. 또한 동시에 그러한 부조리한 세계 속에 놓여 있는 자아의 내면적 고뇌를 통하여 인간 존재의 근원적 문제에도 접근하고 있다.[5] 특히 작품에 '담론의 규칙[6]'으로 구성된 몸의 은유는 삶을 살아가는 육체 자체의 기호에 고정되기보다는, 작가의 기억과 상상력으로 전후 사회 문화의 흔적을[7] 새겨둔 트라우마 극복과 맞닿는 인생의 실존적 의미를 파장하는 효과가 있다. 트라우마 극복의 실존적 의미는 한국 전쟁과 전후 현실을 반성하는 역사적 소통의

---

3) 상상적이고 창조적인 은유는 우리의 경험에 대한 새로운 이해를 가능하게 해 주기 때문에 우리의 과거, 일상적 활동, 그리고 우리가 알고 믿는 것에 새로운 의미를 줄 수 있다. G 레이코프 & 존슨, 노양진 · 나익주 역,『삶으로서의 은유』, 박이정, 2006, 242쪽 참조.

4) G 레이코프 & 존슨, 노양진 · 나익주 역, 앞의 책, 27쪽.

5) 김병로,「장용학의 「요한 시집」에 나타나는 해체적 서사담론」,『한국문학이론과 비평』3집, 한국문학이론과 비평학회, 313쪽 참조.

6) 근대소설에서 표현된 몸의 이미지나 상징은 그것에 관여된 담론의 규칙들에 의해 규정된다. 송기섭,「근대소설의 몸표현 형식들」,『한국문학이론과 비평』제48집, 한국문학이론과 비평학회, 2010, 33쪽.

7) 피터 브룩스는 소설 속 몸의 재현을 '육체에 기호를 새기'는 과정으로 설명한다. 피터 브룩스,『육체와 예술』, 이지봉 · 한애경 역, 문학과지성사, 2000, 25쪽.

효과이자, 새로운 '담론 생산'[8]으로 분단 현실의 미래지향적 방향성을 모색하는 창조적 가치를 환기할 수 있다. 그러므로 독자는 「요한 시집」에 함축된 몸의 은유로 작가의 '지각된 세계'[9]인 전쟁의 폭력과 전후 현실의 비인간성을 인지할 뿐만 아니라, 그것을 통하여 역사적 상처를 치유할 수 있는 실존적 가치와 닿아 있는 민중문화의 미래지향적 방향성을 탐색할 수 있다.

이러한 입장에서 선행 연구를 검토하면 장용학 소설의 몸 또는 신체에 주목한 논의[10]는 장용학 소설의 한계로 지적되는 작가의 추상적 관념을 상쇄할 만한 방법론적 접근을 적극적으로 시도한 점에서 의미가 있다. 장용학에게 있어서 몸이란 제반 사회적 가치들과 이데올로기의 폭력이 자행되는 공간이며, 진정한 인간 존재를 탐색하는 과정에서는 반드시 넘어서야 할 현실세계의 표상이다.[11] 이러한 관점으로 가장 먼저 장용학 소설의 신체에 주목한 김장원은 「장용학 소설과 "몸"의 상관성」[12]에서 장

---

8) 몸은 욕망을 불러일으키고 소비를 자극할 뿐만 아니라 담론 생산의 대상으로 확고하게 자리 잡고 있다. 송명희, 「김훈 소설에 나타난 몸담론」, 『한국문학이론과 비평』 제48집, 한국문학이론과 비평학회, 2010, 56쪽.

9) 메를로 퐁티는 몸의 표현과 어떤 매체에 의해 표현된 몸을 구분하는데, 전자가 "사람들이 신체에 강제로 부과하는 처우"에서 벗어난 고유한 신체와 결부되어 있다면 후자는 "대상의 구성의 한 계기"라 할 '지각된 세계와 연결되어 있다. 메를로 퐁티, 『지각의 현상학』, 류의근 역, 문학과지성사, 2002, 130쪽.

10) 김장원, 「'몸'으로부터의 탈각과 이분법적 인식의 탈구축」, 『현대문학의 연구』, 제26집, 2005; 김장원, 「장용학 소설과 "몸"의 상관성」, 『시학과 언어학』, 시학과 언어학회, 2005; 이청, 「장용학 소설의 신체 담론 연구」, 『인문연구』, 영남대학교 인문과학 연구소, 2010.

11) 김장원, 「장용학 소설과 "몸"의 상관성」, 『시학과 언어학』, 시학과 언어학회, 2005.

12) 김장원의 논문에서는 신체가 실존주의의 영향을 이해할 수 있게 하는 실마리를 제공한다고 보고, 신체이미지가 관념적 사유를 풀어내는 메타포로 작동해 인간 존재의 성찰과 인간 문명의 비판, 성찰 과정으로 확산시키는 통로의 역할을 하고 있다고 주장한다. 위의 글.

용학 초기 소설에 나타난 몸의 의미를 살펴본 후, 몸에 대한 작가의 관심이 소설의 전반적 의미체계를 형성하는 과정에서 핵심적인 역할을 하고 있음을 밝힌 바 있다. 이청[13]은 장용학 소설에서 신체가 갖는 의미를 한국전쟁으로 조명되는 인간 부정의 메타포로 그리고 근대를 넘어서려는 지표로 읽었다. 이에 따라 필자는 「요한시집」 텍스트에 내포된 몸의 은유를 '작가의 창조적 삶의 은유'[14]로 바라봄으로써 분단현실의 부정성을 극복할 수 있는 미래지향적 민중문화의 방향성을 읽고자 한다.

레이코프와 존슨에 따르면 우리는 경험과 활동의 많은 부분이 그 본성에 있어서 은유적이며, 개념체계의 대부분이 은유에 의해서 구조화된다. 우리가 지각하는 많은 유사성 또한 개념체계의 일부인 관습적 은유의 산물이다.[15] 레이코프와 존슨이 주창한 개념적 은유[16]는 문학텍스트의 상상적이고 창조적인 은유의 새로운 의미[17]를 부여할 수 있는 유사성의 창조와도 연관된다. 작중인물과 작가 그리고 독자의 경험적 과정의 차이[18]를 함축하는 소설 작품의 형식과 의미의 상관성을 해명할 수 있는 방법론적 접근으로서 개념적 은유를 유사성의 창조로 확장시켜 적용하

---

13) 이청, 「장용학 소설의 신체 담론 연구」, 『인문연구』, 영남대학교 인문과학 연구소, 2010.

14) 은유의 시각으로 소설 텍스트를 바라보면 그 심층에 자리한 작가의 실천적 삶은 독자로 하여금 자기 자신과 문화 그리고 미래지향적 삶으로서 세계를 인지하게끔 하는 창조적 가치를 제공한다. 김원희, 「문학 교육을 위한 백신애 소설세계의 인지론적 연구」, 『현대문학이론연구』제41집, 현대문학이론학회, 2010, 309-328쪽 참조.

15) G 레이코프 & 존슨, 노양진 · 나익주 역, 앞의 책, 254쪽.

16) G 레이코프 & 존슨은 개념적 은유를 구조적 은유, 지향적 은유, 존재론적 은유 등으로 분류하고 이러한 개념적 은유들이 유사성을 만들어 낸다고 본다. 위의 책.

17) 위의 책, 242-264쪽.

18) 장용학은 전쟁의 폭력으로 인한 부조리한 세계에 대한 인식으로서 인간에 대한 근본적 회의와 의미를 제기하는 지속적 탐구를 '문화인', '전신', '비인'의 이미지를 통해 완성하고 있는데 필자는 이러한 개념을 전후 현실 경험을 재현하는 과정의 차이로 구분짓는다.

면 「요한 시집」에 함축된 몸의 의미는 구조적 은유의 측면에서 감각으로서 동굴, 지향적 은유의 측면에서 전신의 경계, 존재론적 은유의 측면에서 비인의 세계를 인지할 수 있는 통로로 민중문화의 선도적 의미로 모성성, 헌신성, 통합성 등의 창조적 가치를 환기한다. 따라서 필자는 개념적 은유와 창조적 시각을 통섭하여 「요한 시집」에 함축된 몸의 의미를 감각으로서 동굴의 모성성, 전신으로서 경계의 헌신성, 비인으로서 세계의 통합성 등으로 읽어냄으로써 분단현실과 맞닿아 있는 민중문화의 미래지향적 방향성을 모색하게 될 것이다.

2. 감각(感覺)의 인지구성과 동굴의 모성성

일상 언어 속의 은유적 표현이 문학 텍스트에 형상화되는 데 있어서는 작중인물의 시각, 작가의 시각, 독자의 시각을 구조화하는 '개념들의 은유적 본성에 관한 통찰'[19]을 줄 수 있다. 우선적으로 작품 표면에 드러난 부각과 은폐[20]의 차이로 몸의 구조적 은유[21]를 파악하면, 감각으로 부각되는 동굴의 의미가 모성성으로 환기된다. 작품 전반에 편재된 감각의 구조적 은유는 동굴과 같은 전후현실을 인지하는 작가 시각의 개념적 은유로 작용함과 동시에 동굴이미지의 고향, 집, 어머니 등의 의미를 구성하는 구조적 은유의 창조로서 모성성의 의미를 환기한다. 현실의 어둠과 고통

---

19) G 레이코프 & 존슨, 노양진 · 나익주 역, 앞의 책, 27쪽.
20) 위의 책, 31쪽.
21) 구조적 은유란 한 개념이 다른 개념의 관점에서 은유적으로 구조화되는 경우이다. 위의 책, 21-71쪽.

을 동굴로 구조화하는 감각의 개념적 은유는 동굴에 내포된 고향–집–어머니의 의미를 부각시킴으로써 충격적이고 '비정상적인'[22] 인물들의 경험적 시간과 맞물리는 실존[23]과 유사성을 갖는 전후현실의 공포를 극화하여 전쟁의 폭력성을 고발하는 동시에 전쟁의 상처를 치유하는 방법으로 모성성의 의미를 트라우마 극복의 민중문화의 선도적 가치로 환기하는 효과를 낳는다.

토끼 우화[24]에서부터 부각되는 감각의 은유로서 빛의 시각은 작가의 식뿐만 아니라 독자에게 근대적 세계관과 그 이해에 대한 지속적인 질문을 제기하는 열린 의미구조로 읽혀진다. 감각의 구조적 은유로 읽혀지는 토끼 우화의 열린 의미는 본론의 서사에서 동호가 누혜 어머니를 찾아가는 길을 통한 모성성의 가치 창출로 이해될 수 있다. 토끼 우화 뒤에 시작되는 본문 서사는 상, 중, 하로 분류된다. 각각의 이야기 축은 누혜 어머니를 찾아가는 과정과 누혜와의 포로수용소 생활 그리고 누혜의 유서 등으로 분류된다. 이야기는 동호의 시점으로 전개되지만, 몸의 의미망은 누혜, 누혜 어머니, 동호의 경험을 토대로 전후 현실의 실존적 삶을 복합적인 감각으로 증언하며, 고발하는 내포작가 의식에 뿌리를 두고 있다.

'이렇게 고운 빛을 흘러들게 하는 저 바깥세계는 얼마나 아름다운 곳일

---

22) 푸코는 몸을 죄악의 근원으로 보고, 그것을 몰아내기 위한 심문으로 '비정상인들'의 몸의 담론을 파악한다. 미셸 푸코, 『비정상인들』, 박정자 역, 동문선, 2001, 225쪽 참조.

23) 하이데거에 의하면 개인 자신에게 경험되는 시간은 실존의 근본 범주다. 한스 마이어호프, 이종철 옮김, 「시간과 자아에 대해」, 『문학 속의 시간』, 문예출판사, 2003, 44-45쪽 참조.

24) 감각적 몸의 은유로서 토끼 우화는 일차적으로 새로운 세계로의 모험을 떠나는 근대적 개인과 근대적 이데올로기의 구축 과정에 대한 비유담으로 볼 수 있다. 김동석, 「경계의 와해와 분열 의식–장용학의 「요한 시집」론」, 『어문논집』, 민족어문학회, 2003, 206쪽 참조.

까······'

　이를테면 그것은 하나의 개안(開眼)이라고 할까. 혁명이었습니다. 이때까지 그렇게 탐스럽고 아름답게 보이던 그 돌집이 그로부터 갑자기 보잘것없는 것으로 비치기 시작했던 것입니다. '에덴'동산에는 올빼미가 울기 시작한 것입니다. (83-84쪽)

　인용문은 토끼 우화의 앞부분이다. 동굴 벽에 비친 그림자를 통하여 동굴의 어둠을 체득한 토끼의 시각은 동굴 바깥 세계로의 모험을 결단하는 동기가 된다. 촉각으로 동굴 안을 인지할 수밖에 없는 감각의 한계는 동굴 밖의 빛을 발견하는 개안의 동기로 작용한다. 동굴 밖 빛을 보려는 토끼의 실천적 행동은 고통을 수반한다. 먼저 토끼에게는 열이 나는 고통이 따른다. "창으로 기어나가기 시작"한 몸은 "가다가 넓어진 데도 있었지만 벌레처럼 뱃가죽으로 기면서 비비고 나가야 했"던 실존적 고통으로 감지된다. 흰 토끼의 살은 터져 "그 모양을 멀리서 보면 마치 숨통을 꾸룩꾸룩 기어오르는 객혈(喀血) 같았을"(86쪽) 실존의 고통을 극적으로 보여주는 효과로 볼 수 있다.

　한편, 토끼는 그의 발이 앞으로 움직여지지 않는 한계상황에서 "뒷날, 도로 돌아갔더라면 얼마나 좋았을까"하는 후회를 무수히 하면서도 새 세계를 향해가는 실존적 삶의 열망을 포기하지 않는다. 토끼에게 바깥세계는 "일곱 가지 색 속에 소리의 리듬이 춤추는 흥겨운" 감각과 "현란한 파노라마를 펼쳐 보이는" 희망으로 감지된다. "자유 아니면 죽음을!" 하는 열망이 비록 고통과 후회로 점철되긴 했지만 토끼는 드디어 마지막 관문에 다다른다. "전율하는 생명의 고동에 온몸을 맡기면서" 희망을 보았던 토끼는 "홍두깨가 눈알을 찌르는 것 같은 충격"으로 쓰러진다. "고향에 돌아가는 길이 되는 그 구멍을 그러다가 영영 잃어버릴 것만 같아서" "죽을 때까지 그 자리를 떠나지 않"(87쪽)고 자리를 지킨 토끼의 실존적 장소 애착[25]을 통해서는 죽음의 의미를 향수(鄕愁)로 회복하고자 하는 생의 의지가 읽혀진다.

한편으로, 태양광선을 감당하지 못하고 소경이 되고만 토끼의 비극은 동굴 바깥 세계에 대한 맹목적 신념으로 인한 현실의 좌절이자 실존의 한계로 반성될 수 있다. 빛과 어둠의 대비적 감각으로 감지되는 동굴의 은유는 생명의 뿌리로서 고향을 환기하고 고향은 생명을 낳고 키우는 어머니의 몸을 환기하는 유사성의 창조적 은유를 통하여 모성성으로 치유되는 전후 트라우마 극복의 실존적 동력을 내포한다. 이렇듯, 동굴 바깥 세계를 향한 토끼의 기대와 도전에는 실존적 인간 의지가 투영되어 있다. 생명의 위험이라는 공포와 불안에도 불구하고 토끼는 "자유 아니면 죽음을!" 외치며 새 세계에 도전한다. 토끼의 도전은 동굴 안팎의 세계를 제대로 이해하지 못한 감상적 포즈라는 점에서 이데올로기의 맹목적 인식의 한계를 드러낸다. 그럼에도 불구하고 밖을 향한 실존적 삶의 의지와 기대야말로 세계를 향한 경이로움을 볼 수 있는 가능성의 시작으로서 민중문화의 방향성을 환기하는 몸의 은유인 셈이다.

다음으로, 주인공인 '나' 즉 동호의 시각으로서 동굴의 은유는 누혜의 죽음으로 인한 상처를 치유하며 삶의 의미를 복원하는 해결책으로서 고향과 맞닿는 모성성의 가치로 민중문화를 환기한다. 동호는 포로수용소에서 누혜가 죽고 난 후 누혜의 시체가 난도질 되는 비극을 목격한다. 포

---

25) 장소들이란 장소 속에서 살아가는 사람들이 그 장소와 깊이 연루된다고 느끼는 것이고, 장소에 대한 그런 깊은 애착은 다른 사람들과의 밀접한 관계만큼이나 필수적이고 중요하다. 에드워드 렐프, 김덕현, 김현주, 심승희 역, 『장소와 장소상실』, 논형, 2005 참조.

로수용소를 나온 동호는 누혜 어머니를 찾아간다. 동호는 "섬에서 돌아오면서부터 며칠 걸려 겨우 찾아낸 집이었지만 아까부터 주인을 찾는 것"이 무서워졌고 귀찮았다. "발을 들어 조금 떠밀어도 말없이 쓰러질 것 같은 이따위 집에도 주인이 있어야 하는가 하는 불평"은 시간이 좀 지나 "이런 집일수록 주인이 있어야"(90쪽)한다는 집에 대한 애착심으로 변한다. 같은 관점에서 하꼬방을 바라보는 동호의 시각은 귀향의 의미로서 모성성을 다음과 같이 보여준다.

고향은 토끼가 바깥 세계에 눈을 돌리기 전 동굴 안의 의미와 대응된다. "어머니, 우리 문 안에 들어가 살아요!"(105쪽) 전쟁으로 폐허가 된 고향은 생존을 감당할 능력이 없는 누혜 어머니의 병든 몸으로 은유됨으로써 전후현실의 비참함이 폭로된다. 고양이가 잡아다준 쥐를 잡아먹으면서 목숨을 겨우 유지해가는 누혜 어머니의 강한 생명력의 집착에는 아들 누혜를 보기 전까지 절대 눈을 감을 수 없는 간절하고도 질긴 모성의 절대적 사랑이 반영되어 있다.

동호는 누혜의 눈으로 노파의 손과 누혜의 손을 동일시하고 죽어가는 노파를 보다가 마침내는 자신이 죽어간다는 생각에 이른다. "사실은 내가 죽어 가고 있는 것이 아닌가! 그렇지 않으면 왜 내 육체가 이렇게 자꾸 차가와지는가?"(105-106쪽) 누혜 어머니의 몸을 빌린 동호의 몸은 "구리(洞) 같아지는 손의 차가움"이 "팔과 어깨를 지나 가슴으로" 지나 "혈거지대(穴居地代)로 혈거지대로"의 시간성을 거쳐 "자꾸 청동시대로 끌려드는 향수를 느낀다." "아이스케키를 사 먹다가 '동무'에게 어깨를 붙잡힌" 유년의 기억은 고향에 뿌리를 둔 존재성과 맞닿는 민중문화의 토착적 향토성을 환기한다.

자살하기 전날 밤 누혜는 포로가 된 자신을 따라 이남으로 내려온 어머니가 그의 삶을 구속하는 마지막 의미였음을 동호에게 고백한다. 동호는 누혜에게 어머니가 차지하는 구속의 의미를 알기 때문에 포로수용소에서 나온 뒤 누혜 어머니를 찾아간 것이다. 누혜 어머니를 찾아가는 길은 누혜의 죽음에 참 자유를 부여함으로써 더 넓은 세계에서 자신이 살아가야 하는 의미를 확인하고자 하는 동호의 주체적 의지의 발로이다. 그것은 누혜가 남긴 죽음의 가치로 자신의 정체성을 확인하는 의미이자, 전쟁의 고통과 아픔을 넘어 더 넓은 세계를 향해가는 자유로운 삶의 의미를 함축한다.

요컨대, 감각으로서 동굴의 은유는 전쟁의 비극과 실존의 고통을 극복할 수 있는 치유책으로 영원한 고향이자 삶의 의미를 회복할 수 있는 민중문화의 저력으로 모성성의 절대적 사랑의 가치를 환기한다. 동호가 누혜 어머니를 찾아가는 귀향의 길은 전쟁으로 훼손된 삶의 치유과정으로서 트라우마 치유의 의미를 돌아보는 반성이자 생의 전환점으로서 실존적 자유를 모색하는 의미를 갖는다. 궁극적으로 감각으로 인지되는 동굴의 은유는 전쟁의 폭력을 반성하고 전후 실존의 고통을 치유할 수 있는 모성성의 절대적 사랑의 가치로 새로운 세계를 향한 민중의 성장동력으로 작용한다.

3. 전신(轉身)의 인지경로와 경계의 헌신성

지향적 은유는 상호 관련 속에서 개념들의 전체 체계를 조직하는 은유적 개념으로 어떤 개념에 공간적 지향성을 준다.[26] 은유적 지향성은 자의

---

26) 지향적 은유는 상호 관련 속에서 개념들의 전체 체계를 조직하는 은유적 개념으로 공

적인 것이 아니라, 우리의 물리적, 문화적 경험에 뿌리를 두고 있다.[27] 지향적 은유의 측면에서 작품에 내포된 전신의 은유는 한국전쟁과 상관있는 전후문화 내지는 분단현실에서의 '기본적인 가치'[28]로서 경계의 의미를 함축한다. 한국전후 공간의 지향으로 개념화된 은유는 움직이는 시간의 연쇄[29]과정을 함축한 경계의 의미를 전환된 몸의 변화로 환기한다. 전신의 사전적 의미가 "사람이 원래 있던 자리에서 몸을 옮기는 것"임을 고려할 때, 텍스트에서 전신으로서 경계의 은유는 삶과 죽음이라는 시간의 변화에 따른 몸의 공간적 차이를 내포한다. 이러한 맥락에서 거제도 포로수용소 철조망에서 자살한 누혜의 죽음에 내포된 경계의 은유는 참 자유를 위한 누혜의 열망이 죽음을 선택하는 것과 유사한 창조적 의미로 헌신적 삶의 가치를 환기한다.

누혜의 이름에 내포되었듯이 누에가 나비로 전환되는 몸의 차이로서 변화는 누혜가 철조망에서 자살함으로써 삶이 아닌 죽음으로 참 자유를 구현하고자 하였던 자유의 열망으로 지향을 함축한다. 이처럼 전신으로서 은유는 철조망의 경계에서 이데올로기의 맹신에서 깨어나 죽음을 선택함으로써 진정한 자유를 실현하고자 했던 누혜의 헌신적 삶으로서 죽음을 강조하는 효과가 있다. 철조망에서 자유를 향한 죽음을 선택한 누혜의 주체적 의지는 이데올로기 희생양으로서 존재의 주체적 헌신의 가치

간적 지향성과 관련을 보여준다. G 레이코프 & 존슨, 노양진 · 나익주 역, 21-71쪽.

27) 공간적 지향성은 우리가 현재와 같은 몸을 가졌고, 그 몸이 우리의 물리적 환경에서 현재와 같이 활동한다는 사실로부터 생겨난다. 위의 책, 37-38쪽.

28) 어떤 문화의 가장 기본적인 가치들은 그 문화의 가장 근본적인 은유적 구조와 정합성을 갖는다. 위의 책, 53쪽.

29) 움직이는 대상들은 그들의 운동 방향 쪽에 앞이 있는 것으로 개념화된다. G.레이코프 · M 존슨, 임지룡 윤희수 노양진 나익주 옮김, 『몸의 철학』, 박이정, 2008, 213쪽.

를 다음과 같이 환기한다.

먼저, 포로수용소에서 누혜의 실존적 가치는 늘상 "푸른 하늘 저쪽"을 바라보는 자유를 추구한다. 자유로운 영혼의 누혜는 포로수용소에서마저 "네 편이냐, 내 편이냐"라는 폭력적인 양자택일의 강요에 반감을 갖는다. 그런 이유로 누혜가 포로들에게 두들겨 맞고 쓰러져서 쳐다본 하늘은 "지상의 검은 그림자는 티 한점 비치지 않는 거울같이 평화로운" 광명이다. 포로수용소가 암흑의 세계라면, 천상의 푸른 하늘은 광명의 세계이다. 이쪽의 지상과 저쪽의 하늘이라는 포로수용소 철조망의 경계에 선 누혜는 삶의 현실에서 참 자유를 누릴 수가 없었기에 역설적으로 자유세계로 자살을 선택한 것이다.

누혜는 "그 벽을 뚫어보기 위하여" 자신의 "육체를 전쟁에 던졌"지만, 현실은 벽이었다. 포로의 몸이 된 누혜는 "직원실로 내다보는 안경도 거기에는 없었"(122쪽)던 곳에서 "새로운 자유인"을 보았지만 그마저도 한때의 기만이자 흥분에 지나지 않았음을 고백한다. "역사는 흥분과 냉각의 되풀이에 지나지 않는 것"이라는 누혜의 깨우침은 약육강식의 논리로 야기된 전쟁과 포로의 절박한 삶을 죽음으로 폭로하는 동력이다. 누혜는 자신의 유서를 통해서도 자신의 죽음의 의미를 예수가 올 것을 예언하고 죽은 요한의 죽음에 은유하면서 자신이 죽음을 선택한 자유는 자신이 죽은 뒤에 다른 이들에게 남겨질 평화로운 삶의 가치를 위한 선택적 지향임을 고백한다. 결국 누혜가 선택한 자살은 이데올로기의 희생양으로서 후세에게 죽음으로 선택한 자유의지로 평화로운 세계를 향한 실천적 교훈을 주겠다는 헌신의 의미가 내포되어 있다.

포로수용소에서도 모두들 누혜를 누에라고 불렀다. 그래서 포로라는 이름이 아직 낯이 설어서, 모두가 한가지로 허탈상태에서 헤어나지 못하고 있을 때, 실없는 친구들은 하늘을 쳐다보고 있기를 좋아하는 그를 이렇게 놀려주기도 했다.

"뽕 뽕 뽕잎이 떨어진다. 뽕 뽕 뽕잎이 떨어진다."

"범은 죽어서 가죽을 남기고 누에는 죽어서 비단을 남긴다. 하하……"

그는 비단을 남기고 싶어한 것이 아니엇다. 봉황새가 되어 용이 되어 저 푸른 하늘 저쪽으로 날아가고 싶어했다. (110쪽)

누혜가 죽음을 선택한 구체적 의미는 동호의 시점으로 전달된다. 철조망 포로수용소에서 선택한 누혜의 자살은 삶의 절망을 죽음의 자유로 초극하려는 실존적 의지를 내포한다. 이데올로기 대립의 상징적 공간인 포로수용소의 철조망에서 자살한 누혜의 죽음은 이데올로기 희생양으로서 경계 넘기라는 헌신의 의미를 갖는다. "범은 죽어서 가죽을 남기고 누에는 죽어서 비단을 남긴다."의 교훈에서 가죽과 비단을 활용하는 것은 인간이듯이, 누혜의 죽음이 남긴 교훈은 그것을 되새기면서 성실하게 살아가려고 다짐하는 동호의 실천적 삶의 가치로 미래지향적 민중문화의 성장동력으로 경계 넘기의 헌신적 가치를 환기하는 효과로 이어진다.

누혜는 죽음을 택하였고 동호는 수용소에서 석방됨으로써 삶과 죽음의 경계를 달리하였지만, 동호의 삶에는 누혜에 대한 기억과 죽음의 가치가 체득되었다. 누혜의 비극적 생에 대한 실존 의지가 자살을 선택한 반면, 동호는 삶과 죽음의 공포와 두려움을 어떻게 극복할까 고민하는 선택의 차이를 보여준다. 누혜가 자살한 포로수용소의 철조망은 좌파와 우파라는 이데올로기의 대립이자 남과 북의 분단된 현실의 대립상황과도 연계된다. 분단 조국의 고통과 아픔을 함축하는 포로수용소 철조망에 걸쳐진 누혜의 주검은 삶/죽음, 남/북, 좌파/우파의 대립적 갈등을 초월하고자 하는 실존적 선택이라는 점에서 헌신성의 은유로 읽혀진다. 누혜의 헌신적인 죽음은 분단현실을 극복해야 할 동호의 실천적 삶의 교훈이자 민중문화의 성장동력으로 작용한 셈이다.

　누혜는 인민의 이름으로 자유를 얻고자 하였으나 결국은 죽음으로 삶의 자유를 선택한다. "그런데 거기서는 시체에서 팔다리를 뜯어내고 눈을 뽑고, 귀와 코를 도려냈다. 아니면 바위를 쳐서 으깨어버렸다." 사상 전향이라는 이유로 죽음보다 더 잔인무도한 폭력이 작용하였던 것도 누혜가 죽음을 선택할 수밖에 없었던 원인으로 작용한다. 이데올로기는 노예의 땅을 떠나 자유의 하늘로 향하여 죽어간 누혜의 죽음마저도 난도질한 것이다. 눈, 귀, 코 등이 해체된 누혜의 시체에는 남북이 갈리어 각각의 갈등을 드러낸 동족상잔과 분단현실의 비극이 민중의 헌신적 삶과 죽음의 극적 체험으로 반영되어 있다. 이렇듯 "배추벌레"의 취급을 받은 누혜의 몸에서 자신이 신봉하였던 이데올로기의 꿈은 치욕적인 저주일 수밖에 없었기에, 누혜의 죽음은 이데올로기의 허구성을 폭로하고 삶의 진정한 자유를 모색했던 희생양으로서 의미를 강조하는 효과가 있다. 아래 인용문은 누혜가 자살하기 며칠 전 푸른 하늘을 쳐다보며 동호와 함께 나눈 대화의 내용이다.

　　"자네는 오래 사는 것이 좋아."
　　"왜? 죽는단 말이오?"
　　"아니, 내게는 늙은 어머니가 있소."
　　"……"
　　"모든 줄은 다 끊어버릴 수가 있는데 탯줄만은 정말 질겨. 그것만 끊어

버릴 수 있다면……"

"비단은 남길 수 있단 말이구먼?"

"봉황새가 되어, 용이 되어 저 하늘 저쪽에 가보겠다."(114쪽)

누혜의 말에 내포된 삶의 가치 지향은 이데올로기의 경계를 초월하고자 하였던 자유 의지로 읽혀진다. 푸른 하늘 저쪽을 향한 누혜의 자살은 삶과 죽음의 경계 또는 구획 짓기의 한계다. 경계 짓기의 결과로 삶의 가치를 재단하는 자리에는 폭력적 권력이 작동할 수밖에 없다. 누혜는 전쟁의 폭력으로 인한 현실 세계의 거짓과 폭력을 완전하게 제거할 수 없다는 점을 인식한 것이다. 그가 바라보고 지향하였던 푸른 하늘은 평화의 세계지만 이데올로기의 폭력은 편 가르기로 인권을 짓밟았다. 이처럼 경계 짓기로 인권을 유린한 이데올로기의 폭력성을 폭로한 누혜가, 꿈꾸었던 푸른 하늘의 자유는 누혜가 죽은 후 동호의 실천적 삶의 가능성으로 열려진 것이다.

다음으로, 전신으로서 경계의 은유는 고양이의 눈이 유서의 눈이 되고 유서의 눈이 누혜의 눈이 되고 누혜의 눈이 동호의 눈이 되는 존재성의 변모 과정으로 읽혀진다. 하꼬방 한쪽에서 동호를 바라보는 고양이의 눈은 유서의 눈이 되고, 누혜의 눈이 되는 삶과 죽음의 경계 속에서도 죽음으로서 "자유를 추구하려는 실존 의지"가 누혜의 눈에서 동호의 눈으로 전이된다. 누혜의 죽음을 통한 자유의 실현의지가 동호의 전신으로서 헌신성을 내포한다. 우화에서 바깥 세계로 나가려는 토끼의 도전적이며 헌신적 행위가 누혜가 추구하는 자유의 의미라면, 그 이후 삶의 실천적 가치는 동호의 삶에 부여된 것과 같은 맥락이다.

한편, 누혜의 유서는 누혜가 죽음 앞에 머뭇거렸던 경계로서 어머니의 헌신성을 함축적으로 보여준다. 자유를 향한 누혜의 헌신에서 머뭇거림이 있었다면, 그것은 아들 누혜만을 위한 삶을 살았던 어머니의 희생이었다. 누혜에게 어머니는 그의 삶을 구속하는 마지막 의미였지만, 누혜는 어머니도 죽는다는 사실을 곱씹으며 자살을 결심하였다. 죽는 순간까지 누혜에게 어머니는 극복되지 않은 구속이었기에 죽음으로 인한 온전한 자유를 누릴 수가 없을 정도였다. 동호는 누혜의 죽음에서 어머니의 희생적 삶이 구속임을 알기 때문에 포로수용소에서 나와 누혜 어머니를 찾아가고 결국 누혜 어머니를 죽임으로써 누혜의 죽음에 온전한 자유를 부여하고자 한다. 이처럼 동호의 몸은 누혜가 되어 누혜 어머니를 바라보고 세상을 바라보는 경계에 선 헌신으로서 누혜의 죽음에 참 자유를 부여한다.

그렇지만 서사에서 반복되는 "무엇보다도 성실하게 살아야 한다"는 동호의 다짐은 누혜의 자살에 대한 맹목적인 승인도 추종도 아니다. 그것은 누혜가 선택하였던 실존적 자유의지로서 자살이라는 희생양적 가치를 토대로 성실한 삶을 실천하고자 하는 실존적 다짐이자 의지의 표명으로 민중문화를 선도하는 공간지향인 셈이다.

한편으로 철조망에서 죽음을 선택한 누혜의 몸은 동굴 바깥 세계로의 모험을 떠났지만, 이상적 세계에 도달하지도 못한 채 동굴 안팎의 경계에서 꼼짝없이 죽음을 맞게 되는 토끼의 운명과 동일하게 파악되는 전신으로서 경계의 의미를 내포한다. 물론 누혜가 바라보았던 푸른 하늘의 자유는 지상의 삶을 초월하기 위한 대안적 가치지향이다. 이는 토끼 우화에서 토끼들의 후예들이 토끼를 바라보는 가치와 상응한다. 누혜의 삶과 죽음의 흔적은 "자유의 버섯"(88쪽)으로 작용한다. 토끼의 후예들은 자신들의 현실 세계를 반성하는 차원에서 희생양으로서 토끼가 남긴 죽음의 가치를 "자유의 버섯"으로 본다.

이러한 측면에서 "자유의 버섯"으로 함축된 전신으로서 경계의 은유는 후세의 삶에 실존적 삶의 교훈을 주겠다는 누혜의 죽음으로 헌신성을 환기한다. 자유의 세계를 향한 토끼의 노력과 상응하는 누혜의 자유로운 삶은 좌절되었지만, 그가 자살로 추구하였던 꿈과 도전은 다음 세대의 귀감이 되었다. 후예들에게 추앙을 받은 "자유의 버섯"의 은유로서 누혜의 죽음은 대립과 반목을 초월하고자 한 누혜의 실존적 선택이라는 점에서 후세들에게 실천적 삶의 교훈을 반성하는 민중 문화 동력의 당위성을 확보한다.

이렇듯 전신의 은유는 이데올로기에 희생된 누혜의 헌신적 삶과 죽음의 가치로 전후현실을 반성하는 동시에, 분단현실을 극복할 민중문화의 가치를 동호의 성실한 삶의 공간지향성으로 환기한다. 이데올로기의 대립으로 인한 삶과 죽음의 경계에서 선택한 누혜의 죽음이 참 자유를 지향한 동호의 성실한 삶을 이어진, 헌신적 가치로 해명될 수 있기 때문이다. 대립적 이데올로기와 갈등을 해소하고 경계를 초월할 수 있는 분단극복의 가능성으로서 민중문화의 가치야말로 독자에게 열려진 실천적 삶의 방향성을 볼 수 있는 까닭이다. 요컨대, 「요한시집」에서 내포된 전신으로서 경계의 은유는 이데올로기의 대립과 반목을 반성하는 지점에서 분단현실을 극복할 수 있는 공존과 소통의 창조적 가치로서 민중문화에 맞닿는 헌신성을 성실한 삶의 가치로 환기하는 효과로 볼 수 있다.

4. 비인(非人)의 인지경로와 세계의 통합성

물리적 대상(특히 우리 자신의 몸)에 대한 우리의 경험은 매우 광범위하고 다양한 존재론적 은유-즉 사건, 활동, 정서, 생각 등을 개체 또는 물질로 간주하는 방식인-의 근거를 제공한다."[30] 물리적 대상이나 물질에 대한 우리의 경험은 단순한 지향성을 넘어서는, 이해의 보다 더 심오한 근거를 제공[31]하는 점에서 존재론적 은유는 작가의 세계인식을 독자 수용의 새로운 가치 창조로 확장하게 된다. 작품에 함축된 존재론적 은유[32]를 살펴보면, 인간의 몸이 아닌 비인으로서 세계 인식은 동식물과 사물 그리고 자연 등의 근원적 경험을 확장함으로써 부정적 인간성과 인간 문명을 해체하는 새로운 가치 창조로서 민중문화의 통합성을 환기한다.

작품에 나타난 몸의 궁극적 이해로서 비인간성을 추구하는 존재론적 은유는 동물성, 자연성, 물질성 등으로 민중문화의 지평을 확장하는 의미가 있다. '비인'[33]으로서 세계의 은유를 '전신'으로서 경계의 의미와 구분되는데 있어 이 작품의 주인공이 누혜가 아닌 동호라고 한 작가의 발언[34]은 시사적 의미를 갖는다. 작품에 부각된 비인의 은유는 누혜의 죽음

---

30) G 레이코프 & 존슨, 노양진 · 나익주 역, 앞의 책, 59쪽.

31) 우리는 대상과 물질의 관점에서 우리의 경험을 이해함으로써 경험의 부분을 선택하고, 그것을 동일한 종류의 분리된 대상이나 물질로 다룰 수 있게 된다. 위의 책, 58쪽.

32) 존재론적 은유는 물리적 대상에 대한 경험을 사건, 활동, 정서, 생각 등을 개체 또는 물질로 간주하는 방식이다. 위의 책, 21-71쪽.

33) 이 논문에서 비인의 의미는 인간으로서 몸이 인간이 아닌 다른 생명체 내지는 사물과 자연으로 반성되는 과정을 통하여 부정적 인간성과 인간 문명을 해체함으로써 새로운 세계의 창조적 가치를 통합하는 존재성의 의미로 확장할 것이다.

34) 요한시집의 주인공은 동호이다. 서장에서 그쳤으니 누혜가 주인공으로 보일 수도 있지만 누혜는 요한적인 존재이고 「요한시집」은 동호가 자유의 시체 속에서 순화되어 탄생하는 과정을 그리려고 한 것이다. 그러나 내일 아침 해는 남에서 떠오를지 서에

자체보다, 누혜의 죽음을 반성하는 동호의 실존적 삶의 의미로 성실의 가치를 민중문화의 영역 확장으로 보여주기 때문이다. 동호의 미래지향적 삶으로서 성실의 가치를 내포하는 비인으로서 은유가 확장되는 과정은 토끼 우화에서부터 서사 전반에 걸친 동물과 식물의 이름에서도 드러난다. 이러한 맥락에서 비인의 은유는 주로 동호의 의식을 통하여 확장되지만 그 뿌리는 작가의 창조적 삶의 가치와 닿아 있는 기체 즉 연기 같은 물질적 상상력으로 볼 수 있다.

동호의 기억 속에 동호가 포로가 된 순간의 물질적 확장은 "삼백년 묵었으리라 싶은 돌배나무"와 "천지가 육시를 당"한 순간으로 성실한 삶을 함축하는 은유로 기능한다. "얼마 후, 나는 여기저기 살이 찢어져 피를 줄줄 흘리면서 닭다리를 손에 꼭 쥔 채로 '일요일의 포로'가 된 내 동호를 거기에서 발견했다."(97쪽) 포로가 되는 순간의 충격이 삼백년 묵은 나무의 생명력과 자연의 물질성으로 확장된다. 그전과는 다른 "'일요일의 포로'가 된 내 동호"로 자신의 억압된 존재성을 극화하기 위하여 "삼백년 묵었으리라 싶은 돌배나무"와 "천지가 육시를 당"한 순간의 충격을 연기와 같은 기체의 순간적 속성으로 통섭한 것이다. 자유가 억압된 포로의 실존적 의미가 식물성과 자연성의 물질적 속성으로 통섭됨으로써 새로운 세계의 성실을 창조하는 가치로서 사람과 죽음의 통합성으로 존재론적 의미를 생성한 것이다.

내 뒤에서는 고양이가 쥐를 잡아먹고 있는 것이다. 내 앞에는 노파가 죽음의 판대기에 못박혀 있다. 나는 두 개의 죽음 사이에 끼여 있다. 그 바늘

서 떠오를지 아직은 모를 것으로 끝난다. 장용학, 「실존과 요한시집」, 『한국전후문제작품집』, 신구문화사, 1964, 402쪽.

끝 같은 절벽 끝에서 굴러떨어지지 않겠다고 나는 노파의 손목에 매달려 어린애처럼 '어머니'를 불렀다. 그 소리에 나는 내가 정말 그의 아들이 된 것 같았고 동호는 누혜인 것만 같기도 했다. 저기에 '1+1=2'의 세계가 있는 것처럼 '1+1=3'의 새로운 가치는 쥐와 고양이의 동물적 속성으로 비인의 존재를 통합한 세계가 있어도 좋다.(105쪽)

누혜 어머니가 쥐를 빼앗기고 발악을 하다 숨이 잦아지는 동안, 동호는 누혜가 되어 노파를 바라본다. 동호와 노파의 만남은 '1+1=2'의 세계나 동호가 곧 누혜의 정체성을 반영하는 점을 고려할 때는 '1+1=3'의 또 다른 생명체의 통합적 생명력을 보여준다. 기존 세계의 질서를 해체하는 생명력의 통합적 차원에서 작중 인물의 의식과 무의식은 고양이와 쥐의 동물성으로도 확장된다. 여기에서, 고양이 몸의 은유는 누혜의 전신으로 작용하기에, 고양이에게 어머니를 부양하여야 누혜의 역할이 부여된 것이다. 고양이가 잡아 온 쥐를 먹으며 연명하는 노파의 모습에서는 생존을 위한 인간의 몸이 동물성으로 통섭됨으로써 인간성과 인간 문명의 부정성이 동물과 자연의 물질적 속성으로 정화되는 가능성을 볼 수 있다.

동호는 고양이가 온 쥐를 먹고 목숨을 이어 가는 누혜 어머니의 비참한 생존을 목격하면서 짐승만도 못한 삶을 연명해야 하는 인간의 차별적 삶에 대한 깊은 회의를 비인의 전신성으로 반사한다. "산기슭에서는 셰퍼드가 지 쇠고기를 먹고 있는데 이 못난 병신이!"(104쪽) 동호의 자괴감은 "이 땅에 인간다운 인간, 전능한 신이란 과연 존재하는가"[35]의 반성에 이어 새롭게 확장된 세계의 물질적 속성으로 전후 새로운 세계를 선도할 민중문화

---

35) 최성실, 「장용학 소설의 반전인식과 개인주의적 아나키즘 특성연구」, 『우리말글』37집, 2006, 8, 411쪽.

의 통합적 존재성을 반성하는 동기로 작용한다.

동호의 의식으로 재현되는 비인으로서 부정적 인간성을 극복할 민중문화의 융합적 가치는 다음과 같이 동식물의 속성으로 새로운 세계의 가치 창조로서 통합성을 환기한다. "꿀꿀 꿀꿀, 거리로 덮어든다. 뒤진다. 썩은 것을 훑는다… 백만 인구를 자랑하던 공민사회(公民社會)는 삽시간에 허허벌판이 되었다." (107쪽) 돼지가 인간 세계를 뒤엎는 비인간성의 확장으로서 통섭은 전후 황폐한 삶을 살아가는 민중들의 실존적 비극을 내포한다. 돼지의 색깔은 다양하다. "도살장을 부수고 쏟아져나온 돼지의 대군이 하늘 아래를 까맣게 덮었다." 이와 같이 비인으로서 민중문화로 확장되는 새로운 세계의 은유는 전쟁의 폭력 앞에 무기력한 인간성을 동물성으로 통섭하는 효과를 낳는다.

이렇듯, 동호의 의식에서 비인으로서 세계의 은유는 돼지의 저항에서 나무의 행진으로 이동되며 성실한 삶의 가치를 환기한다. "페스트가 지나간 이 터전을 향하여 소리 없는 행진이 나타났다. 나무의 행렬. 나무들이 진주해 온다. 대추나무 · 회나무 · 잣나무 · 느릅나물 · 이깔나무 · 소나무 · 보리수 · 계수나무……사전(辭典)에서 해방된 모든 나무들이 천천히 걸어 들어온다."(108쪽) "페스트가 지나간 이 터전"이 전후 현실이라면, 나무의 속성은 민중들의 삶과 맞닿는 성실의 가치로 인지된다. 나무의 "소리 없는 행진"은 묵묵하게 소시민적 삶을 살아가는 민중들의 성실한 발걸음으로 이어지는 실천적 연대의 가치다. 민중들의 주체적 삶의 모여 '그늘을 짓는' 연대가 이뤄진다. "고요하다. 아주 고요하다. 낙원이다. 낙원이 고요하다." 그것은 칼과 총을 부리지 않는 평화의 혁명과 유사한 식물적 생명력의 뿌리내림과 유사한 민중문화의 저항적 통합성의 가치로서 성실을 환기한다.

또한, "백정이 감찰(鑑札)을 잃어버린 메리의 모가지를 갈구리로 걸어서 질질 끌고 간 것이 슬퍼서였겠다."(107쪽)에 내포된 동물적 세계의 은유는 아홉 살 때 백정이 개를 끌고 가는 시간을 지나 나뭇가지를 타고 침입해 들어오는 원인(猿人)으로 문명세계를 해체하는 효과를 확장한다. "아직 쭉 펴지 못하는 허리에 차고 있는 것은 또 그 돌도끼이고 손에는 횃불이다."(108쪽) 원인(猿人)의 세계로서 은유는 허리에 차고 있는 돌도끼의 노동과 손에 든 횃불의 자유로 권력에 저항하는 민중의 역사성으로 구석기와 신석기의 선사시대까지를 돌의 물질성으로 포괄하는 통합적 존재성을 환기한다. 새 세계의 희망으로서 원인(猿人)의 노동과 자유의 주체적 성취로 진화론적 역사를 민중문화의 물질적 속성인 통합성으로 환기한 것이다.

더 나아가, '눈'이라는 자연 현상에까지 확장된 세계의 은유에서는 부정적인 인간문명의 역사를 해체하고 새로운 세계의 창조적 가치로서 액체의 물질성으로 통합성이 강조된다. "바깥세계에서는 눈이 시름없이 내리고 있는데, 이런 역사(歷史)는 그만하고 그쳤으면 좋겠다." 바깥세계에서 내린 눈은 새로운 역사다. "세계는 눈이 되었다. 모든 세계는 눈으로 덮이고 공기가 걷히고 바람이 죽었다. 눈 속이 세상이다. 생물교본을 고쳐야 한다."(109쪽) 세계가 눈이 되어버린 새로운 역사의 변화는 생물교본을 고쳐야 하는 생태계의 혁명으로 액체의 물질성으로 모든 존재가 동일하다는 가치 공유로서 민중문화의 존재론적 의미를 환기하는 효과다. 눈을 마시고 사는 새살림이 시작되면서 공기를 마시고 살았다는 것을 잊어버릴 생태계의 혁명을 통해서도 차이와 차별로 존재성을 구분한 기존문명이 해체되는 새로운 미래 세계의 통합적 가치가 민중문화의 혁신적 가치로 환기된 것이다.

이렇듯 동호의 의식에서 누혜 몸의 은유는 비인으로서 세계의 존재성을 다각적으로 연상하며 과거와 현재 미래를 통섭하는 의미를 파장한다. 그것은 돼지들의 세상, 돼지 우는 소리, 나무들의 행렬, 아홉 살 때 백정이 끌고 간 개 '메리'의 모습, 나뭇가지를 타고 침입해 오는 원인(猿人), 온 세상에 눈이 오는 모습을 거쳐 눈 먼 도승(道僧)의 모습 등으로 새로운 세계가 동일한 존재성으로 하나된 민중문화의 가치로 전망된다. 과거의 회상과 상상의 이미지가 혼재된 동호의 의식은 인간 중심적인 몸의 사유에서 벗어나 유목민적 몸의 사유로서 비인으로서 세계의 의미를 확장함으로써 부정적 인간성과 인간의 문명을 해체하는 새로운 물질과 시간의 가치로서 민중문화의 통합성을 창조하는 효과를 낳는다.

또한 비인의 은유는 텍스트에 부각된 사람과 동식물 그리고 온갖 사물의 이름으로도 환기된다. 예컨대, 누혜의 이름은 자유를 기원하는 몸의 은유다. 즉 누에고치로부터 탈피하여 나비처럼 자유로운 삶을 살아가기를 바라는 뜻을 반영한다. 누혜가 자살하기 전날 밤, 누혜는 동호를 껴안고 동성애적 포즈를 취하면서 동호에게 자신을 엊저녁 꿈에 어떤 여자가 껴안았다고 고백한다. 그 순간 동호는 "구렁이에게 잡힌 개구리처럼 꼼짝을 못했다."(115쪽) 누혜의 몸은 구렁이로, 동호 자신의 몸이 개구리로 변화되는 동물의 물질성으로 은유됨으로서 인간 관계를 바라보는 기존 관습이 해체된다. 누혜는 꿈에서 자신을 껴안았던 여인이 요한의 모가지를 탐냈던 살로메였다고 고백하고, 누혜가 밀친 동호의 몸은 날개 없는 열매로 은유된다.

"나의 열매는 익었다. 그러나 내가 나의 열매를 감당할 만큼 익지 못했다…… 영원히 익지 못할 것이다! 내게는 날개가 없다."(116쪽) 누혜 몸에서 "툭 떠밀어"진 동호의 육체는 "강간을 당한 것처럼 보잘것없는 것으로 흐무러지는 것”으로 부정적 인간성에 대한 비판의식을 비인간적 존재성과 통합된 물질성으로 확장한다. 이처럼 요한의 존재성과 대응하는 비인으로서 누혜 몸은 전쟁의 폭력 앞에서 무너져 버린 인간성에 대한 믿음에서 벗어나 인간 존재에 대한 근원적 탐색으로 자유를 추구한 반면에 동호의 몸은 누혜와는 달리 죽음의 자유로 날아갈 날개가 없기 때문에 지상에서 삶을 예수의 실천적 삶과 같은 구원으로 열매 맺어야 하는 성실의 고뇌를 나무의 속성과 닮은 물과 공기, 흙, 햇빛 등의 물질성으로 환기한다.

한편 동호는 누혜 어머니를 죽인 후, 부정적 실존으로서 인간성을 동물적 물질 세계의 확장으로 폭로함으로써 속죄양의 가치로서 창조적 희망의 통합성을 환기한다. 어둠 속 고양이는 누혜의 눈으로 노파를 죽인 동호를 본다. 동호는 고양이가 물어다 준 죽은 쥐를 먹으며 연명한 누혜의 어머니를 죽인 것이다. 고양이는 누혜의 존재성과 등가다. 동호는 누혜를 낳고 키운 주인격인 어머니를 죽인 죄의식을 폭로한다. “까마귀가 황혼을 울던 나뭇가지에 두 눈알이 켜져 있”는 것에서 동호의 죄의식이 나무의 생명력으로 부각된다. “저주와 복수를 자아내던 두 눈빛이 갈라지면서 그 주위에 둥그스름한 윤곽이 떠”오르듯이 동호는 새로운 세계를 본다. 그것은 “달이 둥글게 꿈틀거리면서 구름 사이를 비비고 나온 것”(126쪽) 같이 절망 속의 희망을 비추는 빛의 물질성으로 새로운 민중문화가 전망되는 시간이다. 절망을 딛고 떠오르는 삶의 희망은 부정적인 인간성과 인간문명을 해체하는 궁극에서 새로운 세계의 실천적 삶의 가치로서 민중문화와 맞닿는 물질적 통합성을 환기한다.

요컨대, 동호의 의식 속에 함축된 비인으로서 세계의 은유는 누혜와 누혜어머니의 죽음까지 담보하여 할 동호의 실천적 삶의 성실한 의미를 암흑과 같은 현실의 절망에서 희망의 빛을 탐색한 생명력의 저항의지로서 민중문화의 존재론적 의미를 함축한다. 새로운 민중문화가 대동(大同)의 존재론적 의미로 전망되는 은유세계이다. 표제에서도 반영되었듯 이 메시아를 준비한 요한의 삶과 죽음을 함축하는 누혜의 죽음이 내포한 시집의 창조적 은유는 예수의 구원과 같이 빛으로 민중문화를 선도하여야 할 동호의 실천적 삶의 성실이 통합적 가치로 열려 있음을 보여준다. 이렇듯 비인으로서 세계의 은유는 이데올로기의 반목과 전쟁의 폭력으로 드러난 부정적 인간성과 인간문명을 해체하는 비인간성의 존재론적 유사성들을 대동세계 인식으로 통섭함으로써 새로운 세계의 희망찬 민중문화를 전망하는 통합성을 환기한다.

5. 맺음말

이 글은 1950년대 장용학의 「요한시집」에 함축된 몸의 은유체계를 분석하는 방법으로 전쟁의 트라우마를 극복한 소설쓰기로 전후 새로운 존재의식을 전망한 전후 작가의 현실인식을 조명함으로써 분단현실의 미래지향적 방향성을 모색하였다. 텍스트에 내포된 몸의 개념적 은유와 유사성의 창조적 은유를 통섭하는 측면에서 작가의식과 분단현실의 미래지향적 가치와 맞닿는 민중문화의 추동력을 파악하면 다음과 같다.

첫째, 감각의 은유는 동굴의 모성성을 함축하는데, 그 의미는 전쟁의 고통과 아픔을 치유함으로써 훼손된 역사성의 회복을 꾀하는 작가의 현실인식을 내포한다. 감각으로 읽혀지는 동굴의 모성성은 충격적이고 비정상적인 이데올로기 대립과 전쟁의 폭력성을 고발하는 동시에 전쟁의 상처를 치유하는 시간성을 환기하는 효과가 있다. 둘째, 전신의 은유는 경계의 헌신성을 함축하는데, 그 의미는 이데올로기의 반목과 대립으로 죽음의 자유를 선택한 누혜의 실존적 비극을 통하여 대립과 분단의 희생양으로서 자유로운 삶의 의지로서 선택적 의미를 강조한다. 전신으로 읽혀지는 경계의 헌신성은 포로수용소 철조망에서 자살한 누혜의 실존적 의지를 통하여 이데올로기의 대립과 분단을 초월한 자유 의지를 환기시키는 효과가 있다. 셋째, 비인의 은유는 세계의 통합성을 함축하는데, 그 의미는 인간이 아닌 동물과 식물, 사물과 자연현상 등의 비인간적 물질성을 부각시킴으로써 인간과 인간문명의 부정성으로서 현실비판을 내포한다. 비인으로 읽혀지는 세계의 통합성은 부정적 인간문명을 비인간성을 통섭한 성실의 존재가치로 확장하는 지점에서 전후현실의 절망을 딛고 새롭게 창조하여야 할 미래지향적 세계의 희망으로서 대동세계 인식을 물질적 통합성으로 역설하는 효과가 있다.

결론적으로 「요한 시집」에 내포된 감각으로서 동굴, 전신으로서 경계, 비인으로서 세계로 드러난 몸의 은유는 모성성, 헌신성, 통합성 등으로 전쟁의 폭력과 전후 현실의 비극을 극복할 수 있는 전망으로 새 시대를 열어갈 민중문화를 전망하였던 작가의식과 관련이 깊다. 이처럼 본 논문은 「요한시집」에 함축된 몸의 은유를 분석하는 방법으로 전쟁의 참상과 역사적 의미를 넘어 전쟁 후 새로운 희망으로 미래지향적 민중문화의 빛을 밝힌 의의가 있다.

제2장

서기원 전후소설로 본
민중문화의 은유

「이 성숙한 밤의 포옹」으로 본
민중문화의 인지구성

1. 머리말

　"서기원은 그의 전후 소설에서 개인이 전쟁이라는 외적 환경과 맞닥뜨렸을 때 어떠한 내적 환경의 작용에 의해 어떤 행동을 선택하는지, 혹은 그러한 전쟁체험에 의해 개인의 삶이 어떻게 굴절되는지 치밀한 문체로 묘사하였다. 그리하여 전쟁을 겪은 개인과 사회가 어떻게 일상적인 모습으로 회복해 가는지를 드러내었다."[1] 이렇듯, 서기원의 전후소설은 한국전쟁을 체험한 주인공이 전장에서 탈출하여 일상적인 삶으로 복귀하는 과정에서 겪는 정신적 갈등[2]을 보여주는 심층에서 민중문화의 성장 동

---

1) 서기원은 1956년 『현대문학』에 단편소설 「안락사론(安樂死論)」으로, 같은 해 「암사지도(暗射地圖)」가 추천 완료되어 등단하였다. 1950년 「오늘과 내일」로 현대문학 신인상을 수상하였고, 1961년 「이 성숙한 밤의 포옹」으로 제5회 동인문학상 후보작에 선정되었다. 서기원을 1950년대 주요한 전후세대 작가의 한 사람으로 꼽는 이유는 한국전쟁 체험을 형상화하는 서기원 나름의 개성을 성공적이라고 보는 데서 기인한다. 배경열, 「서기원 초기소설의 특질」, 『배달말』, 2001, 110-111쪽 참조.
2) 김종욱, 「서기원의 초기 소설에 나타난 자기 모멸과 고백의 욕망」, 『한국근대문학연구』, 한국근대문학회, 2001, 16쪽.

력을 제시한 점에서 주목받을 만하다. 소설의 서사에서 부각되는 주인공의 전쟁 트라우마와 그 극복 과정은 전후 민중문화의 저항과 혁신을 이해할 수 있는 단초로 작용한다. 그러므로 본 연구는 서기원의 대표작으로 정평 받아온 「이 성숙한 밤의 포옹」[3]에 함축된 민중문화의 은유와 맞닿는 트라우마의 인지구성을 통하여 전후 민중문화의 성장 동력을 다각적으로 조명하고자 한다.

이러한 관점으로 필자는 「이 성숙한 밤의 포옹」 소설에서 발견되는 민중문화[4]의 의미를 작중인물의 경험, 의식으로 드러난 개별 내지는 사회적 갈등의 의미가 당대 전후 사회 문화와 어떻게 관련되는 지를 고찰하는 측면으로 한정할 것이다. 탈영병인 주인공의 경험과 의식은 전쟁 상황의 위계질서에 대한 일탈의 경험으로 시간의 파괴와 더불어 생명의 재생을 꾀하는 측면에서 전쟁을 초래한 지배층의 이데올로기에 대항하는 전복적이면서도 전도 가능한 민중문화의 속성을 내포하기 때문이다. 따라서 「이 성숙한 밤의 포옹」에서 민중 문화적 요소를 해명하는 작업은 주인공의 탈영이라는 이탈이 종속계급 혹은 피지배계급의 현실탈주와 저

---

3) 본 논문의 텍스트는 『이 성숙한 밤의 포옹』(삼중당문고, 1977)에 실린 「이 성숙한 밤의 포옹」으로 한다. 서기원, 『이 성숙한 밤의 포옹』, 삼중당문고, 1977.

4) 민중문화란 종속계급 혹은 피지배 계급의 삶과 일상적 정서에 근거를 둔 문화를 지칭한다. 민중문화는 민중의 태도 · 일상 · 행동 코드 등의 복합물이며, 정신공간(사상 · 신앙 · 세계관)의 표현물이다. 근대 이후에는 지배계급의 공식문화 혹은 교양계층의 문화에 대립하는 저항적 의미를 지닌 것으로 해석된다. 대중문화에 대항하는 운동으로서의 민중문화는 역사적 억압 속에서도 면면히 이어온 민중의 창조적 저항정신과 연관해 대항적 의미가 강조되고 있다. 바흐친(Michael Bakhtin)은 사육제(謝肉祭)에 나타난 민중문화의 특징을 다산(多産)과 풍요를 찬미하며, 축제의 공간에서 혁명적 전복을 기획하는 것으로 정리한다. 축제 공간에서는 모든 가치와 위계질서에 대한 익살맞은 전도가 가능하며, 시간의 파괴와 재생을 반복하는 우주론적 감각이 유감없이 발휘된다. 한국문학평가협회 편, 『문학비평용어사전』, 국학자료원, 2006 참조.

항의식이 전쟁 트라우마와 관련되어 있을 뿐만 아니라 그것을 극복하는 은유적 과정임을 해명하는 길이 될 수 있을 것이다.

이 작품의 서사에서 부각된 트라우마 극복 과정을 통해서는 한국 전쟁의 충격적 상처와 흔적의 기록뿐만 아니라 그것을 치유할 수 있는 가능성을 민중문화의 관점으로 볼 수 있다. 개인적 상처를 경유해서 이야기될 수밖에 없을 만큼 경험적 고백적 성격을 띤 이 소설세계의 독창성은 한국전쟁이 빚어낸 피해자로서의 작가의식과 인식론적 허무주의를 극복하려는 시도라는 점에서 긍정적이다.[5] 이 작품을 통하여 작가 서기원은 "결코 희망을 잃지 않는 주인공의 의지를 보여줌으로써 패배적인 자조적 결말이나 존재론적 허무에 귀착하지 않는"[6] 반성적 세계관으로 트라우마 극복의 방향성을 제시한다. 또한 "전후소설에서 중요하게 나타나는 것은 전후세계의 허무와 절망에 대한 상황 설명이 아니라 그러한 상황의 인식으로서의 그들이 새로운 질서를 갈구하여 어떻게 몸부림치고 있는가 하는 것"[7]을 소설에 형상화한 작가의식과 맞닿아 있는 미래 지향적 민중문화 의식을 엿볼 수 있다.

서기원의 소설에 대한 선행연구는 첫째, 작가론적 시각으로 고찰한 연구, 둘째, 주제론적 시각으로 전쟁 고백의 특성을 천착한 연구, 셋째, 전후문학과 실존주의 문학의 상관성을 규명한 연구 등에서 의미 있는 성과를 이루었다.[8] 선행연구의 몇 가지 아쉬운 점은 첫째, 소설에 드러난 전

---

5) 배경열, 앞의 논문, 110쪽 참조.
6) 이호규, 앞의 논문, 38-39쪽.
7) 서기원, 『한국현대문학전집(35권)』제35권, 삼성출판사, 1978, 해설.
8) 홍사중, 「황량한 마음의 풍경」, 『현대한국문학전집』7, 신구문화사, 1966; 유종호, 「전쟁 체험의 지적 처리」, 『현대한국문학전집』 7, 신구문화사, 1966; 천상병, 「구질서에의 안티테제」, 『현대한국문학전집』 7, 신구문화사, 1981; 성민엽, 「역사에의 환멸

쟁의 경험과 기억을 '소설의 허구적 성격[9]'의 재현으로 보기보다는 민족 수난과 실존적 비극으로 환원하는 객관적인 견해가 보편화되어 있는 점, 둘째, 민중의 저항의식 내지는 전쟁 트라우마에 대한 해석이 단순화되어 있는 점, 셋째, 전쟁 트라우마 치유와 극복 의지에 대한 민중문화의 방법론적 적용이 취약한 점 등으로 파악된다. 특히 「이 성숙한 밤의 포옹」에 대한 선행 연구는 서기원의 초기 소설[10] 연구로 포괄된 바, 소설 구성의 정보체계에 대한 본격적인 의미가 천착되지는 못하였다.

이러한 문제의식으로 본 논문은 「이 성숙한 밤의 포옹」 소설에 드러난 트라우마 극복의 과정을 민중문화의 시각으로 들여다 보고자 한다. 소설의 정보체계는 전쟁 체험의 문학, 전쟁에서 젊은이들의 죽음과 성장에 대한 증언의 문학, 전쟁을 겪은 젊은이가 현실에서 어떻게 패배하고 혹은 극복하는 치유의 문학으로[11] 한국 전후문학의 특성을 함축한다. "전쟁이 가져 온 정신적 공황 상태와 현실적인 생존의 고통, 허무적 세계관 등 전후 세대 작가들의 특징을 고스란히 보여주면서도 그러한 특징 속에 드러나는 있는 현실과의 끊임없는 소통, 그것을 통한 새로운 삶에 대한

과 풍자」, 『전야제』, 책세상, 1988; 김훈, 「서기원론」, 『한국현대작가연구』, 민음사, 1989; 이주형 외, 「서기원론」, 『한국 현대작가 연구』, 민음사, 1989; 이현경, 「서기원 소설 연구」, 고려대학교 대학원 석사학위 논문, 1994; 차혜영, 「서기원의 1950년대 소설」, 『한양어문연구』, 1995; 문흥술, 「전후의 병리학적 지도와 새로운 전망 모색」, 『현대문학』, 1997, 11; 배경열, 「서기원 초기소설의 특질」, 『배달말』, 2001, 117-118쪽; 김종욱, 「서기원의 초기 소설에 나타난 자기 모멸과 고백의 양상」, 『한국근대문학연구』, 한국근대문학회, 2001, 161-186쪽; 이호규, 「서기원 1950-60년대 초기 소설 연구」, 『새얼 語文論集』제18집, 2006, 29-43쪽.

9) 소설의 허구적 성격은 작가의 자전적 경험을 다룬 자전적 소설이나 역사적 사실에서 소재를 취해온 역사소설에도 그대로 적용된다. 송명희, 『현대소설의 이론과 분석』, 푸른사상사, 2006, 45쪽.

10) 배경열, 앞의 논문, 117-118쪽.

11) 김윤식, 앞의 글, 1969. 10.

의지와 극복에 대한 소망 등은 서기원으로 하여금 더욱 현실과 역사에 대한 비판적 작품을 생산하게 한 근본적 요인"[12]이자, 다른 전후 작가들과 차이를 보여주는 민중문화의 추동력으로 이해될 수 있다.

한국전쟁은 개인의 한계를 넘어선 재난이었고, 불의의 타격이었다.[13] 그것은 민족 내부의 이데올로기 대립과 국제 사회의 냉전 논리가 야기한 동족상잔이었다. 이로 인한 후유증은 물적 인적 피해뿐만 아니라, 정신적 피해를 유발시켰다. 특히 1950-60년대는 우리 한국인의 삶 전체가 전쟁 충격증인 〈셸 쇼크 Shell Shock〉의 대량적인 충격에 의한 신체적, 정신적 손상에 휩쓸린다.[14] 전쟁이라는 외상적 사건은 사후적인 상징화의 효과로서 외상적 의미가 부여되는 '의미 없는 중립적 사건'이 아니라, 외상적 사건 그 자체가 심각한 트라우마 증상을 낳고, 이 증상이 트라우마 사건의 실재성을 드러내는 '상호구속적인 관계'에 있다고 볼 수 있기 때문이다.[15] 이러한 상호구속성을 구체적으로 규정하는 것은 외상 사건 이후, 개인의 심리적 탄력성의 차이와 사회적 지위의 차이, 그리고 사회체제 및 사회문화의 성격에 달려 있다.[16] 이처럼 전쟁의 트라우마는 전후 사회 구성원 사이에서 공유되는 보편적 문화의 특징을 해명할 수 있는 근거로 작용한다.

이러한 맥락에서 한국전후 소설에서 트라우마의 징후와 그 극복 과정으로 포착되는 민중문화의 시각은 작중 인물들의 경험과 갈등 그리고 의

---

12) 이호규, 앞의 논문, 30쪽.
13) 이호규, 「서기원 1950-60년대 초기 소설 연구」, 『새얼 語文論集』제18집, 29쪽.
14) 이재선, 『현대소설의 서사시학』, 학연사, 2002, 337-338쪽 참조.
15) 알렌 저, 『트라우마의 치유』, 권정혜 등 역, 학지사, 2010, 266쪽 참조.
16) 이병수, 「분단 트라우마의 성격과 윤리적 고찰」, 『시대와 철학』제22권 1호, 2011, 158쪽.

식이 전후 사회 문화의 기층적 이미지를 카니발적인 분위기로 환기하는 점에서 '실존적 민중문화'[17]의 역동성과 상관을 보여줄 수 있을 것이다. 소설 심층의미로서 트라우마 극복 과정은 주체가 무의식의 세계 안에 공고하게 저장된 원초적인 기억들을 의식 안으로서 끌어와 그 내용에 대하여 각성하는 작가의 전쟁체험의 불안[18]이 승화되는 과정으로 이해될 수도 있다. 서사에 드러난 전쟁 트라우마의 징후로서 민중문화의 시각은 관습적인 삶의 일상보다는 변형되고 왜곡된 비정상적 삶의 전환으로 그로테스크한 삶의 공포와 불안이 승화되는 과정으로 읽혀진다. 특히 서사 전개의 주축이 되는 탈영의 현실저항 의식은 전후 민중들의 리얼리즘적 생존과 성장의 경험으로 구체화되면서 그로테스크한 민중 문화의 역동성을 반영한다. 이에 따라 필자는 「이 성숙한 밤의 포옹」 작품 세계에 재현된 트라우마 극복 과정에서 살펴지는 탈영, 생존, 성장 등의 복합적 의미를 민중문화의 역동적인 시각으로 해명하고자 한다.

2. 탈영의 인지경로와 저항의 자유의식

소설 속에서 전쟁 트라우마를 함축하는 중심축은 탈영이다. 주인공 '나'의 탈영은 그로테스크한 민중문화의 한 단면인 저항의식을 내포한다. '나'의 회상으로 재현된 탈영으로 인한 불안과 공포는 그로테스크 리

---

17) 카이저는 〈이드〉를 프로이트적이라기보다는 실존주의적 정신 속에서 이해하고 있다. 〈이드〉는 세계와 인간과 그들의 삶과 행위를 통제하는 낯설고 비인간적인 힘이다. 그로테스크는 광기의 모티프를 아주 다른 방식으로 이용하고 있었다. 미하일 바흐찐, 이덕형 최건영 옮김, 앞의 책, 91쪽.

18) 프로이드, 임홍빈 홍혜경 역, 『정신분석강의 하』, 열린책들, 1997, 397-399쪽 참조.

얼리즘[19]적 저항의식을 보여준다. 전시의 질서와 명령에 대항하는 탈영이라는 현실 저항이야말로 서사 과정에서 '나'의 의식을 지배하고 인물 간의 갈등과 사건을 야기하는 핵심 요소이다. 그것은 전쟁이라는 역사적 비극에 대응하는 개인의 다양한 감정과 정서적 차이를 통하여 당대 민중들의 현실 저항을 트라우마의 상호구속성으로 보여준 것이다. 이처럼 전쟁으로 인한 상처와 갈등을 다양한 정서와 감성으로 풀어가는 현실저항의 동력으로서 탈영의 심층적 의미는 비인간적 전쟁의 폭력성에서 탈피하여 자유를 꾀하고자 하는 작가의 역사의식과 맞닿아 있다.

탈영의 서사는 한국전쟁을 배경으로 하고 있지만, 전쟁 이야기에 집중되기보다는 전후 민중 문화의 파편적인 경험과 기억을 재현한다. 전쟁에 참가한 주인공 '나'는 전쟁의 폭력과 비인간성에 환멸과 좌절을 느껴 전쟁터를 탈출한 탈영병이다. 전쟁을 거부한 법법자라는 점에서는 '문제적 개인'[20]으로서 전후 그로데스크한 민중문화의 속성을 반영한다. 문제적 개인의식을 재현하는 탈영 서사는 현실저항으로서 민중의 자유의식을 함축한다. 전쟁은 기존의 모든 것을 변화시켜 버렸는데, 문제는 그 변화가 건설적인 것이 아니라 파괴적인 것, 따라서 그것은 절망으로 이어

---

19) 바흐찐은 모든 형식들과 그것의 표현 가운데서 민중적인 웃음의 문화, 고유의 독특한 이미지 유형을 조건부로 '그로테스크 리얼리즘'이라 부른다. 바흐찐은 라블레의 장편소설 『가르강튀아』, 『팡타그뤼엘』 등을 텍스트로 삼아 라블레가 전세계 문학의 운명을 규정짓고 있는 원인을 민중적인 원천들과 밀접하고 본질적으로 연관되는 데서 찾았다. 「이 성숙한 밤의 포옹」 텍스트는 단편이라는 점뿐만 아니라 전후 한국의 특수한 역사 사회 문화를 반영한 점에서는 라블레의 민중문화의 속성과는 차이가 있다. 미하일 바흐찐, 이덕형 최건영 옮김, 「서론 문제의 제기」, 『프랑수아 라블레의 작품과 중세 및 르네상스의 민중문화』, 아카넷, 2004, 20쪽, 66쪽 참조.
20) 배경렬, 앞의 논문, 112쪽.

지고 그 절망은 실존적 허무를 낳는다는 것이다.[21] 전쟁에 대한 혐오감과 저항이 '나'로 하여금 전장에서 탈영하게끔 한 동기와 맞닿는 민중문화의 추동력으로 작용한다. 탈영으로 표면화된 '나'의 현실 저항은 구체적인 전쟁의 실상을 목격한 트라우마 징후로 반전의식을 확장하는 효과를 거둔다.

소설의 서사 구성은 다섯 개의 장으로 구분되어 있다. 각 장마다 탈영으로 인한 구체적 사건과 의식의 흐름이 변주된다.

S1. 기관차를 타고 폐병환자인 애인 상희를 향해 탈주하다.
S2. 정거장에 도착하여 상희집으로 가다가 발걸음을 돌려 창녀를 찾아간다.
S3. 창가에서 우연히 선구를 만나 그의 집에 머무른다.
S4. 선구 방에 모아둔 오줌병과 같은 자신의 처지를 확인한다.
S5. 자살을 시도하였으나 실패 후 다시 상희에게로 발길을 옮겼다.

탈영의 서사는 일인칭 '나'의 시점으로 전달된다. 그것은 전쟁 경험과 탈영 후 애인을 찾아가는 '나'의 의식의 흐름으로 전쟁의 폭력성과 비인간성을 고발하는 현실 저항의식에 근거한다. 탈영병 '나'의 시점은 1인칭 주인공 시점이지만, '나'를 타자화하여 전쟁의 폭력성을 고발하는 이면에는 내포작가의 반전의식이 작동한다. 전쟁을 바라보는 시점의 변이는 현재 사건에서는 1인칭 주인공의 인물 시점으로 탈영을 사건으로 부각하는데 비하여, 과거 전쟁 사건의 서술은 작가적 시점으로 반전의식

---

21) 이호규, 앞의 논문, 31쪽.

을 객관화하는 효과를 낳는다. 예컨대, 전쟁 중에 남을 죽인 대신 살아남
아야 하는 비인간적인 삶의 공포는 전쟁의 폭력성을 강조하는 객관적 시
점으로 내포작가의 반전의식을 보여준다. 이와 같이 탈영병의 복합적인
시점의 상관성은 과거 사건을 통해서는 전쟁의 참혹상을 폭로하는데 비
하여, 현재의 의식 추이를 통해서는 전쟁의 폭력에 저항하는 존재의식을
민중문화의 역동성으로 보여줌으로써 그로테스크한 민중문화의 효과를
배가하게 된다.

> 늙은 기관차는 유리창마다 성하지 못한 객차들을 폐물이 되어 버린 혁
> 대처럼 주체스럽게 달고 고개를 기어 올라갔다.
> 기관차의 심장은 차라리 터져 버리기엔 너무도 노쇠했다. 내 심장은 비
> 록 당장 쫓기고 있는 불안에 떨고 있을 망정 벌떡벌떡 젊음의 절박한 고동
> 소리를 온몸에 퍼지고 있었다. 다만 기관차의 할딱이는 숨소리만은 나의
> 거친 가래 소리와 비슷했다. 그것은 중천에 이글거리는 여름의 햇볕과 그
> 밑에서 펄펄 끓고 있는 객차 안의 더위 때문만이 아니었다.[22]

소설의 모두(冒頭)에서 탈영한 병사의 몸은 '늙은 기관차'로 은유된다.
전쟁으로 인하여 피폐하고 지친 탈영병 '나'의 몸과 기관차는 등가의 의
미다. "유리창마다 성하지 못한 객차들을 폐물이 되어 버린 혁대처럼 주
체스럽게 달고 고개를 기어 올라" 가는 늙은 기관차에게서 '나'는 탈영병
인 자신의 현실을 본다. '나'의 현실저항의 심층적 의미는 반전의식으로
자유를 추구하는 주제론적 담론을 생산하게 된다. "늙은 기관차는 유리
창마다 성하지 못한 객차들을 폐물이 되어 버린 혁대처럼 주체스럽게 달

고 고개를 기어 올라갔다.” 애인을 찾아가는 탈영의 길이 전쟁 트라우마의 징후와 상관되는 전후 민중 문화의 역사적 시간으로 재현된 것이다.

‘나’는 탈영병인 자신을 기관차로 바라보면서 현실저항 의식을 표출한다. ‘나’가 바라보는 몸은 전쟁 경험을 통한 비극적 실존에의 각성이다. 기관차 안의 비참한 현실은 그로테스크한 전후 문화의 리얼리티를 환기한다. 즉, 탈영병의 시각에 의해 전후 그로테스크한 민중문화의 현장성이 강조된 셈이다. “내 심장은 비록 당장 쫓기고 있는 불안에 떨고 있”는 탈영의 공포가 부각된다. “벌떡벌떡 젊음의 절박한 고동 소리를 온몸에 퍼지고 있”는 상태에서는 주체적 삶에 대한 자유의지로서 저항의식이 엿보인다. 기차 안에서의 ‘나’의 공포에는 전장에도 후방에도 속하지 않는 경계인의 불안이 극대화된다.

기관차의 은유는 전쟁의 비인간성과 ‘나’의 인간성을 함축한다. 그것은 “광물질의 날카롭고 차디찬 냄새”로 “땀과 때기름이 섞인 짐짓 내 치부(恥部)에서 풍길 성싶은 자기혐오와 아득한 향수가 얽힌 손수건의 냄새와는 몹시도 대조되고 이질적인 것”(46쪽)으로 대비된다. ‘나’는 기관차를 타고 “짐승의 삶을 깨우쳐 준” 나의 냄새와 대조되고 이질적인 객차 안 광물질의 날카롭고 차디찬 냄새로 전장의 기억을 환기한다. 세상을 낯설게 바라보는 탈영의 긴장감으로 전쟁에 저항하는 자유의식을 반성하는 ‘나’의 자의식이야말로 전쟁에 대한 저항을 표출하는 내면적이고 잠재적인 자유의식의 동력이다.

이와 같이 주인공 ‘나’의 의식과 갈등을 추동하는 탈영의 은유는 궁극적으로 전쟁에 대한 민중 문화적 저항의식을 드러내는 ‘주제학적 모티베

이션'[23]으로 기능한다. 전쟁이라는 특정 상황에서 얻어진 정신적 충격이나 타격이 탈영의 서사로 구체화된 것이다. 탈영의 서사는 개인의 차원을 넘어서 전후 사회 민중문화의 역사적 의미를 다음과 같이 환기한다.

먼저, 탈영병인 '나'의 의식은 기관차 안의 현실에서 살아있는 자신의 존재성을 확인하는데 비하여 과거의 회상에서는 자주빛의 화약 냄새로 전쟁의 죽음을 떠올린다. 김상사의 M1총에 가슴패길 뚫린 적병의 군복에서 나던 화약냄새에 대한 회상은 애인인 '상희의 폐 붉흔 핏덩어리'와 동시에 전쟁의 총소리를 기억한다. '나'는 탈영 길에 민간인 여성을 성폭행하였다. 전쟁의 공포와 긴장은 역설적이게도 탈영의 순간에 성폭행과 살인을 할 수 밖에 없는 트라우마의 징후로서 저항적 민중문화의 그로테스크한 역설을 보여준다.

> 그녀는 입모퉁이로 거품을 뿜어 내며, 괴이한 비명을 짧게 질렀다. 너는 상희겠지, 틀임없는 상희겠지, 너는 상희여야 한다. 상희가 아니면 안된다. 그녀의 얼굴을 비벼대며 주문처럼 외던 헛소리를 잊을 수가 없다. 어쩌면 그것은 내 가슴속에서만 중얼대던 소리였는지도 모르긴 하다.[24]

'나'가 민간인 여성을 성폭행하고 죽이기까지 한 것은 전쟁의 끔찍한 트라우마가 작용한 까닭이다. 탈영의 서사는 성폭력을 당한 민간인 여성의 "입모퉁이로 거품을 뿜어 내며, 괴이한 비명을 짧게 질렀"던 그로테스크 이미지로 몸의 양체일체성[25]으로 재현된다. 물론 그것들은 전쟁 트

---

23) 권택영, 「낯설기 하기」, 『소설을 어떻게 볼 것인가』, 문예출판사, 1995, 25쪽.
24) 서기원, 앞의 책, 56쪽.
25) 몸은 다른 몸이나 사물, 혹은 세상과 뒤섞인다. 이러한 몸의 양체일체성(兩體一體性)

라우마의 징후인 그로데스크한 욕망의 신체적 발현이다. 화자 '나'는 민간인 여성을 성폭행하면서 그녀가 상희여야한다는 당위성을 부여함으로써 자신의 행위를 정당화하고자 한다. 그렇지만 그녀는 상희가 아니었다. 삼년 동안 참았던 욕정을 민간인 여성을 성폭행하면서 쏟아놓으면서 '나'는 그녀가 상희이길 바랐지만, 그녀는 상희가 아니었다. 민간인 여성을 성폭행한 후 '나'는 겁을 먹은 채 결국 그녀를 죽이고 만다.

이와 같이 전쟁에 대한 화자의 무의식적 저항으로서 탈영은 이후 서사에서도 예기치 않은 우발적 행동을 반복하는 동력으로 작용한다. 그 중심에는 전쟁으로 경험한 무수한 '죽음'에 대한 공포가 자리한다. 적군을 비인간적으로 사살한 상사를 저주하였던 '나'는 전쟁터를 탈영하는 동시에 오히려 민간인 여성을 강간하고 죽이는 범죄자가 되고 만 것이다. 인간성을 상실한 전쟁의 죽음에 대한 공포는 역설적이게도 '나'가 무모한 민간인 여성을 성폭행하고 살인하는 범죄자가 되는 동기가 되는 한편, 상희에게 가는 길을 돌아설 수밖에 없는 이유다.

'나'는 기차가 정거장에 도착한 후 "상희의 입김이 서리어 있는 거리"로 들어서지만 상희 집을 지나치는 우발적 행동으로 탈영의 공포를 표출한다. '상희의 집' 대신에 찾아간 곳은 '창녀의 방'이다. 천정 밑 벽에 뚫린 구멍 가운데엔 벌거벗은 전구를 보는 '창녀의 방'에서 '나'는 탈영의 순간 자신이 목졸라 죽였던 '시골처녀'를 떠올린다. 그 시골 처녀가 기어이 '나'를 고발하고야 말 성 싶은 두려움 때문에 그녀를 죽인 것이다. 탈영의 공포는 '나'가 죽인 시골 처녀가 상희와 같은 존재로 반성되는 한편 창녀

은 어디에서나 볼 수 있다. 몸의 세습적이고 우주적인 요소는 모든 곳에서 강조되는 것이다. 미하일 바흐찐, 이덕형 최건영 옮김, 앞의 책, 501쪽.

와 몸을 섞고 난 후에도 "창녀가 날이 새면 밖으로 빠져나가 헌병대나 특무기관에 밀고할지도 모를 위태로움에 겁을 집어먹고 별안간 그녀의 목을 졸로 죽일 수도 있는"(55쪽) 트라우마의 전이로 이어진다.

한편으로, 술병에 오줌을 누고 그것을 방안에 늘어놓은 것을 '유일한 나의 저항'이라고 내뱉은 선구의 행위 또한 그로데스크한 현실 저항의식을 보여준다. '나'는 창녀와 밤을 보낸 다음 날 아침 우연히 만난 선구의 집에 머무른다. '나'는 선구의 집에서 머무르지만, 선구에게서마저 자신이 버려질 존재라는 불안과 소외의식을 갖는다. "지금 나에게 가장 큰 고민이 있다면 바로 저 병들의 처리 방법일세."(58쪽) 시간이 지날수록 '나'는 선구에게 있어 자신이라는 존재가 다름 아닌 오물을 담고 있는 병과 같이 치워야 할 존재임을 각성한다. 탈영병의 공포를 오줌병과 같은 자신의 처지로 직시하는 그로테스크한 자기 정체성의 반성으로서 각성이 이루어진 셈이다.

소설의 결말에서는 안채로부터 괘종시계가 열 시를 알려주는 것으로 탈영병의 초를 다투듯 불안한 현실인식이 부각된다. 탈영의 현실인식은 전쟁으로 인한 인간 상실의 피폐한 경험으로 인한 저항의식 뿐만 아니라, 전후 후방에서 전쟁과는 상관없는 삶을 살아가는 젊은이들의 민중문화의 저항의식을 보여준다. "오줌이라도 이런데 누지 않는다면 다른 축들과 다른 점이 무엇이 있나."(59쪽)라는 선구의 허무와 절망은 전쟁이 일어나 많은 젊은이들이 죽어가는 데도 후방의 사람들은 일상을 무료하게 견디는 삶에 대한 반성이다. 이처럼 텍스트에 부각된 탈영의 공포로 표출된 현실 저항의식은 한 개인만이 아닌 사회 구성원에게 확산된 트라우마의 징후로 전후 그로테스크한 민중문화와 상관성을 갖는다.

요컨대, 탈영으로 부각된 트라우마의 상호구속성에서는 전쟁의 폭력 앞에 그로데스크한 저항의 민중문화로서 자유의식이 환기된다.

3. 생존의 인지경로와 소외의 생명의식

탈영 서사의 연장선상으로 이어지는 생존의 불안은 카니발적 세계감 각[26]의 성적 욕망으로 전후 그로테스크한 민중 문화적 속성을 보여준다. 탈영 범법자로 후방에서 방황과 갈등을 할 수 밖에 없는 화자 '나'의 내면에는 생존에 대한 무서운 불안이 자리한다. 후방에서 생존의 불안은 전쟁 공포의 반복적 연장선상에 있는 실존의 불안과 상관된다. 소설 속에서 생존의 불안은 본능적 욕망으로서 소외의식과 맞닿아 있다.

생존의 불안은 탈영 후 만난 창녀와 친구의 관계로 구체화된다. 상희에게 가는 길에 발길을 돌린 '나'는 창녀를 찾아감으로써 현실의 모든 절망과 갈등에서 벗어나 그로데스크하게 본능에 충실한 시간을 보낸다. 창녀를 만나 성욕을 채우고 친구를 만나 잠자리를 제공받으며 식욕을 채우는 본능적인 욕망은 전쟁의 폭력과 다른 인간의 삶에 대한 갈망으로서 카니발적 혼돈을 보여준다. 전쟁으로 인하여 자신의 존재 이유를 박탈당한 '나'는 본능적인 욕망으로 생명력을 소비한 것이다. '나'에게 그들과의 만남은 전쟁의 비극적 아픔을 잠시나마 위로받는 힘인 동시에 다시금 실존의 외로움을 깨닫는 소외를 각성하는 동기로 작용한다.

우선, 본능적인 생존의 불안은 화자의 성적 욕구로 인지된다. 탈영 후

---

26) 카이저에 따르면, 그로테스크는 죽음의 공포가 아니라 삶의 공포다. 그 밑바탕에는 카니발적 세계 감각이 깔려 있는 것이다. 미하일 바흐찐, 앞의 책, 91-93 쪽 참조.

애인을 향하는 길은 전쟁의 폭력과는 다른 인간 본능적 생명을 지향하는 의미와 상통한다. 전쟁에서 무차별한 살인을 목격하였던 '나'의 생명력은 인간성을 상실한 전쟁의 폭력 앞에서 아직 자신에게 남아 있으리라 예기치 못했던 욕정을 느끼면서 '조상으로부터 물려받은 종족보존의 본능'에 대해 생각한다. 그런데 폐결핵 중증의 환자인 화자의 애인 상희에게서는 본능적 욕망을 충족시킬 수 없다. "나는 도리어 욕정이 싸늘이 식어 버릴까 두려워했다."는 죽음의 공포로부터 벗어나려는 안간힘을 쏟고자 하는 욕구는 "온 몸이 달아 오른 열기 속에서 생명의 지속력을 진득히 헤아려 보고 싶었"던 절박한 바람으로 이어진다.

화자 '나'는 폐병을 앓고 있는 애인 상희가 위독하다는 편지를 받고 탈영하지만, 상희의 집 앞에서 발길을 돌려 창녀와의 관계를 갖는다. 창녀와의 관계로 본능적 욕망을 해소한 후 '나'는 선구 집에 머무는 자신을 쓰레기통 근처를 헤매는 "갈비뼈가 앙상한 개"라고 비하한다. 또한 자신의 정체성을 선구의 침대 밑에 쌓여 있는 오줌병과 같은 존재로 치부한다. 자신의 생존본능을 '개'와 '오줌병'으로 비하한 데는 인간성이 상실된 자기혐오가 읽혀진다. 병들어 죽어가는 애인을 찾아가는 길에는 인생의 또 다른 절망을 확인하는 소외가 있다. '창녀'에게서 비로소 '터무니없는 안도감'을 맛보게 된 '나'의 성적 욕망은 본능의 충족과 허무의 양면적 감정으로 소외의식을 보여준다.

이후 화자가 자살을 기도한 것이야말로 생존의 불안을 극복하기 위한 역설적인 생명력의 회복이다. 화자 '나'는 자살마저 무의미하다는 것을 깨닫고 마침내 상희를 만나고자 선구의 집을 떠나 거리로 나선다. 상희를 찾아가기까지 방황은 전쟁이라는 절대적 불안의 상황에서 빠져나와 진정한 삶의 회복을 찾는 일이 현실적으로 불가능한 상황에 다름 아니다. 생존의 불안으로서 소외는 탈영병인 화자에게만 나타난 것이 아니라 '나'와 관계된 상희, 진숙, 선구에게서도 드러난다. 특히 선구와의 관계에서 드러나는 생존의 불안에서는 '나'가 친구의 방의 오물처럼 간단하게 처리될 수 있다는 불확실한 삶에 대한 소외의식을 엿볼 수 있다.

> 늙은이도 학생도 궁상스런 가정주부들도 간혹 입술을 진하게 칠한 젊은 여인들도 도무지 내가 기대했던 눈이 아니었다. 젊은 여자는 언제나 신선한 유혹과 호기가 번지어 있어야 했는데 이제 그들은 염치 좋은 탐욕만을 드러내 뵈며 흡사 무엇을 물색하는 눈으로 사방을 두리번거리는 것이었다. 아귀떼의 식욕과 녹슨 양철 조각 같은 욕망만이 그들의 메마른 안저(眼底)에 가라앉아 있었다.[27]

젊은이들이 죽어가는 전쟁터와 달리 무관심한 삶들이 서로를 스쳐 지나치는 도시의 풍경에서는 카니발의 가면 모티프[28]와 연관되는 그로테스크한 민중 문화적 속성으로 가면 속 외로움 즉 소외의 모습이 살펴진다. 도시 사람들의 모습에서도 전쟁에서 목격한 죽음과 같은 무의미한 생존의 의미가 엿보이기 때문이다. "하나같이 굳어 버린 얼굴에 초점을 잃은 시선으로 비실비실" 지나치는 도시인에게는 탐욕, 식욕, 성욕만이 가득 찬 권태로움이 있을 뿐이다. 그것은 전쟁에서 의미 없는 젊은이들의 죽음과는 다른 얼굴을 하고 있지만, 생존의 불안이라는 점을 공유하

---

27) 서기원, 앞의 책, 50쪽.
28) 가면 모티브는 가장 복잡하고 가장 다양한 의미를 지닌 민중문화의 모티브이다. 가면은 변화와 체현의 기쁨과 연관되어 있으며, 유쾌한 상대성과, 동일성 및 일의적 의미에 대한 유쾌한 부정과, 자기 자신과의 둔감한 일치에 대한 부정과 연관되어 있다. 미하일 바흐찐, 앞의 책, 77쪽.

는 점에서 가면 속 소외라는 그로테스크한 민중문화의 속성이 간파된다.

참혹한 도시 인간 군상들의 비극적 삶의 뿌리는 전쟁의 폐단이다. 도시 인간 군상들의 무기력한 삶을 바라보면서 혼미해진 화자의 기억 속에서는 전쟁으로 인하여 죽어간 전우들의 주검이다. 전우들의 죽음조차 애도하지 못하게 하는 소대장의 비인간적 행위는 전우들의 죽음을 더욱 비참하게 만든다. 죽은 소대원들의 죽음을 유예시킴으로써 자신의 공명심을 채우고자 한 소대장의 처세는 '나'의 의식에서 전우들의 비참한 희생과 더불어 또 다른 생존의 불안을 파생하는 동기로 기능한다. 비인간적인 소대장의 행위로 목격한 생존에 대한 절망은 탐욕, 식욕, 성욕만이 가득 찬 권태로움으로 드러난 도시인들의 소외된 일상에서도 목격된다.

화자의 생존을 향한 욕망은 애인 상희와 자신이 살해한 민간인 여성 그리고 창녀인 진숙이가 동일한 타자성으로 인지된다. 상희를 목전에 두고도 찾아가지 못하는 자책감에 괴로울 수밖에 없는 '나'의 의식에는 본능적 생존의 욕망이 강렬하게 작용한다. 지금까지 '나'가 치러냈던 전쟁과는 전혀 관계없이, 그 많은 죽음에도 아랑곳하지 않고, "식욕과 성욕 그리고 허영"만 남은 타인들이 존재하고 있었던 것이다. "나는 제자리에 굳어 선 채, 어느 지붕 밑에서 새어나오는 '라디오'의 '뉴-스' 방속에 귀를 기울였다. 그 방송의 낱말 하나하나는 또렷이 들을 수 있었지만 토막토막 단절된 나의 언어신경은 그것들을 제대로 연결시킬 수 없었으며, 흡사 이국어의 생소한 어감으로 안타깝게 귓속을 근질렀다." 이처럼 '나'는 상희를 보기위해서 전쟁터에서 탈영하였지만 후방에서도 소외된 삶을 살 수밖에 없는 자신을 반성한다.

'더러운 방'과 '오줌병' 등은 속물적인 인간 본능의 욕망으로 오염된 전후사회 타락을 은유하는 그로테스크한 세계[29]의 이미지다. 이들은 전쟁의 비인간성과 등가를 이루는 후방의 타락한 사회의 단면을 은유적으로 희화화한 것이다. 선구의 지저분한 방을 치우자는 '나'의 제의에 대한 선구의 답은 전쟁과 같은 맥락에서 이루어지는 사회의 구조적 타락에 대하여 자조적인 반응을 보인다.

이처럼 '더러운 방'과 '오줌병'의 그로테스크한 이미지에는 전쟁의 비인간적이고 부도덕한 의미뿐만 아니라 전쟁을 겪었던 민중의 부정적 현실인식이 투영되어 있다. 병 속에 고여서 썩고 있는 오줌을 버리는 행위는 본능적 욕구의 배설과 다를 바 없다면 '나'가 갖는 창녀의 관계 또한 병속의 오줌을 버리는 의미와 같다. 같은 맥락에서 전쟁 트라우마는 오줌병들이 구두닦이 소년에 의해 처분된 것처럼 주체적으로 삶을 정화할 수 없는 생명력의 상실을 보여준다. 그것은 이미 화자가 탈영 중에 민간인 여성을 성폭행하고 살인한 행위에서도 반성된다. '나'는 병속의 오물 같은 타락한 삶에 대한 반성으로 마침내 상희에게 가는 발걸음을 재촉함으로써 주체적인 생명의식의 회복을 보여주게 된다.

이렇듯 소설 속에 부각된 생존의 불안한 경험을 통해서는 민중문화의 역동성으로서 본능적 생명의식이 재현된다. 생존의 과정으로 재현된 본능적 생명력의 정화작용은 상실된 생명의식의 회복을 꾀하는 작가정신에 맞닿아 있다.

---

29) 미하일 바흐찐, 앞의 책, 91쪽.

4. 성장의 인지경로와 속죄의 구원의식

표제에 부각된 성숙한 밤의 포옹의 의미는 미래지향적 민중문화와 맞닿는 성장의 경로를 함축한다. 어두운 밤의 절망과 고통 속에 실현된 포옹으로서 성장의 의미는 '진정한 그로테스크'[30]의 진보적인 삶으로 인간회복의 속죄의 관점에서 전후 민중문화와 상관성을 갖는다. 상희는 화자 '나'의 고통과 좌절의 고백[31]을 들어주는 구원자이자, 전쟁이라는 폭력을 속죄하고 인간성을 회복할 수 있는 소통의 통로이다. 그러므로 상희를 향한 '나'의 고백은 전쟁으로 인하여 피폐한 인간성을 속죄하고자 하는 구원의식으로 귀결된다.

화자는 상희에게 자신의 죄를 고백하고 새로운 삶을 살아갈 희망으로 성장의 가치를 추구한다. 구원의 존재인 상희를 통하여 범죄자인 '나'는 자신의 지난날의 잘못을 인정하는 성숙을 꾀한다. 지난 과오는 '나'의 성장을 향한 속죄의 의미를 내포한다. 이처럼 성장 지향은 전쟁의 폭력 앞에 무력한 절망과 더불어 어둠 속에서 길을 찾아가는 희망을 내포한다. 이처럼 작가 서기원은 전후 사회에 존재하는 여성성을 구원자[32]로 바라보면서 궁극적으로는 전쟁으로 인하여 훼손된 인간성의 속죄로서 증언하며 고백하는 소설쓰기로 독자를 향한 재생의 삶으로서 사랑의 가치를

---

30) 진정한 그로테스크는 결코 정적인 것이 아니다. 말하자면, 그로테스크는 자신의 이미지들 속에서 존재 자체의 생성, 성장, 영원한 미완성과 불완료성을 파악하고 노력하는 것이다. 미하일 바흐찐, 이덕형 최건영 옮김, 위의 책, 95쪽.

31) 한 개인의 차원에서 오이디푸스 콤플렉스를 고백하는 일은 자신의 '원죄'를 고백하는 데서 오는 고통을 감당하고 감내해야만 된다는 점에서 실존의 심연을 바닥까지 들여다보는 용가가 전제 되지 않고서는 불가능하다. 공종구, 앞의 논문, 198쪽.

32) 배경열, 앞의 논문, 131쪽.

창출한다.

성숙한 사랑을 향한 성장은 병든 상희의 그로테스크[33]한 존재성으로 역설적 의미를 제공한다. '나'의 성장은 상희라는 구원과 죽음의 양면적인 존재성으로 인하여 전후 민중문화의 역동성을 확보한다. 상희의 존재성은 '나'가 전쟁의 폭력에 저항하여 인간 회복을 추구하는 데 있어 절망이면서도 희망이다. 자신의 죄를 상희에게 고백하고 새로운 삶을 살겠다는 '나'의 긍정적 의지는 성장을 추구하는 구원의 의미로 확장된다. '나'가 탈영을 한 이유는 상희를 만나고 싶은 욕망을 넘어 전쟁으로 훼손된 인간성을 구원받고 싶었기 때문이다.

그러나 전쟁 트라우마와 연관된 우발적 사건들은 화자 '나'로 하여금 상희를 찾아갈 수 없는 분노와 절망의 죄책감을 갖게 하는 요인으로 작용한다. 선구와 진숙이를 만나 본능적 생명력을 확인한 다음에서야 '나'는 비로소 상희를 찾아가 파멸한 자신의 삶을 속죄하는 구원으로서 성장을 추구한다. 상희를 찾아가기까지 '나'가 보여준 우발적 행동은 구원을 향한 속죄의 의미를 제공한다. 자아에게 가해진 세계의 폭력으로 인한 경험이 구원을 향한 속죄의식을 유발시킨 것이다. 전후 민중 문화적 관점으로 보면 전쟁이라는 세계적 폭력의 억압과 은폐는 일상의 삶에서 돌발적인 징후로 표출되는 또 다른 폭력적 경험으로 이어진다. 즉, '나'가 전쟁에서 경험했던 불안은 탈영으로 이어지고 다시금 탈영으로 이어지고 그것은 다시 생존이나 관계 속에 잠복하여 우발적 사건을 만든다. 이런 점에서 성장은 탈영과 생존으로 확인한 '나'의 속죄의식으로서 실존

---

33) 그로테스크는 하나의 육체 속에서 두 개의 육체를, 살아 있는 생명의 세포 번식과 분열을 제시하고 있는 것이다. 미하일 바흐찐, 위의 책, 95쪽.

적 소설쓰기라는 존재의식을 보여준다.

한편으로 성장으로서 사랑의 존재론적 구원은 민중적 연대의식을 환기한다. '나'뿐만 아니라 친구 선구와 창녀인 진숙이의 성장 역시 인간 회복을 추구한다. 창녀인 진숙과 동반자살에 대해 진지한 면모를 보이는 선구 역시 허무주의 삶을 극복하고자 하는 의지를 보여준다. '나'는 그들과의 관계를 통하여 자아 정체성을 확인한 후 상희를 찾아간다. 젊은이들의 미래야말로 파괴된 전후 세계를 구원할 수 있는 길이라는 민중문화의 미래지향적 전망으로 청춘남녀의 연대적 성장의 비전을 볼 수 있는 까닭이다.

> 자기가 되살아났다고 알게 되면, 어떻게 할까요?
>
> 기뻐하겠지.
>
> 나같으면 챙피해서 다시 죽고 싶을 거야.
>
> 그렇게 죽고 싶으면 죽지 그래. 누가 말리는 사람 있나.
>
> 저이한테 약을 더 먹여 볼까?
>
> 살인이야.
>
> 불쌍하잖아요.
>
> 너나 나에겐 자살할 용기도 없다. 도리어 너는 존경해야 돼
>
> 나는 갑자기 숨이 가빠졌다. 분노와 수치감이 얽혀 가슴을 짓눌렀다. 광포한 울부짖음이 목을 죄어 맸다.[34]

인용문에서 화자 '나'는 자살을 시도한 후 의식을 잃은 채, 선구와 진숙의 대화를 엿들으며 정신을 잃은 자신을 반성한다. 이 장면에서 시점

---

34) 서기원, 앞의 책, 77쪽.

은 삼인칭 인물 시점으로 '나'가 초점대상이 되고 선구와 지숙이가 초점
주체가 되어 '나의 죽음'을 초점화하는 입체적 시점의 전이가 드러난다.
'나'의 자살이 선구와 진숙에 의해 입체적으로 조명되는 과정에서 죽음
을 통한 성장을 바라보는 극적 반응을 보여준 것이다. '나'가 자살을 시도
했지만 죽지 못하고 살아난 것은 죽음과 재생의 의미를 동시적으로 내포
한 민중문화의 양면가치적[35]인 성장의 의미를 함축한다. '나'가 '그'가 되
어 절망하며 느끼는 분노와 수치심의 감정은 선구와 진숙이를 겨냥한 것
이 아니라 자신에 대한 "분노와 수치심"과 더불어 도피적 삶에 대한 반성
적 각성이다. 자살을 포기한 '나'는 비로서 상희를 만나기로 결심하고 선
구의 집 대문을 박차고 거리로 나선다.

> 그 냄새는 분명히 내것이었다.
> 상희야, 너한테 가서 내가 지닌 모든 것을 털어놓겠다. 너의 뚫어진 허
> 파에서 마지막 핏덩이가 쏟아져나오기 전에 모든 것을 애기해 주마.
> 음식점과 창가가 꽉 들어찬 이 거대한 도시 위에 비가 쏟아지기 시작했
> 다. 나는 얼굴을 하늘에 쳐들고 혓바닥으로 빗방울을 받아 마셔가며 걸음
> 걸이를 재촉하는 것이었다.[36]

소설의 말미에서 '나'가 상희의 집을 향해 '걸음걸이를 재촉하는' 모습
은 전쟁의 트라우마를 딛고 사랑을 추구하는 인간성 회복으로서 성장을
보여준다. 자신에 대한 분노의 수치심의 감정은 곧바로 상희를 찾아가

---

35) 이는 민중 예술의 모든 이미지들이 갖는 양면가치성과 관련된다. 죽음이 새로운 탄생
   을 내포하는 것처럼 결말은 새로운 시작을 내포해야 하는 것이다. 미하일 바흐찐, 앞
   의 책, 443쪽.
36) 서기원, 앞의 책, 78쪽.

자신의 죄를 고백하고 새 삶을 살고자 하는 속죄의식으로 전환된다. '나'
는 "목이 타고 혓바닥이 빳빳이 굳어 있"고 "식은땀이 자꾸만 솟을수록
갈증은 한층 심해"(77쪽)질 정도로 지쳤다. 그러나 "땀이 쉰 나의 체취"
임을 분명히 인지하는 것으로 자기 정체성을 각성한다. 이러한 '나'의 모
습에서는 절망과 고난을 극복하는 성장으로서 주체적 의지가 드러난다.

여기에서 부각되는 '체취'는 작품 첫 장면에서 기차 안의 '나'가 인지한
냄새와는 그 의미가 확실하게 구별되는 차이가 있다. 서사의 처음 부분
에서는 기관차가 뿜어내는 매연이 '내 치부에서 풍길 성싶은 나의 냄새'
로, '광물의 차디찬 냄새'가 전장의 화약냄새로 대비된다. 방황과 좌절을
거친 '나'는 그렇게 자신의 정체성을 확인하는 것으로 '그 냄새는 분명히
내 것이었다'는 주체적 성장의 의미를 보여준다. '비'가 내포하는 정화작
용[37]에서도 속죄를 통과한 구원으로서 성장의 의미가 전망된다. "얼굴을
하늘에 쳐들고 혓바닥으로 빗방울을 받아 마셔가며 걸음걸이를 재촉하"
는 모습에서는 자연적 생명력으로서 인간성의 회복을 엿볼 수 있다. '나'
의 속죄와 닿아 있는 '비'의 은유는 전쟁의 트라우마 극복과 치유로서 미
래지향적 민중문화의 혁신을 환기한다.

상회를 찾아 나서는 '나'의 모습은 자신을 속죄하기 위한 구원의지로
서 성장을 보여준다. 상회에게 들려줄 '나'의 고백은 전쟁의 비극과 공포
로 인한 실존의 부조리함과 비정함을 폭로하고 인간성 회복의 미래 지
향적 삶을 살아가고자 하는 결단이다. 이러한 성장의 의미는 전후 비극
적 세계에 함몰되기보다는 인간성 회복의 구원의식을 추구하는 전후 민

---

37) '나'가 창녀의 집을 찾아가는 장면에서도 '비'가 내린다. 여기서 '비'는 욕정의 해소를
재촉하는데 비하여 상회 집으로 향하는 중에 맞게 되는 '비'는 삶을 정화하는 요소로
기능한다.

중 문화의 시각으로 확장된다. 그 궁극적 의미는 전쟁을 경험한 증언자로서 전쟁 트라우마를 소설쓰기로 승화한 작가의 성장으로 해명될 수 있다. '나'가 상희의 사랑을 찾아가는 구원의식을 통하여 독자는 전쟁의 폭력 앞에 훼손된 인간성 회복을 순수한 사랑의 구원으로 추구한 작가의 소설쓰기와 맞물린 성장의 동력을 전쟁 트라우마 극복 과정으로 인지할 수 있기 때문이다.

이와 같은 성장의 인지경로를 통하여 미래지향적 민중문화의 속죄의식이 재현된다. 성장의 동력으로 고백된 '나'의 속죄의식이야말로 남녀 간의 지순한 사랑을 통한 전쟁 트라우마 극복으로서 인간성 회복의 구원의식을 사랑의 존재론적 의미로 확장한 전후 민중문화의 역동적 동력인 셈이다.

5. 맺음말

본 연구는 서기원의 대표작 「이 성숙한 밤의 포옹」에 함축된 몸의 인지구성의 경로를 밝힘으로써 전쟁 트라우마와 민중 문화의 양상을 해명하였다. 텍스트에 함축된 트라우마의 극복 과정을 통해서는 전쟁의 충격과 상처뿐만 아니라 한국 전후 민중문화의 역동성을 함축하는 탈영과 생존 그리고 성장의 의미가 읽혀졌다. 전쟁 트라우마의 극복 과정으로 읽혀지는 탈영과 생존 그리고 성장의 복합적 의미망은 다음과 같이 그로테스크적 민중 문화의 역동성을 반영한다.

첫째, 탈영의 인지경로를 통해서는 민중문화로서 저항의식이 재현된다. 탈영의 과정으로 재현된 화자 '나'의 현실저항은 구체적인 전쟁의 실

상을 목격하고 경험한 작가의 반전의식을 환기한다. 둘째, 생존의 인지
경로를 통해서 통해서는 민중문화로서 반전과 맞닿는 현실의 부정적 소
외의식이 재현된다. 생존의 과정으로 재현된 본능적 생명력의 소외의식
은 전쟁으로 인하여 상실된 인간성을 복원하고자 하는 전후 민중문화로
서 생명의식에 닿아 있다. 셋째, 성장의 인지경로를 통해서는 민중문화
로서 사랑의 구원의식이 확장된다. 성장의 경험으로 인지된 구원의식은
남녀 간의 지순한 사랑을 통한 속죄의 고백의식을 확장한 작가의 미래지
향적 세계관으로 전후 민중문화를 환기하는 효과가 있다.

이와 같이 본 연구는 「이 성숙한 밤의 포옹」에 내포된 전쟁 트라우마의
극복과 치유의 인지경로를 탈영의 자유의식, 생존의 생명의식, 성장의
구원의식 등의 민중문화 양상으로 조명하는 궁극에서 분단현실을 다각
적으로 반성할 수 있는 인간성 회복으로서 인문학적 가치의 단초를 모색
하였다.

참/고/문/헌

〈김동리 전후소설로 본 근대성찰의 은유〉

1. 기본 도서
• 김동리기념사업회, 『밀다원시대』, 《김동리문학전집》12, 계간문예, 2013.

2. 단행본
• 김병욱, 「영원회귀의 문학」, 『한국 현대 작가 작품론』, 김시태 편, 이우출판사, 1982, 282-299쪽.
• 김택중, 『현대소설의 문학지형과 공간성 연구』, 푸른사상사, 2004.
• 남송우, 「이주홍 소설에 나타난 일상성과 역사성 속의 인물」, 이주홍 아동문학상 운영위원회 편, 『이주홍 문학연구-작가 작품론』, 대산, 2000.
• 윤애경, 『문학 작품의 배경 그 현장을 찾아서』, 창원대학교 출판부, 2015.
• 가스통 바슐라르, 곽광수 옮김, 『공간의 시학』, 동문선, 2003.
• 가스통 바슐라르, 이가림 옮김, 『물과 꿈』, 문예출판사, 2017.
• 알라이다 아스만 지음, 변학수 · 채연숙 옮김, 『기억의 공간(문화적 기억의 형식과 변천)』, 그린비, 2018.
• 에드워드 렐프, 김덕현 · 김현주 · 심승희 옮김, 『장소와 장소상실』, 논형, 2017.
• G 레이코프 & 존슨, 노양진 나익주 역, 『삶으로서의 은유』, 박이정,

2006.

- 자크 랑시에르, 유재홍 옮김, 『문학의 정치』, 인간사랑, 2011.

3. 논문

- 김용재, 「김동리의 단편소설 연구」, 전북대학교 석사학위논문, 1986.
- 김원희, 「일제 강점기 박화성 소설의 장소시학」, 『현대문학이론연구』36권, 2009. 03.
- 김원희, 「이주홍 소설에 나타난 교육자 인식의 은유와 작가의식-「늙은 체조교사」와 「철조망」을 중심으로-」, 『부경어문』제9호, 2018.11.
- 김종회, 「소설에 있어서 근대정신의 수용 공간: 개성」, 『현대문학이론연구』36권 0호, 2009. 03.
- 나보령, 「피난지 문단을 호명하는 한 가지 방식: 김동리 「밀다원시대」에 나타난 장소의 정치」, 『한국현대문학연구』, 한국현대문학회, 2018.
- 류종렬, 「김동리소설의 공간과 죽음구조」, 『동래여자전문대 논문집』2집, 동래여자전문대, 1983.
- 안미영, 「김동리의 전후 장편소설에 나타난 대중성 고찰」, 『민족문화논총』, 영남대학교 민족문화연구소, 2008.
- 정연희, 「전후 소설에서 '부재하는 아버지'와 '변형된 아버지'의 양상 연구 : 김동리의 「까치소리」, 손창섭의 「혈서」, 서기원의 「암사지도」를 대상으로 」, 『인문언어』, 국제언어인문학회, 2010.
- 최예열, 「김동리 전후문학 연구」, 『남도문화연구』, 국립순천대학교 지리산문화연구원, 2017.

〈이주홍 전후소설로 본 근대성찰의 은유〉

1. 기본 도서
- 류종렬 엮음, 『이주홍 소설전집』2, 《이주홍문학재단》 지음, 세종출판사, 2006.

2. 단행본
- 강남주, 「삶의 환희에 대한 문학적 추구-작가 이주홍의 편모」, 이주홍 아동문학상 운영위원회 편, 『이주홍문학연구-작가 작품론』, 대산, 2000.
- 권택영 지음, 『소설을 어떻게 볼 것인가』, 문예출판사, 1995.
- 김병욱 편, 최상규 역, 『현대 소설의 이론』, 예림기획, 2007.
- 남송우, 「이주홍 소설에 나타난 일상성과 역사성 속의 인물」, 『이주홍문학연구-작가 작품론』, 이주홍 아동문학상 운영위원회 편, 대산, 2000.
- 류종렬, 「이주홍의 〈아버지〉 연구」, 『이주홍문학연구-작가 작품론』, 이주홍 아동문학상 운영위원회 편, 대산, 2000.
- 송명희, 「이주홍의 역사소설과 역사적 상상력」, 이주홍 아동문학상 운영위원회 편, 『이주홍문학연구-작가 작품론』, 대산, 2000, 152-169쪽.
- 송명희, 「현대문학사의 산증인 향파 이주홍」, 『이주홍문학연구-작가 작품론』, 이주홍 아동문학상 운영위원회 편, 대산, 2000.
- 윤애경, 『문학 작품의 배경, 그 현장을 찾아서-경남지역을 중심으로 (中)』, 창원대학교 출판부, 2015,

- 이상섭, 「역사주의비평의 방법」, 이선영 엮음, 『문학비평의 방법과 실제』, 삼지원, 2015.
- 이선영 엮음, 『문학비평의 방법과 실제』, 삼지원, 2015.
- 조갑상, 「이주홍 소설에 묘사된 부산과 그 의미」, 『이주홍문학연구- 작가 작품론』, 이주홍 아동문학상 운영위원회 편, 대산, 2000.
- 졸탄 커베체쉬, 이정화 외, 역, 『은유』, 한국문학사, 2003.

3. 논문
- 김정자, 「모티프 구조로 본 이주홍 소설의 문체적 특성」, 『어문교육 론집』제8집, 부산대 사대 국어교육과, 1984.
- 김천혜, 「두 편의 역사소설- 이주홍의 〈어머니〉〈아버지〉론」, 『부산 문학』제9집, 부산문인협회, 1986.
- 류종렬, 「이주홍과 부산지역 문학」, 『한국현대소설연구』제19-19호, 한국현대소설학회, 2003.
- 천이두, 「양식과 관조」, 『이주홍 문학 연구 -작가 작품론-』, 이주홍 아동문학상 운영위원회, 도서출판 대산, 2000.
- 허영석, 「이주홍 소설의 변모과정 연구」, 『이주홍 문학연구-학위논 문모음-』, 이주홍 아동문학상 운영위원회 편, 대산, 2000.
- 조명기, 「이주홍 소설에 나타난 부산의 공간 위상」, 『한국현대소설 연구』제49호, 한국현대소설학회, 2012.
- 황국명, 「이주홍의 역사소설 연구」, 『한국문학논총』제48집, 2008.
- 황국명, 「부산소설사별견」, 『문학지평』제5호, 96, 2008. 봄호.

〈황순원 전후소설로 본 근대성찰의 은유〉

1. 기본 도서

- 김종회 엮음, 『황순원 단편집』, 지식을만드는지식, 2012.
- 황순원, 『曲藝師』, 육문사, 1952.
- 황순원, 『황순원 전집2』, 문학과지성사, 1985.

2. 단행본

- 박양호, 『황순원 문학연구』, 박문사, 2010.
- 박혜경, 『황순원 문학의 설화성과 근대성』, 소명출판, 2001.
- 이상범, 『니체, 정동과 건강』, 한국학술정보, 2020.
- 장현숙, 『황순원 문학연구』, 푸른사상, 2005,
- 마르틴 하이데거, 박찬국 역, 『니체2』, 길, 2012.
- 아리스토텔레스, 천병희 역, 『니코마스 윤리학』, 숲, 2013.
- 프리드리히 니체 잠언집, 세계명작읽기모임 엮음, 『니체의 생각』, 힘찬북, 2017.
- F. 니체 지음, 박병덕 옮김, 『차라투스트라는 이렇게 말했다』, 육문사, 2019.

3. 논문

- 강유정, 「자전적 서사의 서술기법과 공감의 문제-박완서 「엄마의 말뚝1」과 황순원「곡예사」를 중심으로- 」, 『현대소설연구』67, 한국현대소설학회, 2017.
- 강희영, 「황순원 단편소설의 공간의식 연구」, 경희대학교 대학원 석

사학위 논문, 2016.

• 곽경숙, 「한국 현대소설과 생태학적 상상력」, 『현대문학이론연구』 18권18호, 현대문학이론학회, 2002.

• 김경훈, 「황순원 소설의 공간 연구」, 경희대학교 대학원 박사학위 논문, 2019.

• 김원희, 「1920-30년대 한국 단편소설의 冒頭 서술자 기능 연구」, 전남대학교 대학원 박사학위 논문, 2005.

• 노승욱, 「황순원 단편소설의 환유와 은유」, 『외국문학』 봄호, 열음사, 1998.

• 민경석, 「황순원 초기소설의 생명윤리 고찰」, 경희대학교 대학원 석사학위 논문, 2016.

• 박덕규, 「6.25 피난 공간의 문화적 의미: 황순원의 「곡예사」 외 3편을 중심으로」, 『비평문학』39호, 한국비평문학회, 2011.

• 박병준, 「행복과 치유: 아리스토텔레스의 『니코마코스 윤리학』의 행복 개념을 중심으로」, 『철학논집』42권, 서강대학교 철학연구소, 2015.

• 박양호, 「황순원 문학 연구」, 전북대학교 대학원 박사학위 논문, 1994.

• 유종호, 「겨레의 기억과 그 전수」, 『황순원 연구 총서3권』, 국학자료원, 2013.

• 이경희, 「『차라투스트라』에 드러나는 『성경』」, 『철학연구』, 대학철학회, 2020.

• 이보영, 「인간회복에의 물음과 해답」, 『황순원 연구 총서3권 』3, 2013.

- 이상범, 「위버멘쉬와 그의 건강의 실존적 조건」, 『철학연구』150권, 대한철학회, 2019.
- 이상범, 「건강한 인간유형으로서의 위버멘쉬 : 위버멘쉬와 그의 실존적 건강에 대한 해명을 중심으로」, 『한국니체학회연구』35권, 35호, 한국니체학회, 2019.
- 이상범, 「디오니소스와 실재의 긍정에 대한 연구 : 니체의 "정동(Affekt)" 개념을 중심으로」, 『철학연구』20권 1호, 대한철학회, 2019.
- 이상범, 「니체의 철학적 메타포 "춤(Tanz)"에 대한 텍스트 내재적 분석」, 『철학연구』154권, 대한철학회, 2020.
- 이상범, 「글쓰기 치료의 철학적 조건에 대한 소고- 니체의 "자유정신"을 중심으로 -」, 『철학연구』155권, 대한철학회, 2020.
- 이준호, 「홉스의 인간론에서 정념과 이성」, 『철학연구 』101권, 대한철학회, 2007.
- 임신희, 「황순원 전후 소설의 휴머니즘 성격」, 『현대소설연구』50집, 현대소설연구회, 2012.
- 정효진, 「황순원 「曲藝師」의 교육적 가치와 지도 방안 연구」, 고려대학교 교육대학원 석사학위논문, 2015.
- 최정기, 「니체의 『차라투스트라는 이렇게 말했다』에 나타난 "아이"의 메타포 연구」, 원광대학교 석사학위 논문, 2018

〈한말숙 전후소설로 본 젠더정치성의 은유〉

1. 기본 도서

- 김이석 외, 『실비명 외』, 푸른사상, 2006.

2. 단행본

- 권영민, 『한국현대문학사』, 민음사, 1993.
- 김동리, 「추천기」, 『현대문학』, 1957.6.
- 김원희, 『한국문학과 창조적 여성성』, 푸른사상, 2013.
- 김원희, 『한국 근대 여성소설과 몸의 은유』, 지식과교양, 2019.
- 김우종, 「한말숙의 문학세계」, 『신과의 약속』, 일신서적출판사, 1994.
- 송명희, 『섹슈얼리티, 젠더, 페미니즘』, 푸른사상, 2000.
- 아서 단토, 『일상적인 것의 변용』, 김혜련 역, 한길사. 2008.
- 정태용, 「20년의 정신사」, 『현대문학』, 1965,
- 주디스버틀러 지음, 조현준 옮김, 『젠더트러블』, 문학동네, 2008.
- 최혜실, 「실존주의 문학론」, 구인환 외, 『한국전후문학연구』, 삼지원, 1995.

3. 논문

- 김미영, 「전후 여성작가의 작품에 나타난 여성주인공의 성의식(性意識) 연구」, 『우리말글』 제30집, 우리말글학회, 2004.
- 유인순, 「다시 읽는 한말숙의 〈신화의 단애〉」, 『한국언어문화』13, 한국언어문화학회, 1995.
- 방금단, 「전후소설에서 여성인물의 형상화 연구」, 『돈암어문학』19집, 돈암어문학회, 2006.
- 변신원, 「한말숙 소설연구-결핍의 글쓰기로부터 자족의 세계로」, 『현대문학의 연구』19권, 한국문학연구학회, 2002.
- 송명희, 「김훈 소설에 나타난 몸담론」, 『한국문학이론과 비평』 제48집, 한국문학이론과 비평학회, 2010.

- 신종곤, 「1950년대 전후소설에 나타난 현실인식의 굴절 양상」, 『현대소설연구』제16호, 한국현대소설학회, 2002.
- 유수연, 「한말숙 「신화의 단애」에 나타난 실존성 연구」, 『한국문학과 비평』제57집, 한국문학과비평학회, 2012.
- 조미숙, 「지식인 여성상의 사적 고찰-여성작가들의 작품을 중심으로」, 『한국문학연구』28집, 동국대학교 한국문학연구소, 2005.

〈강신재 전후소설로 본 젠더정치성의 은유〉

1. 기본 도서

- 김이석 외 『실비명 외』, 푸른사상, 2006.

2. 단행본

- 송명희, 『섹슈얼리티, 젠더, 페미니즘』, 푸른사상, 2000.
- 이희원 외, 『페미니즘』, 문학동네, 2011.
- 김원희, 『한국 근대 여성소설과 몸의 은유』, 지식과교양, 2019.
- 니라 유발-데이비스 지음, 박혜란 옮김, 『젠더와 민족』, 그린비, 2011.
- 사라 살리 지음, 김정경 옮김, 『주디스 버틀러의 철학과 우울』, 앨피, 2010.
- 세실 도팽 외, 이은민 옮김, 『폭력과 여성들』, 동문선, 2002.
- 와카쿠와 미도리 지음, 김원식 옮김, 『전쟁과 젠더: 사람은 왜 전쟁을 하는가』, 알마, 2006.
- 주디스 버틀러 지음, 조현준 옮김, 『젠더 트러블』, 문학동네, 2008.

• 주디스 버틀러 지음, 조현준 옮김,『젠더는 패러디다 : 젠더 트러블의 읽기와 쓰기』, 현암사, 2014.
• 프랑수아 스티른, 이화숙 옮김,『인간과 권력』, 예하, 1989.

3. 논문

• 곽승숙, 「강신재 소설의 여성성 연구」,『어문논집』제64집, 2011.
• 김복순, 「1950년대 여성소설의 전쟁인식과 '기억의 정치학'-강신재의 초기 단편을 중심으로」,『여성문학연구』10호.
• 김은하, 「탈식민화의 신성한 사명과 '양공주'의 섹슈얼리티」,『여성문학연구』10, 2003.
• 김정화, 「강신재 소설에 나타난 기법고찰 : 서정성을 부여하는 기법을 중심으로」,『한국어문학연구』제48집, 2007.
• 송인화, 「강신재 소설의 여성성과 윤리성의 문제」,『한국문예비평』제19집, 2004.
• 서재원, 「1950년대 강신재 소설의 여성 정체성 연구」,『한국문학이론과 비평』, 제154집(16권1호), 2012.
• 심진경, 「전쟁과 여성 섹슈얼리티」,『현대소설연구』, 39호, 2008.
• 오은엽, 「강신재 초기 소설에 나타난 '양공주'의 형상화 연구 : 〈관용〉, 〈해결책〉, 〈해방촌 가는 길〉을 중심으로」,『현대소설연구』, 50호, 2012.8.
• 이선미, 「한국전쟁과 여성가장: '가족'과 '개인' 사이의 긴장과 균열」,『여성문학연구』10호, 2003.
• 최수완, 「강신재 소설이 여성 섹슈얼리티 연구」, 이화여자대학교 석사학위 논문, 2006.

〈박경리 전후소설로 본 젠더정치성의 은유〉

1. 기본 도서

- 박경리,『애가』, 마로니에북스, 2013.
- 박경리,『은하』, 마로니에북스, 2014.
- 박경리,『성녀와 마녀』, 인디북, 2003.
- 박경리,『내 마음은 호수』, 마로니에북스, 2014.
- 박경리,『표류도』, 나남출판, 1999.
- 박경리,『그 형제의 연인들』, 마로니에북스, 2013.
- 박경리,『가을에 온 여인』, 마로니에북스, 2014.

2. 단행본

- 권영민,『한국현대문학사』2 , 민음사, 2002.
- 김원희,『한국 근대 여성 소설과 몸의 은유』, 지식과교양, 2019.
- 이상진,『박경리』, 새미, 1998.
- 프랭크 커머드 지음, 조초희 역,『종말의식과 인간적 시간』, 문학과 지성사, 1993.
- M. 존슨, 노양진 역,『마음 속의 몸: 의미, 상상력, 이성의 신체적 근거』, 철학과현실사, 2000.
- G. 레이코프 · M. 존슨, 임지룡 외 역,『몸의 철학: 신체화된 마음의 서구 사상에 대한 도전』, 박이정, 2002.
- G. 레이코프 · M, 존슨, 노양진 · 나익주 역,『삶으로서의 은유』, 박이정, 2006.
- 졸탄 커베체쉬, 이정화 외 공역,『은유』, 한국문학사, 2003.

3. 논문

- 고지혜, 「박경리 소설의 낭만적 특성 연구」, 고려대학원 대학원, 2009.
- 김은경, 「박경리 문학에 나타난 지식인 여성상 고찰」, 『여성문학연구』 20권 20호, 한국여성문학학회, 2008, 20권 20호.
- 김현숙, 「박경리 작품에 나타난 죽음과 생명의 관계」, 『현대소설연구』 17권, 17호, 한국현대소설학회 2002.
- 김혜정, 「박경리의 여성성 연구」, 충북대학교 대학원 박사학위 논문, 1999.
- 배경열, 「박경리의 초기단편소설고찰」, 『한국문학이론과비평』 18권 1호, 한국문학이론과 비평, 2003.
- 서재원, 「박경리 초기소설의 여성가장연구—전쟁미망인 담론을 중심으로」, 『한국문학이론과 비평』 제50집, 한국문학이론과 비평학회, 2011.03.
- 손용문, 「토지의 통속성 고찰」, 광운대학교 석사학위논문, 1998. 오혜진, 「전근대와 근대의 교차적 여성상에 관해 : 박경리의 《김약국의 딸들》, 《시장과 전장》, 《토지》를 중심으로」, 『국제어문』 47권, 47호, 2009.
- 유임하, 「박경리 초기소설에 나타난 전쟁체험과 문학적 전환」, 『현대문학의 연구』 46호, 2012.
- 이금란, 「박경리 소설에 나타난 가족 이데올로기 연구」, 숭실대학교 대학원 박사학위논문, 2006.
- 이금란, 「가족 서사로 본 박경리 소설 연구 : 초기 단편을 중심으로」, 『현대소설연구』 19권 19호, 한국여성문학학회, 2003.
- 이상진, 「운명의 패러독스, 박경리 소설의 비극적 인간상」, 『현대소

설연구』56호, 한국현대소설학회, 2014.

- 이상진, 「탕녀의 운명과 저항 : 박경리의 『성녀와 마녀』에 나타난 성
  담론 수정 양상 읽기」, 『여성문학연구』 17권, 17호, 한국여성문학학
  회, 2014.
- 이선미, 「한국전쟁과 여성가장: '가족'과 '개인' 사이의 긴장과 균열」,
  『여성문학연구』10호, 2003.
- 이선미, 「한국전쟁과 여성가장 : '가족'과 '개인' 사이의 긴장과 균열 :
  1950년대 박경리와 강신재 소설의 여성가장 형상을 중심으로」, 『여
  성문학연구』, 10호, 2003.
- 조윤아, 「박경리의 '소설가 주인공 소설' 연구 - 〈내 마음은 호수〉,
  〈영원한 반려〉, 〈겨울비〉를 중심으로」, 『비평문학』 29호, 한국비평
  문학회, 2008.
- 장미영, 「박경리 소설 연구-갈등 양상을 중심으로-」, 숙명대학교 대
  학원 박사학위논문, 2001, 12.
- 장미영, 「박경리 1960-70년대 장편소설 연구 : 가족관계의 갈등과
  화해를 중심으로」, 『여성문학연구』 26권 26호, 한국여성문학학회,
  2009.
- 조지혜, 「박경리 문학에 나타난 상호주관성 연구」, 서울대학교 대학
  원 문학석사 학위논문, 2017. 2.
- 최윤경, 「박경리의 『표류도』 연구」, 『어문논총』, 전남대학교 한국어
  문학연구소, 2013.08.

〈장용학 전후소설로 본 민중문화의 은유〉

1. 기본 도서

- 장용학, 「요한 시집」, 『20세기 한국소설-김성한 장용학 외』, 창비, 2005.

2. 단행본

- 장용학, 「실존과 요한시집」, 『한국전후문제작품집』, 신구문화사, 1964.
- 김원희, 『한국 현대 소설과 탈근대적 존재시학』, 푸른사상, 2015.
- 김욱동, 『은유와 환유』, 민음사, 1999.
- 메를로 퐁티, 류의근 역, 『지각의 현상학』, 문학과지성사, 2002.
- 미셸 푸코, 박정자 역, 『비정상인들』, 동문선, 2001.
- 에드워드 렐프, 김덕형, 김현주, 심승희 역, 『장소와 장소상실』, 논형, 2005.
- G 레이코프 & M 존슨, 노양진·나익주 역, 『삶으로서의 은유』, 박이정, 2006.
- G.레이코프·M 존슨, 임지룡 윤희수 노양진 나익주 옮김, 『몸의 철학』, 박이정, 2008.
- 질 들뢰즈, 하태환 옮김, 『감각의 논리』, 민음사, 1995.
- 한스 마이어호프, 이종철 옮김, 『문학 속의 시간』, 문예출판사, 2003.
- 피터 브룩스, 이지봉·한애경 역, 『육체와 예술』, 문학과지성사, 2000.

3. 논문

- 김동석, 「경계의 와해와 분열 의식−장용학의 「요한 시집」론」, 『어문논집』, 민족어문학회, 2003.
- 김병로, 「장용학의 「요한 시집」에 나타나는 해체적 서사담론」, 『한국문학이론과 비평』제3집, 한국문학이론과 비평학회, 1998.
- 김용성, 「장용학소설의 시간의식 연구」, 『한국학연구』, 인하대 한국한 연구소, 1991.
- 김원희, 「문학 교육을 위한 백신애 소설세계의 인지론적 연구」, 『현대문학이론연구』제41집, 현대문학이론학회, 2010.
- 김장원, 「'몸'으로부터의 탈각과 이분법적 인식의 탈구축」, 『현대문학의 연구』, 제26집, 2005.
- 김장원, 「장용학 소설과 "몸"의 상관성」, 『시학과 언어학』, 시학과 언어학회, 2005.
- 송기섭, 「근대소설의 몸표현 형식들」, 『한국문학이론과 비평』제48집, 한국문학이론과 비평학회, 2010.
- 송명희, 「김훈 소설에 나타난 몸담론」, 『한국문학이론과 비평』제48집, 한국문학이론과 비평학회, 2010.
- 이청, 「장용학 소설의 신체 담론 연구」, 『인문연구』, 영남대학교 인문과학 연구소, 2010.
- 최성실, 「장용학 소설의 반전인식과 개인주의적 아나키즘 특성연구」, 『우리말글』37집, 2006, 8.

〈서기원 전후소설로 본 민중문화의 은유〉

1. 기본 도서

• 서기원, 『이 성숙한 밤의 포옹』, 삼중당문고, 1977.

• 『남정현, 서기원, 송병무』, 《한국문학전집》, 동서문화사, 1988.

2. 단행본

• 구인환 외, 『한국전후문학연구』, 삼지원, 1995.

• 권택영, 『소설을 어떻게 볼 것인가』, 문예출판사, 1995.

• 김윤식, 「앓는 세대의 문학」, 『현대문학』, 1969. 10.

• 김원희, 『한국 현대 소설과 탈근대적 존재시학』, 푸른사상, 2015.

• 이재선, 『현대소설의 서사시학』, 학연사, 2002.

• 송명희, 『현대소설의 이론과 분석』, 푸른사상사, 2006.

• 유종호, 『현대한국문학전집』 7, 신구문화사, 1966.

• 『한국 현대작가 연구』, 민음사, 1989.

• 한국현대문학연구회 편, 『한국의 전후문학』, 태학사, 1991.

• 미하일 바흐찐, 이덕형 최건영 옮김, 『프랑수아 라블레의 작품과 중세 및 르네상스의 민중문화』, 아카넷, 2004.

• 알라이다 아스만, 변학수, 채연숙 역 『기억의 공간』, 그린비, 2011.

• 알렌 저, 『트라우마의 치유』, 권정혜 등 역, 학지사, 2010.

• 프로이드, 임홍빈 홍혜경 역, 『정신분석강의 하』, 열린책들, 1997.

3. 논문

• 김종욱, 「서기원의 초기 소설에 나타난 자기 모멸과 고백의 욕망」,

『한국근대문학연구』, 한국근대문학회, 2001, 1.

- 문흥술, 「전후의 병리학적 지도와 새로운 전망 모색」, 『현대문학』, 1997, 11.
- 배경열, 「서기원 초기 소설의 특질」, 『배달말』 28, 2001.
- 이병수, 「분단 트라우마의 성격과 윤리적 고찰」, 『시대와 철학』 제22권 1호, 2011
- 이호규, 「서기원 1950-60년대 초기 소설 연구」, 『새얼 語文論集』 제18집, 2006.
- 차혜영, 「서기원의 1950년대 소설」, 『한양어문연구』, 1995.

찾/아/보/기

ㅇ	ㅈ

ㅊ

ㅋ

김 원 희

문학박사.
4권의 저서, 3권의 공저, 다수의 논문 등이 있다.

〈저서〉
『한국 단편소설 시작의 시학 : 1920-30년대』, 『한국 현대소설과 탈근대적 존재시학』, 『한국문학과 창조적 여성성』, 『한국 근대 여성 소설과 몸의 은유』

〈공저〉
『한국문학과 비평총서 1-기호학』, 『박화성, 한국 문화사를 관통하다』, 『재외 한인문학 예술과 치료』

〈논문〉
「다성적 경향과 서정성의 조율 : 김유정 소설 문체의 역동성」, 「황순원의 「목넘이 마을의 개」에 반영된 사회적 인식 연구」, 「이상 소설의 장르 확장과 탈근대적 존재시학」, 「김유정 단편소설의 크로노토프와 식민지 외상의 은유」, 「문학교육을 위한 백신애 소설세계의 인지론적 연구」, 「일제 강점기 박화성 소설의 장소시학」, 「전경린의 「천사는 여기 머문다」에 나타난 기호읽기」, 「김경욱 소설의 서사 패턴과 리듬」, 「현진건 소설의 극적 소격과 타자성의 지향」, 「대학생의 비판적 읽기와 창의적 쓰기를 위한 지도 방안」 외 다수

한국 현대소설의 인지론적 모멘텀

초 판 인 쇄 | 2026년 1월 29일
초 판 발 행 | 2026년 1월 29일

지 은 이 김원희

책 임 편 집 윤수경

발 행 처 도서출판 지식과교양
등 록 번 호 제2010 - 19호
주   소 서울시 강북구 삼양로 159나길18 힐파크 103호
전   화 (02) 900 - 4520 (대표) / 편집부 (02) 996 - 0041
팩   스 (02) 996 - 0043
전 자 우 편 kncbook@hanmail.net

© 김원희 2026 All rights reserved. Printed in KOREA

ISBN 978-89-6764-220-4 93800   정가 22,000원